街上的耳朵

钟求是________著

北京出版集团公司
北京十月文艺出版社

目录

街上的耳朵

有人对式其说：“你的酒量矮了不少，即使踮一踮脚，也够不着以前的一半了。”式其咧咧嘴不吭声，但心里认下了这个算术说法。这么些年过去，昆城一点点变大了，他的酒量一点点变小了。由于这种退步，以前的他一定瞧不起现在的他。

不过酒量的退步不等于酒兴的下滑。事实上，他对酒桌仍保持着亲近的态度。每周少说两次或三次，式其会出现在某个吃店的包厢里——不是生意饭局而是朋友聚酒。他坐下后并不造势，只是简单地敬酒或迎酒，说话的声音温和并且节约。但他显然又是受重视的，每一只酒杯与他对喝时都不会潦草。

在这种场合嘴巴们总是忙碌的，因为除了吃喝，还要讲镇子上形形色色的闲话。闲话时，式其也会淡淡地搭上几嘴，因说得少，话语就显着几分劲道。当酒桌上的热闹收尾时，式其便起身去一趟洗手间，顺便把账单刷了卡。等别人气壮地出门买单，女服务员会柔声说：“那位长头发的老板已经买过了。”

式其是昆城为数不多的长发者，一头没有杂色的黑发披挂下来直达脖子，把一张脸比得瘦了一些，看上去有点艺术又有点怪异。谁也不知道他啥时开始蓄此长发，反正在记忆中，他就是这么另类地从时间远处走来，走过镇子的一个个年头。也有人打听过，式其年轻时练过拳脚，又喜欢酒，那么他的披发也许是从《醉拳》里成龙的发型演变而来。这种猜测传到少数知情者耳中，自然被一笑弃之。知情者没有忘记，式其的长发遮着一个私密，一个关于耳朵的私密。这个私密其实并不稀奇，像式其这一类有过拳头史的人，年轻时免不了掐架斗狠，身上也就容易收藏一些刀疤拳痕。夏天若亮一亮身子，多少也显着一种荣光。但式其不一样，他不愿意走漏这种荣光。

因为这个原因，许多年里镇子上几乎无人见过式其的耳朵。随着时间的推移，即使知情者也失去了保留记忆的兴趣。一只伤残的耳朵，伴着一个男人渐渐老去，这有什么好惦记的呢。

当然，式其日子里也不是没意外的。大约三年前，一位愣头愣脑的理发师给式其修发后一时起兴，以神秘状向别人描述自己见到的耳朵。两天后他的发廊被砸，一只垃圾桶像导弹一样扑入店内，腐烂的气味久久不散。自此以后，式其的理发师换成一个懂得默契的人，他的习惯是不问女客的年龄，或者不提某个男客的隐物。

这天傍晚，式其照例到一家吃店凑一个休闲饭局。饭桌上十来个人，他坐定身子，眼睛一扫先看到一圈熟脸，再一扫多出一胖一瘦两位年轻女人。这也平常，为了搞点气氛，总有人喜欢往饭局里引进花花草草。

饭桌先是稳着，一双双筷子挺讲秩序地伸向端上来的海鲜和面食。随后酒杯们活跃起来，此起彼伏地在空中举来举去。由于酒液滋润了思维，不久便进入闲话阶段。一个声音起点很高，从国际大势讲到恐怖组织，认为世界各地的枪声有点多。另一个声音阻止了这种担忧，指出中东的枪声再多，也射不到昆城来。于是话题顺势回到镇子上，从某个楼盘的房价说到某家超市的被盗，从河边的钓鱼说到不爽的天气。有人说："这几天一会儿晴一会儿雨，像女人例假期里的情绪。"有人便把话语引向一胖一瘦两位年轻女人，说："包厢里没有下雨，你们的脸上为什么看不到高兴？"胖女做一个笑脸说："有吃有喝的，我有啥不高兴的？不高兴的是她！"她的嘴巴努向旁边瘦女。瘦女耸一下肩说："我干掉好几杯酒把脸喝红了，还是没藏住不高兴。"有人说："有啥不高兴的，说说看。"瘦女说："那我得再喝一口啤酒。"她端起杯子吞下一大口，然后说："今天上午有一女友发我微信，问坡南街上讣告说的是你吗？你不回答我会流泪。我回复两个字：傻×！接着又有人小心地给我老公发短信，意思是节哀什么的。"有人稀奇地说："哈，被死亡呀，什么情况？"瘦女说："我打听了一下，才知道坡南街的确死了一个女人，跟我的名字撞了脸……这乌龙闹得好晦气呀！"有声音问："啥叫名字撞了脸？"瘦女说："她叫王静芸，跟我的名字王静云是不是特别像？但再像也挨不着呀，按年龄她差不多可以做我母亲了。"又有声音问："那王静芸怎么死的？"瘦女说："一个字，'病'呗，听说是胃癌晚期，从发现到闭眼不过一个月。”有人“噢”了一声说：“这么一说，我知道王静芸是谁了，她在坡南街开一文具店，她的老公叫叶公路。”叶公路这名字有点奇葩，让两三个人点了脑袋，表示听说过此人。

式其瞧着瘦女，慢慢地说：“你叫王静云，这名字不错。”瘦女一笑说：“夸我名字不如夸我脸蛋，女人嘛爱听这个。”式其绕过玩笑，说：“我细问一句，那位王静芸是哪天走的？”瘦女说：“不是昨天就是今天一早呗，我想是这样。”式其又问：“这个病……她怎么才活了一个月？”瘦女说：“我又不是她家亲戚，没知道那么多。不过听说她去上海上了手术台，打开肚皮一看立马缝上就回来了……昆城人嘛总愿意回昆城的。”式其不言语了，旁边有人接上说：“归根到底是运气的事，按她的岁数，至少得再活二十年。”又有人说：“二十年能活出一大堆内容呢，酒局、旅游、麻将还有性事，可以玩多少回呀。”马上有声音反对说：“上了岁数的二十年，过的是尾巴日子，哪有这么痛快。”那位胖女说：“所以好年纪的时候，得使劲活出一把味道来。”有人说：“你现在就是好年纪，酒局、旅游、麻将还有性事，样样都挺使劲的吧？”胖女一撇嘴说：“废话！女人不使劲能尝到那种快活味道吗？”一群笑声响起。

笑声中式其起身去了洗手间，出来后拐到总台买单刷卡。刷完卡他仍静着身子，似乎在脑子里找什么主意，想了一想，原来自己不打算回包厢了。是的，他觉得那儿人有点多，话语和笑声也有点多。

他出了餐馆，慢着脚步往街上走。此时是喧闹时间，街道两旁的灯光有点亢奋。他走过一溜儿商店，拐入旁边一条小巷。穿过狭长巷子，走过一条马路，便是一处街心公园，他找到一张椅子坐下。

这个街心公园许多年前是人民广场，广场内有灯光篮球场，旁边有昆城唯一的电影院，电影院门口每天上演着热闹。此时静一静心，他的脑子里仿佛挂起一块银幕，远去的时光像是被一只手捉住，重新投放到了幕布上。

现在他明白了，自己找到这里是为了反刍一件往事。

往事的背景有些旧，点一点指头，是三十二年前的夏天。那时的他留着板寸头，身上攒着一块一块力气，整天游手好闲。一个闷热无趣的晚上，他从家里出来，先逛到电影院跟前，见没有可看的片子，就走进人民广场。广场内也没啥好玩的，只能站到篮球场边看热闹。他看到场子上一群人满头大汗地跑来跑去，一只篮球也憋着劲儿从这头跑到那头，又从那头跑到这头。

正是在此时，一个身子蹭了他一下。他没在意，但还是看了对方一眼—— 一位黑皮肤的小个子。小个子淡着脸说："你是那个……式其吧？"式其说："你谁呀？我不识得你！"小个子说："我找你两天啦，咱们旁边扯话！"小个子用手坚定地指向一边。式其心里奇怪着，随着小个子走开几步，站在暗色里。小个子说："我找你要个说法……你得对你说过的话……"式其说："我说过什么话啦？妈的，我又不认识你！"小个子说："前天晚上，你说做了一个梦。"

式其一下子记起来了。前天晚上有一个酒聚，他先喝白酒后喝啤酒，把自己喝澎湃了。澎湃之中，他嬉笑着拿出前一天夜里的一个梦。在梦里他搂住一个年轻女人谈心，似乎说些连哄带骗的话，然后把该办的事给办了。旁边的人就问，你说些什么连哄带骗的话呀？他说梦里的话哪能记得住，反正那女人听得高兴。旁边的人又问，那你办事都做了哪些动作？他说梦里的动作哪能记得住，反正衣服是一件一件脱下来的。旁边的人起哄地说，那女人的脸总记得吧，是不是镇子里的谁？他不能老说记不住，便顺着问话说了一个名字。

现在，这个酒后才肯说出的梦飘过镇子里的街道，传到小个子耳中并让他有了愤怒。暗色中，小个子的脸似乎发着烫，一双不大的眼睛则露着冷光。式其几乎要笑起来。他说："我的梦跟你有啥关系？"小个子恨恨地说："你梦中的女人是我女朋友。"式其心里一愣，上下打量对方一遍，说："我是说了一个名字，名字谁都可以用，你偏拿去塞给自己。"小个子说："你不光说了名字，还说了长相，还说了一米长的辫子……你说过的话想收也收不回去啦！"式其迷茫了一下——酒后说了多少放肆的话，他实在有些吃不准。不过他马上发现自己并不需要躲让，他说："老子说什么也是在梦中，梦中的事你管得着吗？"小个子说："我管得着，女朋友的事我管得着！"式其说："那你怎么管？说说看！"小个子沉着脸不言语。式其说："你找老子两天，想要一个什么说法？说说看嘛！"小个子仍不吭声，身子一动不动。式其说："要不下次你也做一个梦，梦里老子剥你女朋友衣裳时，你冲上来拦住老子……"

话未说完，暗色中猛地蹿来一道影子，小个子的身子已缠住他的身子。式其没有慌乱，一只手顺势钳住小个子的手腕，另一只手掐向他的脖子，这一招叫“封手抄喉”，能把对方单薄的身体抻开并锁住。但对方还剩着另一只手，那只手在空中冲动地划过，让他的身体一痛——这一痛比预想的有劲道，原来对方手里攥着一块石头。式其只好撤回掐脖子的手，劈向对方的胳膊，一块石头应声掉落在地。式其借势搂住对方拔离地面，一发力举到头顶，这一招叫“经天落鸟”，能把对方托在空中转一圈再甩出去。就在他蹲好马步、按照招式将空中的身子做一个旋转时，耳朵又猛地一痛。这一痛太尖锐了，尖锐得有些麻木。他吼叫一声将手中的身子丢了出去。

式其抬手捂住耳朵，看见小个子从地上爬起，嘴里叼着一块东西。式其有点发蒙，愣愣地盯着小个子。小个子似乎笑了一下，往地上“噗”地吐出东西。那块东西湿软软地躺在地上，即使在暗色中也显得醒目。小个子跨前一步，一提脚将那块东西踢了出去。式其明白过来，纵身扑向小个子。小个子一闪身子便跑。

在那个夏日的夜色中，两个身子一前一后在镇子街道上快速穿行。路人们不知道发生了什么，纷纷停步观看。在他们的目光中，两个身子一会儿挨近，一会儿拉远，像两匹失控的野马闯进了街道。他们有一种预感，如果两个身子追到一起，会演出一场好看的惨烈搏斗。在镇子上，这样的搏斗越来越少见到了。

但搏斗没有发生。小个子在奔跑中临时生智，一拐弯再一冲刺，跑进了解放街口的派出所。这是他认为的紧急自保的不错方法。一分钟后，式其气喘吁吁地站在派出所门口，耳朵上的血把半张脸淌湿了。

现在，式其坐在三十二年前的相斗地方，仍能觉出右边耳朵的疼痛。这种疼痛躲在记忆里，遇到机会便溜出来，证明着他的青春日子有一块补丁。

从记忆里溜出来的，还有两个名字。那个咬掉他半只耳朵的人个子瘦小，却有一个粗犷的名号叫叶公路。叶公路护着的年轻女人，叫王静芸。

第二天式其一个人待在家里。

这么些年，他做一个装修公司，渐渐做得无趣了，便交给儿子。儿子忙着公司，又生了孩子，便招去母亲。他成了日子边上的人。

一天里他花不少时间躺在床上，这样可以攒些体力。下午的时候，有人来电话邀酒，被他挡住了。他说自己晚上有点事儿。

吃过晚饭，又看一会儿电视，他才穿上一身黑色衣裳出门。他要办的事有些特别：他让自己去坡南街，给那个叫王静芸的女人守个夜。火葬普及后，昆城有了新的习俗，人死后先火化肉身，再在灵堂守护三天，今晚应是相对安静的一夜。

走过一条短街一条长街，上了一段坡道，再顺势下去，便是旧色旧味的坡南老街。他问了一问，拐进一条小巷，见到前方一团灯光。

走近了看，是一个不小的院子。院子里搁着不少花圈，一些人影和哀乐缠在一起。

式其走近厅堂。这是哀乐最浓的地方，一只红布包裹的骨灰盒躺在方桌之上，后面木壁上挂着遗像，跟前香炉里燃着一炷香。式其端正身子躬了三次，然后细瞧木壁上的遗像。这是一张微胖的脸，五官平静不乱，不乱中又有些辛苦，跟镇子上的平常妇人没啥不一样。式其暗叹一声收回目光，扫一眼左右，没人留意自己。再给出几眼，没见着叶公路的身影。

院子天井里摆着两张临时餐桌，几位年轻男女边吃边聊，好像在讨论网上购物的事情。边廊上也有两张桌子，一桌在玩扑克，一桌在打麻将。式其不能一个人待着，便踱到麻将桌边。桌上也有一位脸熟的，冲式其点头。过了片刻打完一局牌，有人接起手机喂呀了几声，说自己得走开一会儿，让式其替一下。这差不多是救场，式其只好坐了下来。

牌局继续。式其不是麻将的熟手，此时心里又有些不定，打起牌来便显得冒失，一会儿吃错牌，一会儿放出不该放的牌，让警惕他的人很快松了心。那位脸熟的说："我知道你是城西的，公司老板。"式其说："现在不是啦，公司的活儿交给儿子了。"脸熟的又问："你是静芸的亲戚还是公路的朋友？以前很少在坡南街这边见到你。"式其打出一张牌，说："人走了总得来送送……公路呢？怎么不见他？"脸熟的说："在呀，他不是在那儿烧纸钱嘛。"式其扭头看一眼，厅堂旁边果然蹲着一个人，只是身影粗胖得有些陌生。

式其正有些走神，原先走开的人回来了。算了输数，式其掏出几张票子起身离开。他慢慢走向那只粗胖身子，在蹿着火苗的脸盆旁站住。粗胖身子扭动一下，抬起一张严肃的圆脸看他。他蹲了下去，跟圆脸挨得很近。圆脸不介意地说："你也烧几张吧，送送她。"式其从地上捡起一沓钱纸，认真地一张一张往火苗里放。火苗起起伏伏，像是神秘的舞蹈。式其瞧着火苗，突然说："我叫式其。"圆脸没有听懂，不吭声。式其说："我是城西的式其。"圆脸愣了一下，身子挺直一些，目光很硬地递过来，又慢慢地收回去，说："要是在街上走，我认不得你了。"式其说："现在你蹲我跟前，我都认不得你了。"

看来，从瘦小身子到粗胖身段之间，只需要填进许多的时间。

多年前的那个夏天，叶公路在奔逃之中躲过了他的暴打，却没躲开命运的敲打。叶公路没能想到，跑进派出所是机灵的也是蠢傻的，把蠢傻减去机灵，剩下的恰是现场拘留。半只耳朵加上一脸血迹，让派出所和法庭获得了故意伤害的确凿证据，叶公路被判有期徒刑两年六个月。无法知道那两年半叶公路是怎样的心境，王静芸又是怎样的心思，反正式其心里很懊丧，身上的力气也泄掉不少，他唯一想努力的，就是让发型变成披头士。过了两年半，他听到叶公路出狱的消息。又过一些时间，他听到叶公路和王静芸结婚的消息。到了这时候，他内心才安定下来，觉得这件事终于了结。了结之后，他的日子便敞亮了许多。以后的年月，昆城渐渐欢闹，各种新事在镇子上生长，他不需要记着不快活的事情。不过偶尔经过坡南街时，他也会留意瞧一瞧街道两旁的商店，因为他听说王静芸开了一间不大的文具店。有那么一两回，他似乎在街边看到了王静芸。她手里牵着一个男孩，神情动作已是一位熟练的母亲。但他也不能确定就是王静芸，毕竟做了母亲的她和记忆中的她是不一样的。至于叶公路，在人来人往的街道上，式其再没见过他的瘦小身影。现在式其知道了，自己的眼睛为什么这么多年遇不到他。

眼前的火团渐渐软下去，变成了暗燃。叶公路盯着火堆，说："你来干什么？"式其说："人走了，我来道声别。"叶公路说："你道得着吗？"式其说："别这么说，死者为大，我的心意不是假的。"叶公路默了脸，过了半晌，他站起身说："那边坐。"他走向院子的另一侧边廊，那里摆着几张空椅子，显得暗静一些。

式其跟着走过去，坐到一张椅子上，与叶公路斜对。他们之间有一张方凳，上面搁着一包烟和一只烟缸。叶公路取了一支烟，将烟盒推给式其。式其摆摆手—— 一年前他遇着咳嗽，便将烟戒了。叶公路自己点上。

沉默了一会儿，叶公路说："静芸没跟你有啥来往，她一直这么说。"式其说："她说得没错。"叶公路说："她以前不认识你，死的时候还不认识你。"式其说："嗯，是这样的。"叶公路说："一个不认识的人，把我们的日子捅一个窟窿。"式其慢一下嘴巴，说：“这个时候，最好……别提不痛快的事。”叶公路不吭声了。式其说：“今天晚上我来，就想说几句存了许多年的话。如果你乐意，我说给你听。如果你不乐意，我说给自己听。”叶公路猛吸一口烟，说：“你说吧……我听着，静芸也在听着。”

式其说：“王静芸说不认识我，可我认识王静芸……我记得那是一个下午，有点小雨的下午，然后是一条巷子加上一个身影。”式其这么说的时候，脑子里现出三十二年前的一条小巷。那天下午，他和几位弟兄因为某一次不爽的口争，跟另一伙小子约了一架，地点就在小巷口。他身上藏着一根笛子长的铁尺，与弟兄们抢先来到约架地，躲在巷口周边墙角，等候对手的出现。此时是春日，天空却不开朗，撑一会儿没撑住，下起了细雨。他使劲盯着巷子，胳膊上的肉一跳一跳的，心里等得都有点不耐烦了。就在这时，一个身影从小巷深处慢慢走出。

式其吸一口气，说：“以前说这个事儿，我的嘴巴一定会有点难为情，但今天晚上我觉得不会。”叶公路说：“啥个身影你说。”式其说：“那是一位身条不错的姑娘，二十出头吧，穿的是花布上衣黑色长裙，打着一把黄纸雨伞，脚步很轻，样子挺纯的。雨丝从上方落下来，让巷子显得有点静，也让她的身影变得有味道。当时我有些发愣，眼睛都舍不得眨，就觉得那身子好看。那姑娘一脚一脚靠近，从我跟前走过，露出了后背的辫子。那辫子呢足有一米长，很有趣地一晃一晃。”式其不好意思似的一笑，又说：“怎么说合适呢？那场景真的有点像电影里的一个镜头：在细雨中，一个年轻女人撑着纸伞从巷子里慢慢走出，一步步向巷口走近。”叶公路轻咳一声说：“你说的是课本里的东西吧……那女人能是静芸？”式其说：“我开始不知道是谁，只觉得心里被雨水洗了一把，挺舒坦。当时我还有一感觉，就是不想打那场架了，至少认为那会儿打架挺没意思的。事实上那场架也没打成，对方不知尿了还是耍啥花招，反正一直没露头。撤出来后，我们几个找了一家小店喝酒，喝着喝着我又想起在巷子里走着的纸伞姑娘。第二天，我找人打听那姑娘的名字，巷子的位置跟一米长的辫子一提供，很快让我知道了她叫王静芸。”叶公路取了一支烟替下上一支烟，问：“你是说……你一眼看上了静芸？”式其说：“当时年轻，不会分析自己，只觉得心里使劲晃动了一下，但似乎也不是你说的那种一眼看上。”叶公路又咳了一声，未接话。式其说：“这么些年过去，我才想明白了，我不是喜欢上巷子里的人，而是喜欢上了巷子里的那种情景。那一会儿呀，王静芸只是情景里的一个人物。”

叶公路用劲吸一口烟慢慢吐出，说：“我吃不准你这个人，也吃不准你的话，但有一点得说给你，静芸不是一个招眼的女人。她不漂亮，也不活络。”式其说：“她……不漂亮吗？我不知道该怎么说……可她一定是个好人，那两年她没有丢下你。”叶公路点点头说：“我出了事，两个人反而缠住分不开了。但不管怎么说，我和她都是不怎么出息的人。因为日子过得不透亮，我的脾气又不好，我们也时常吵嘴……”式其说：“日子怎么不透亮了？”叶公路说：“还不是开店挣不到钱啦，孩子读书成绩不好啦，我出去打几场麻将她就唠叨啦……都是些杂碎的事儿。”式其说：“咱们镇子上的人过日子，谁不这样。”叶公路沉默一下又取一根烟接上，说：“跟镇子上的人比，她这辈子过得不算好也不算差，只是最后得了这病，比别人苦了些。”顿一顿又说：“不过这也是命，是命就得接着。”

两个人收了声音。哀乐明显起来，安魂的气息像雾一样散布在空气中。过了片刻，式其试探着说：“你说她不漂亮……年轻时候？可在我脑子里存着的，是一张好看的脸。你……能让我看几张她年轻时的照片吗？”叶公路认真看式其一眼，默默吸几口烟，然后摁灭手中的烟蒂，起身去了不远处的房间。不一会儿，他回来了，双手在胖肚上护着一本相册。

叶公路将相册搁在凳子上，又把凳子往光亮的方向拖了拖。式其坐到凳子前打开相册，这是一家人的合集，但王静芸的照片多一些。他的目光盯住王静芸，一张一张往后翻，先是中年王静芸，体态已胖，神情有些累也有些愣，然后是少妇王静芸，手牵孩子，脸上搁着一点儿笑。再翻两页，见到了年轻的王静芸，一张是一个人站在某个景点里，一张与两个女伴坐在照相馆的椅子上，还有一张为黑白半身像。那时候的王静芸安静懵懂，养着一条长的辫子，那张半身像还将辫子甩到胸前，算是添了清纯的味道。不过可以认定的是，姑娘时的王静芸并不漂亮，气质也平常，身上和脸上都找不出抢目的东西。

叶公路坐在旁边，默着脸一口一口抽烟。他似乎等待式其说点儿什么。式其的眼睛没离开相册，目光却看向了许多年前的小巷和小巷内走出的年轻女子。是的，那位有味道的漂亮女子和相册里的平常女人是同一个人，这多少让人有些跌心。不过他又明白，这么多年过去，自己记着的那个女子和生活里的王静芸其实不是一个人了。

再细想一下，谁的身上都可能有妙处呢。用一句雅的话说，一个人在对的时间地点和对的欣赏目光里，能冒出一种叫气韵的东西。这一点，恐怕王静芸自己也从没料到。她无法想象在日常生活里的某一天，她曾经是别人眼中最好看的女人。

式其突然觉得，自己不应该沮丧。

他合上相册，找着话说："看着照片我就想到，时间溜得挺快，时间像钞票一样花了出去。"叶公路说："这不一样，钞票花了可以赚，时间花出去拿不回来啦。"式其说："能拿回孩子呀，孩子一天天大了，成家立业又生了新的小孩，日子嘛就是这样。"这种说法让叶公路嘴角翘了一下。他低了脑袋静几秒钟，突然抬头说："有件事静芸问我好几次，现在我问给你。"式其说："你讲吧。"叶公路说："静芸问，当时你咬下的那半只耳朵呢？"式其愣了一下，叶公路说："我说我哪里知道，那会儿我可顾不上。"式其点点头说："我们两个人都跑开了，那半只耳朵丢在地上。"叶公路说："你没回去找？"式其说："想起来找已经是第二天上午了，没找到。"叶公路说："静芸觉得，当时把半只耳朵找到再接上，事情会好很多。”式其嗓子僵了一下，一时不知道怎么接话，只好在心里轻叹一声。

叶公路身子静着，嘴巴动一动，没出来声音。式其说：“你要说什么？”叶公路脸上紧一紧，还是摇了头。

式其想一下，似乎也没有新的话要说。夜已经深了，院子里人影少了一些。叶公路说自己再烧几张钱纸，起身去了。不一会儿，那边的地上又亮起一团火苗。

式其有些困了。他不能睡着，但允许自己闭上眼睛养一养神。

眼睛一闭上，哀乐响了一些，有点单调地在耳边游走。过一会儿，他的脑子有些撑不住，似乎变轻变远了。朦胧中，他看见有什么东西飘来。飘近了，是一张很大的黑白照片。照片中有镇子里的街道，街道上出现一个男人。那个男人留着短发，露出右边的半只耳朵。半只耳朵的男人走过闹市拐进一条小街，然后等在一条小巷跟前。小巷深处空空的，一时没有内容，于是男人抬起脑袋，去看雨丝有没有落下……

正在这时，他的身子被碰了一下。小巷和男人一起隐去，像电影镜头遇到了停电。式其弹开眼睛，看见叶公路的圆脸。他醒一醒神儿，听见叶公路说：“我还有话要说。”式其点点头说：“你说吧。”叶公路认真着脸说：“我刚才琢磨过了，咱们这会儿见面，得让静芸知道。”式其眨眨眼，挺直了身子。叶公路又说：“你这么来了，我不能什么都不做。”式其说：“你想怎么做？”叶公路一摆头，示意到那边去。

式其随着叶公路走过廊道，来到厅堂跟前。周围已安静下来，哀乐也明显调低了一些。叶公路指着方桌上的骨灰盒，说：“静芸在这里……她现在一定睡不着，留意着咱们俩呢。”式其“嗯”了一声说：“你说吧，要做点儿什么？”叶公路说：“我想了，咱们还得打一架。”式其心里踉跄一下，说：“今晚上我来错啦？”叶公路硬着口气说：“今晚上不说对错，既然咱们见了面，就还得打一架！”式其说：“你的主意挺稀奇，我不明白。”叶公路说：“再跟你打一架，才能把事情了掉！不过这回跟上回不同，咱们只用嘴巴打架，跟下盲棋一个样。”又补一句说：“得让静芸听见。”式其默一默脸，心里明白了。

两个人调动脚步摆好身子，相对瞧着对方。叶公路说：“我这辈子打两回架，都是为了一个女人。”式其说：“我老了很多，但也不怕这种事儿，你出招吧。”叶公路说：“我个子矮，先攻你的下盘。我突然抢前一步，双手去搂你的双腿！”式其说：“你这还是老套路，很粗糙的打法。”叶公路说：“虽然粗糙，但一用力能把你翻倒。”式其说：“那好吧，我还是一挪脚步，一只手扣住你的手腕另一只手掐你的脖子，这一招叫封手抄喉！”叶公路说：“我也有两只手——你捏住的是我一只手，我另一只手正好打你的腰！”式其说：“你这只手我确实大意了，我不知道你手里藏着东西……这一回是石头还是尖刀？”叶公路说：“我过去不用刀，现在也不用，一块石头也挺不错！”式其说：“疼痛让我发力，我一抽手劈掉你握着的石头，再攥住你的身体往上一提，你到了空中再飞出去，这一招叫经天落鸟！”

“等一等！”叶公路说，“你还用这一招？你怎么还敢用这一招？”式其说：“我不会再犯傻，这次我省去头顶旋转的动作，不让你的嘴巴靠近我的耳朵……我直接把你的身子举起来往旁边一丢！”叶公路沉一下脸说：“看来你还觉得能轻松赢我。”式其说：“我的力气的确没以前大，不过你的力气也变小了。”叶公路说：“可有一样东西你没算计对！”式其说：“什么东西？”叶公路说：“虽然我的力气小了，但我的肉盘大了。我现在的身子你能举得动吗？”

式其微微一愣，盯住对方的身形，盯了几秒钟，嘿嘿笑了。他一笑，叶公路的脸也慢慢松掉，像卸下了一层累。

两个人面对面久久站着，似乎忘了此时已是午夜。

练夜

那个时候，我的日子正准备刷新一次。

自打与前妻散了伙，我沮丧了一段时间，把自己弄得很灰色。好在毕竟年轻，过了一个秋天又过了一个冬天，我的心思和身体同时活泛起来，眼睛里重新有了花花绿绿。没有多久，我盯住了县小的一位语文教师。语文教师有个好听的名字叫池晶，而且性情温和、想法简约，这些都跟前妻不同。我要的就是这种不同。

不过简约不是简单，语文教师对我还没敲定主意。我虽然没有孩子拖累，但总归混过一次婚史，混过婚史的人，脸面依然光滑，思想已起了皱纹，时不时会露出些玩世情绪。语文教师觉出这一点，态度里便渗入一些犹豫，两个人的关系也就留着一尺空隙。为了抹去这最后的距离，我时常提着精神向语文教师贴近，尽量摆出热切的嘴脸，说些好听的言语。

一天晚上我约池晶泡茶室，两张嘴巴一边吃着瓜子一边远远近近地闲扯。闲扯中池晶没有忘记工作，说最近学校开展“一日行善”活动，每位教师得带学生走出校门做一件善事。我说：“做善事还不容易，你抓紧嫁给我，解我烦忧解我愁，这就很值得表扬。”池晶笑了说："这个主意不好，你另想一个。"我说："真要找件推销爱心的事儿？"池晶点点头说："这种事儿得又方便又有形式感，还得让学生受点感动。"

池晶的要求让我的目光变得呆滞，就像上班时一样。其时我在昆城一家文具礼品公司做营销，每天都苦逼地想着怎么把办公文具和体育用品什么的推送出去。每当我一思考，我的眼睛便容易暗淡无光，像是进入空洞的哲学探索。我知道，我的这个样子叫作苍茫。

池晶看着我说："你发什么愣呀？"我说："我没有。"池晶说："你的眼睛有点盲人状态。"我认真地说："我在思考。"池晶说："你思考出了什么？"我眨眨眼皮，让目光灵活起来，然后说："我想到了一个点子，让学生们拿着我公司的小产品在街上免费发放，谁拿到了谁高兴一分钟。"池晶说："那是送广告，不是做善事。"我说："我还想到一个点子，让学生们到西门街去捡垃圾，那条街比较脏乱，容易出战绩。"池晶说："不好不好，捡垃圾这种事看着热闹，其实会伤学生们的情绪。"

我不吭声了，抓起茶杯喝一口，正要放下杯子，脑子里蹿出一个念头。我嘿嘿一笑说："我知道你要做的善事在哪里了——就在我的院子里。"池晶说："什么意思？"我说："我的院子里有一邻居，他真的是个盲人，他需要你和学生们的帮助。"池晶迟疑着说："慰问盲人？这会不会有些俗？"我促进地说："从孩子们的角度看，这太不俗了。"

我推荐的瞎子叫团顺，我们同住一个院子已经很多年了。在昆城，像我们这种有年头的旧院子已经不多，基本撒在这条苟延残喘的西门街上。我刚结婚那会儿，便听说这一片街区要拆旧改造。我信心满满地对妻子说，咱们在这儿先守一阵子，等老院子一拆，搂抱你的可就不止一套新房子了。妻子不是个有定力的人，在旧房子里待了三年，没生成孩子倒养出一身坏脾性，终变成了前妻。之后院子里撤走两户人家，又租进来两户人家，属于有旧情的便剩我和团顺了。

团顺倒不着急老院子的拆建。他的房子就一边厢长间，正门朝着院子，旁侧挨着街道。大约六七年前，他让人捅开房墙腰部，做成了一扇临街小门。此后他的日子里塞满了花生——每天上午，他的门口会准时出现一只煤炉子，炉子上面坐着一只阔大锅子，锅子里躺满了花生，花生中升着一缕雾气。团顺用鼻子守着雾气，安静地坐在门边，待有人要买，便积极起身用秤子称好。他的秤杆有些特别，用胶带在克星上缠了圈，一摸一个准。他的嘴巴也不含糊，斤两出来了钱数也出来了，这时收钱票的手也是一摸一个准。因为守得耐心，又因为没法欺客，生意便稳。时间一久，他成了西门街上一个固定的标识。路人打手机告诉同伴自己在哪里，不说跟前的储蓄所或者馄饨店，只说在花生瞎子的边上。

团顺是个胖子，脸面还显着黑，坐在街边粗略一看，年龄有些模糊。其实细算起来，他仅比我大五个月。我们一块儿在院子里长大，还在小学教室里一起待过几年。虽说平常忙着日子，我和他坐下来闲话的情景越来越少，但俩人说起话来倒没什么隔拦。所以这天我跟团顺说了学生上门的事，他的脸上立马冒出不乐意。他说：“他们来做什么？擦桌扫地？添乱添乱。”我说：“什么态度！你应该连忙道谢才是。”团顺弹一弹无光的眼睛，说：“这些学生就帮一帮手，把我的不好全看走了，我不划算。”这话有些幼稚也有些自尊。我迟疑一下，把池晶掏了出来。我说她是带队老师，有做善事的任务。我强调：“她是我的女友，你得帮这个忙。”亮出女友，又是帮忙，团顺不吭声了。他的不吭声即是不反对。

到了周五下午，池晶携着五六位学生来了。学生们戴着红领巾，进了门就抬起胳膊向团顺行礼。团顺嘿嘿笑着，让客人们坐，还抓了几把花生搁在桌上。学生们可不是来做客的，他们在池老师的指点下，扫地拖地，抹擦桌凳和玻璃，还欣喜地找到一件脏被套，泡在木盆里洗好。因为房间不大，没有多久便收拾妥了。按照计划，学生们还要给盲人叔叔讲个故事唱一首歌，可这时一位学生在床头柜上发现了一本书，翻开一看，是长长短短的诗句。这位学生愣了几秒钟，凑到池老师跟前悄悄地说，我们可能弄错了，这个叔叔眼睛其实没有瞎。池老师问怎么啦，学生把书本递到她手里。池老师翻了翻，是一本民谣似的诗集，但真不是盲文。池老师就站到团顺跟前，盯着他的眼睛。他的眼眶里有珠子，但只能往上一推一推。池老师就问你眼睛不好，怎么看书呢？团顺微羞地笑笑，说我就这一本书，我看不见上面的字，但能读得出来。池老师翻到第一页，让团顺读。团顺读了一首，竟一字不差。池老师让学生们也读一首，让团顺听。之后学生们又和团顺合读了一首，声音有粗有细，倒也好听。因为这本诗集，这天下午的活动变得活跃，效果挺不错。

当然，这些情形是从池晶嘴里讲出来的——当天晚上，我约池晶一起吃饭，在餐桌上，团顺成了一个配合胃口的话题。池晶说了一遍下午场景后，仍好奇地想知道团顺为啥能识字。我告诉池晶，说他能识字是不准确的，但他确实上过学，还跟我是同班。池晶停住手中的筷子，说："他上过学，还不在盲人学校？"我说："昆城没有盲校，再加上有我这个邻居，他爸妈就让他上了普通小学，我们在一个教室里待了六年。"池晶说："那他怎么上课？"我说："他是听课，带着耳朵听老师说课本。那时候，他能把课文一字不差背下来，但不做作业也不用考试，这一点让我无限羡慕。"池晶说："我教了几年书，从没遇到过这样的学生。"我说："团顺这个名号也是被小学同学叫出来的，他正式的名字叫顺顺。"池晶说："噢，顺顺用在他身上，有点那个。"我说："顺顺是个小名儿，他父母发现儿子眼睛有问题后，光顾着着急，也没心思再起个学名儿了。"池晶说："那你们怎么改造他名字的？"我说："他平时老坐着，又能吃，身子慢慢长膘，没几年就变成了糯米团子。团顺算是同学们对他身体的总结。"池晶想象一下团顺的身子，笑了说："他眼睛都这样了，你们还欺负他。"我说："我们没欺负他，欺负他的是命。小学四年级时，他妈忽然消失了，据说是跟一个做鸭毛生意的男人走了。五六年前，他爸撞上了肝病，肚子胀得像一只鼓，折腾一段时间也走了。他现在的生活很单调，似乎日子里只有一锅花生和一杆秤。”池晶往嘴里放了一口菜，一边慢慢嚼着一边形成一句判断：“现在我有点明白团顺为什么要在床头放一本诗集了。”

第二天下班回家，我在团顺店门前站了站，并顺手抓了一把花生，一边吃着一边扯话。我说：“听说昨天下午的场面挺温馨。”团顺点着脑袋说：“温馨，温馨。”我说：“你那本诗集是故意搁在外头的吧？”团顺愣一下，说：“你为啥这么说？”我说：“你以为我看不见你的心思？”团顺有点不好意思，说：“我想让学生们知道，知道我除了花生还有别的……这不算不好吧？”我说：“不算不好。你被学生们看去了好，挺划算的。”团顺的胖脸上出现一个腼腆的笑容。我心里一乐正要离开，被团顺叫住。他有点讨好地说：“你那位池老师，声音……好听。”我想说不光声音好听人长得也好看，但我没说。团顺说：“她的课一准讲得好。”我说：“想起当学生那会儿的事啦？”团顺“嗯”了一声，说：“时间过得快，如果一颗花生算一年，离开学校得有一把花生了。”我说：“呀，看得出来，你心里起了一点感慨。”团顺弹弹眼皮说：“咱俩有多久没好好说话了？要不，要不明晚我请你喝一杯酒？”我嘻嘻笑了，说：“好呀，一把花生一杯酒，当年岁月走一走。”团顺说：“你答应啦？”我没吱声。团顺追问：“你答应啦？”我说：“我点头了，你没看见。”

团顺要和我喝酒闲话，这不算重要的事，我没放在心上。第二天晚上公司里有个生意饭局，我按例去应付一番。用完餐已有些晚，回家进了院子，瞧见那边厢屋的正门开一条缝，漏出一道灯光。要知道打父亲死后，团顺平常是不亮灯的，我“咦”了一声，想起昨天的话。推门进去，见团顺静静地坐在桌边，身形暗淡——那孤零零的模样，竟让胖实的身躯显出单薄。走近几步看，桌上摆着四样菜、两只杯子和一瓶酒。我心里愣一下，知道自己犯了错。我在他对面坐下来，说：“我来晚了，自罚一杯。”他身子动了动，将脸朝向我。看得出来，他喝过几杯酒，神情里铺着沉默。

我自斟一杯酒饮下，觉得不够，又倒一杯喝掉。我说：“现在，咱们谈谈美好的小学时光吧。”团顺没有吭声。我说：“你不是要跟我扯扯话吗？说起来呀。”团顺仍不吭声。我说：“你这样就没意思啦，我都自罚了两杯。”团顺嘴巴动一动，说：“我没怪你什么，我是有话不知怎么说。”我说：“在我跟前，你他妈也装！”团顺说：“我昨天晚上做梦了，梦见……一个女人。”我傻了几秒钟，说：“老女人还是小女人？”团顺说：“年轻女人。”我说：“为什么是年轻女人？你怎么知道是年轻女人？”团顺慌一下脸说：“我在梦里听到了女人的声音，那声音好听。”我说：“光听声音就知道是年轻女人？还是好看的年轻女人吧？”团顺猛地站起身，脸上的肉挪动几下，腿一软跪下了。我吃一惊，有些明白了。团顺乱乱地说：“我只是听到了声音，别的啥也看不见碰不着……三十年了，我不知道女人是啥样的。”团顺又说，“不过我还是亏了心，一晚上我都在等你，就想跟你说一声对不住！我怎么没管住自己的梦呀！”我没言语，也没扶他，只是慢慢端起杯子，将酒扔进嘴里。

我也得行一次善，带团顺去见识见识什么是女人。

这是在酒精帮助下思考一夜的结果，可我的想法是严肃的。日子过久了，眼睛里都是平常，忽然某一天你发现平常里原来藏着不平常，譬如身边有个男人“三十年不知道女人是啥样的”，想一想这个你就会暗吃一惊。我不是团顺的亲人，但我至少算是他亲近的人。我知道，如果我不带他去，就不会再有人带他去了。

上班出门前，我把我的决定告诉了团顺，团顺在愣怔中没有吭声。他的不吭声即是不反对。

傍晚下班吃过晚饭，我伴着团顺出门。此时团顺换上了一件新衣裳，走路的样子和脸上的神色都有点紧。我拍拍他的肩膀，示意他让身体松下来。

我带他去的地方是一家足浴中心。这家店有洗脚有身体按摩，我携公司客户来过数次，算是熟门旧道。我要了一个洗足包厢，让团顺在沙发椅上坐下。两位年轻姑娘端来两桶冒着雾气的热水，开始给我和团顺捏洗。我注意到姑娘的双手摸向团顺小腿时，他身子一挺，硬在了那里，眼珠子则使劲向上推动。过了四五分钟，他僵直的身子才渐渐松掉。我拿了遥控器摁开电视，调出一个小品。小品很夸张，用东北话说一个骗子的事。当一个包袱扔来时，我笑了起来，两位双手忙碌着的姑娘也笑了起来。听到周围一堆笑声，团顺也嘿嘿咧开了嘴巴。

足浴之后是背部按摩。我引团顺到另一房间，躺在两张小床上。一位姑娘站到团顺房边，说："脱衣。"团顺便脱了上衣。姑娘说："翻身。"团顺便翻过身子，将肥硕的背部示给姑娘。姑娘说："是第一次来吧？"团顺连忙点头，但他的脑袋趴在枕头上，点得不太像样。姑娘不讲话了，双手开始在团顺的皮肤上游走。游走了一会儿，团顺的身子扭动起来，仿佛难受的样子。姑娘问："怎么啦？按重了吗？"团顺支吾了两声，说："你们这儿……有厕所吗？晚上水喝得不多，可是……"姑娘就让他起来，淡着脸引他出门，过了片刻又引他进门。这一回不需要指点，团顺便很快脱了衣服趴在床上，继续刚才的按摩。

我收了目光闭上眼睛，让自己歇一歇心。不多一会儿，脑子暗下来，竟睡着了。睡了一些时间，被按摩的手拍醒。抬眼望去，团顺也已做好，挺安静地坐在墙边凳子上。我起身穿上衣服，觉出嘴巴有点淡，便取了烟点上。给我按摩的姑娘居然是烟女，跟我要了一支。点火时，她的脑袋伸过来悄声说："我知道盲人是按摩别人的，盲人让别人按摩，我是第一次见到。"我抬眼看一眼团顺，他的耳朵很好，应该能听到这句话。我不知道他心里是高兴还是不高兴。

从足浴中心出来，我们没有打车，松着身子慢慢往回走。团顺似乎在消化这一晚上的享受，默着脸不说话。街灯清淡，把两个人的影子一会儿拖长一会儿收缩。走到西门街，一块砖头让团顺打了个趔趄。他稳住步子，不走了。我招呼说：“走呀，很快到家了。”团顺不吱声，却矮了身子蹲在地上。我近到他跟前，见他脸上隐约挂着泪水。我说：“这是什么情况？幸福得奔泪了？”团顺摇摇头。我说：“刚才按摩女那句话惹你不高兴啦？”团顺又摇摇头。我想一想说：“按摩时我睡着了，你出了点什么差错？”团顺还是摇摇头。我有点恼火了，说：“啥事也没有那你在这儿蹲着哭什么呀？”团顺抬起脸，轻声说：“一个晚上我让别人洗呀摸呀，我一个指头也不能碰她们。”我愣了一下，有点蒙。团顺又说：“你对我好我心里存着，可我还是不知道……女人是啥样的。”只一秒钟时间，我便明白自己错了，以及错在了哪里。我嘿嘿一声笑，说：“你急什么嘛！花生一颗一颗吃，事儿也得一件一件办。”

下一天晚上，我领着团顺走进一家小宾馆，开了一间钟点房。在床头电话机旁边，果然有一块小牌子写着保健按摩的手机号。我用电话拨了那手机号，对方是个女中音，似乎有着职业性的利索，问了房号说了价格便挂掉通话。在等候的时间里，团顺的心神有些散。他用手摸了床铺床沿，又摸了被子枕头，之后探索着进入卫生间撒了一泡尿。做完这些还有多余的时间，他又不安地站到我跟前，问自己的头发有没有乱，衣服够不够齐整。说真的，此时我心里也并不安定。但我尽量用轻松的口吻表扬了他的外表。

敲门声响起，我走过去打开门让对方进来。这是一位化着浓妆、披着黄发的年轻女郎，脸有些尖瘦，算不上好看也不算难看。她看看我又看看团顺，说："啥意思，三明治呀？"我说："我在门口等着，半小时后回来付钱。"又补上一句，"你做得好，我外加一百元。"浓妆女人咧嘴笑了："啥意思，大哥你是教父呀？"

我出了房间下楼，在厅堂里坐着抽烟。在此之前，我在脑子里安排过那种按摩店或暗灯发廊，最后还是选了感觉干净一些的小宾馆。这是以往经验给我的推荐。在离婚之后池晶之前，我曾在寂寞时找到这种门道。我把这种零星的花钱寻欢视为送给自己身体的礼品，就像客户花钱买我公司的礼品一样。没想到的是，现在我又以这种方式送给团顺一次礼品。好在我向自己提示过，这将是唯一的一次。

抽了两支烟之后，我起身坐电梯上楼。拐进走廊，正琢磨着如何敲门，见那黄发女郎已倚在门口打手机。我走过去说："弄好啦？"黄发女郎说："好啦好啦，妥妥的。"我往屋内扫一眼，团顺稳稳地坐在窗边椅子上。我掏钱递给黄发女郎，她一只手接了，另一只手摊开来说："妥妥的，加一百——你说的！"我想问什么叫妥妥的，嘴巴动一动没问出来。她嬉笑一声，压低声音说："老大，他是瞎胖子，你懂的。"又说，"他胖肉真是不少哈。"我不好再拖沓，把一百元塞给了她。

我进去关上门，屋内立时陷入暗淡。那黄发女郎大约不让眼睛难堪，刚才只给自己留了一盏浅黄的台灯。暗色中，团顺仍静静地端坐着，似乎没有马上说话的意思。我扯开墙帘，一团浅白的月光跳进来，让房间晃了一晃。我再看团顺，他紧紧抿着嘴，脸上严肃并且有些苍白。

说一句好听的话，团顺的宾馆寻欢是生活中的小小插曲。插曲过后，日子又归于寻常。

此后几天，我跟团顺几乎没有照面。我把闲余时间分一些给饭局又分一些给池晶，基本就成了夜归的忙人。而团顺似乎需要时间反刍，把自己调到了安静状态。有趣的是，他还自做决定将那个晚上私密化——他把半小时中发生的事像存折一样收好，不肯轻易示人了。我问过他一回，被他庄重又沉默的神情挡住。这让我觉得好玩，同时明白已经帮了人，可以不在这件事上再费心思了。

忙碌之中，日子便不经用。不觉间，秋天已过大半，空气加入了凉意。

一天晚上我多喝了几杯，回家倒头便睡。不料酒劲儿逼上来，到底吐了一回。吐过之后脑子醒了神儿，一时睡不着了。茫然之际，忽听到窗外院子里嘿嘿作响，还伴着呼呼喘气声。我以为是旁边租户弄出的什么声响，没有搭理。过了一会儿，那动静起了变化，像是过渡到哗哗浇水声。我奇了怪，出门望一眼，只见那边暗色中有人在冲凉水澡。走近几步看，竟是团顺——旁边搁着一只水桶，他用木瓢一下一下往身上浇。我“嘿”了一声，说：“团顺你在干吗？”团顺说：“我在冲澡呀。”我说：“黑咕隆咚的你冲澡干什么？”团顺说："我不怕黑咕隆咚……我出汗了呀。"我这才注意到一旁地上放着两只哑铃，显然刚才的嘿嘿声是他和哑铃一起制造出来的。我说："怎么，晚上睡不着觉啦？"团顺说："不是不是，睡多了不好，添肉……我要减肥。"我说："减肥？靠，我今天喝了酒，耳朵没听错吧？"团顺说："嘿嘿，哑铃我已练了好几天，你没……听到？"我打量着他肥嘟嘟的身段特别是有几分喜感的圆肚，心里有点明白了——他的减肥行为一定与宾馆里的那半小时有关。我沉默一下说："练哑铃还行，这么个天冲凉水，容易招来感冒。"团顺说："听人说，洗冷水澡也能减肥……嘿嘿，身体冷下来了，脂肪就烧得快，让体温升上来。"我忍不住乐了："就这么几天，你懂得还挺多。"团顺收了浇水动作，说："你等等，我还有话跟你说。"说着反身探摸着进屋。在暗色中，他的手脚算得上利索。

过一小会儿，他穿着齐整衣裳出来了，说："进屋说吧？"我不想逗留过久，说："没事儿，就在这儿说。"他迟疑一下说："听人说，网上减肥药不少……你能不能帮我买点儿？"我说："你别听人说这说那的，那些减肥药要么不让你吃饭，要么让你拉肚子，反正给你的是难受。"团顺说："试试不行吗？"我坚决地说："不行！"我的态度是有理由的，想象一下吧，一个胖子一只手提着裤子一只手向前探摸，一天许多次在厕所跑进跑出。我说："你减肥还是练哑铃吧，想出多少汗就出多少汗。"团顺动一下眼珠子，说："那你还得帮我一个忙。"我说："这一回是什么忙？"团顺说："练哑铃出汗还是少……我想跑步。”我一愣说：“你想跑步？你还能跑步？”马上我又悟过来说：“你是让我跟着伴跑吧？每个晚上做你的眼睛。”团顺说：“不是不是，不是每个晚上只是一个晚上，你陪我跑上一次……以后我自己能行。”我说：“团顺，什么叫吃饱了撑的？你就是一例子！”团顺嘿嘿地笑。

下一日晚上我在饭局之后回家，团顺已等在院子里。我领着他出了院门，走过一条巷子，走过一条马路，再走过一个校门和看门人的眼光，来到一个操场上。这个中学操场还算包容，允许校外的人来夜走和夜跑。此时有些晚，操场上移动的身影已经不多，这倒适合团顺今天的处女跑。我引着他跑了一圈，又跑了一圈，便让自己歇下脚步。作为一个久坐酒桌的人，两圈慢跑已让我喘气失控。我扶着腰站在那儿，看着团顺肥胖的身躯在夜色里一会儿变小，一会儿变大。他跑动的样子笨拙又吃力，的确不太好看。对他来说，这显然是一件困难的事情，难度指数相当于一个没有酒量的人在餐桌上梗着脖子与别人拼一斤白酒。在那一刻，我跟自己打了一赌：团顺的夜跑不会超过一星期。

之后数日，团顺每天晚上携一根竹竿出门，过一些时间带着一身汗水回来，然后站在院子里给自己浇水冲澡。每回听到哗哗的浇水声，我便想，他又坚持了一天。

差不多过了一星期，团顺果然改变主意，停止了跑步。这天我回家早，在花生摊前被他截住。他向我抱怨操场跑步的难处。他说：

“场地上的人太多了，每回都有人碰到我身子，他们嫌我跑得慢。”我说：“你可以晚点儿去，越晚人越少。”团顺摇摇头，诗人一般说了句：“我有我的作息时间。”我笑了说：“那你还是改回练哑铃吧。”团顺说：“不，我想想别的办法。”我怕他又让我伴着做什么，没有往下接话。

第二天晚上回家，未进院门见巷子那头走来一个冒着热气的人。就那身段，不是团顺又是谁。我“咦”了一声说：“团顺，你还没丢开跑步呀？”团顺提一提身子说：“现在我可不是跑步……我在爬山。”我吃一惊说：“你……晚上爬山？”团顺说：“我爬九凰山的石阶，我发现啦……这个地方晚上可没什么人。”九凰山在昆城的西边，过去有些荒凉，现在建成了公园，台阶一级级通向山顶。这种公园山路适合晨练，夜色里因为暗淡，一般人很少光顾的——这倒成了团顺中意的练身之处。我瞧着团顺迈进院门的背影，心里突然叹了。

这种感叹一不留神还伸入睡眠中。当天夜里我做了一个梦，梦中出现一条弯曲的石阶路道，静静地趴在山岭之间。团顺先是握着竹竿点点戳戳地往上爬，汗水流出来，带走了他的肥膘也带走了他的笨重。他轻巧起来，双臂展开衣裳飘动，两只脚在台阶上一弹一跳，像是上了发条的玩具青蛙。到了山顶他站在那里，一阵山风吹来撩起他的头发，然后他抬起手臂在额头搭了个凉棚，仿佛夜里也有阳光晃眼，仿佛他能看见山下镇子里的万家灯火。

意外出现在十余日之后。那些天我按公司的指令出了一趟差，在广州一个展销会上劳动嘴舌，签下几份不大不小的销售合同。出差回来那天已是下午，我拖着行李箱往家里走。斜阳中，我看见我的影子在西门街上移动。走着走着我突然停住了，因为我的目光在团顺的花生摊位扑了个空——没有炉子没有锅子也没有旁边的身子，那扇小门静默地关着。在我的记忆里，这些年团顺的摊位像一张布告贴在西门街上，没有哪天短缺过。我嘴里使劲“咦”了一声。

进了家我放下行李箱，匆匆洗了一把脸，便穿过院子去敲团顺的门。那门虚掩着，轻轻一推便开了。虽是白天，里边仍然灰暗。我摁开电灯，见团顺造型怪异地坐在床上。近前几步，才看清一片被子搭在他身上，从被子里游出一条绑着石膏的壮腿。那壮腿看见我来，羞羞地动了一下。我心里说，原来如此。

团顺说：“你一推门我就知道是谁来了。”说着划一划手，像是示意我坐下，或者表示自己不能起身接待我。我说：“摔了几天啦？”他说：“四五天了，我算算……是五天。”我说：“怎么摔的？”他说：“上山容易下山难，快下到山脚时踩了一空……人老了掉牙齿，那石阶路又不老，也掉了一块石板。”我想象着团顺在台阶上滚动、挣扎以及呼救的情景，嘴里涩涩的问不出话。停一停我才说：“那这些日子你怎么应付吃喝呢？”团顺说：“我叫外卖，到点儿就会有人送吃的来。”他移一下眼珠子，又说，“医生说不是骨折是骨裂……骨裂好得快，再说我还有一把拐杖。”我左右打量一下，床边果然放着一把木制拐杖，但床上床下太乱了，好些衣服没头没脑地缠在一起，几只吃空的塑料饭盒躲在屋角，造出不好闻的气味儿。

晚上跟池晶见面，我讲了团顺的受伤。池晶问他干吗一根筋地减肥呢？我当然没法拿出团顺去宾馆的事儿，但我想过好几遍了，团顺的折腾大约是为了挣一点体面，他暗想着跟女人在一起时自己的身体能好看一些呢。见我不吭声，池晶叹口气说了几句话，意思是团顺的眼睛加上一把拐杖，想想都让人揪心。我顺势提示她："团顺的房间有些失控，你能不能带着学生再做一回善事？"池晶笑了说："你别想绑我的架，我的想法是把这一回的善事让给你。"又认真着说，"上次我就看出来啦，团顺不想把自己不好的东西亮给别人看，咱们就不为难团顺也不为难那些学生了。"我说："那你上次有没有看出来，团顺对女人也挺敏感，譬如你的声音你的气味？"池晶说："这是什么话！为什么把我当例子！"想一想又说，"我倒记得那天团顺读的诗里，有这么两句：那种爱的神秘，又重新回到尘土的位置上。"我嘿嘿一笑说："这是两句好诗。"

又过了十多天，团顺的店门重新打开，炉子和锅子出现在往常的位置，花生堆里升起一缕慢腾腾的雾气。在一米之外，团顺的身子也配套地依偎在门边。不过他只能坐在一张残破的藤椅上，再把石膏包裹的胖腿搁在另一张木凳上，又怀抱一杆缠了胶带的秤子，这让他的造型比较抢目。有人来买花生，只好自己动手装了袋子放到他的秤盆里。他不用起身，便摸秤报数，收钱找钱，把生意给做了。

他的腿还没好透，日子已与以前的秩序接上。

这一天下班回家，我在花生摊前留一下步，交给团顺一个礼物小纸袋，同时送给他一句消息：我和池晶马上订婚了。在昆城，订婚是结婚的伏笔，需以糖果的形式把好事告诉相关人群。其实按我的想法，可以省去这道鸡肋般的程序，但池晶是初嫁，不乐意绕过镇子上的俗成习惯。

团顺将手深入袋子里，一颗一颗摸了糖果们，然后脸上浮起追忆似的笑容。他说："你的池老师，声音好听。"我想说不光声音好听人长得也好看，但我没说。我只是说："你得赶紧把腿养好了，到了年底我会弄一个婚礼，那时候你也过来喝一杯。"团顺点着头说："好事哩，我得去听个热闹。"

我正欲走开，团顺唤了我一声。我说："怎么啦？"团顺脸上扭捏一下，说："那天晚上在屋子里……跟我说话的声音也好听。"我傻了几秒钟，才明白他说的是那天宾馆里的那位女郎。团顺又羞羞地笑了一声，说："她……她长得好看吗？"我使劲想一下，脑子里捉住一张尖瘦的脸，但具体模样已凑不起来。我没有犹豫，稳着语气说："她嘛，长得挺好看的。"

团顺的胖脸上，一道笑意鲜明而慌张地跑过。

星期二咖啡馆

对他来说，昆城是卧在时间里的。它只属于每个月的第一个星期二。

这样的星期二当然与别的日子不一样。天刚获得一点亮色，他便被自己催醒，吃过冬媛备好的早餐，然后搭地铁到火车东站，准时坐上七时十八分的高铁。上午的车厢是惺忪的，声音并不显闹，如果他愿意闭上眼，可以将扣减的睡眠补回来一些。过了三小时二分钟，列车在昆城站歇一下脚，停留的时间刚够他将自己送到站台上。出了车站，他坐一小会儿公交车，又步行一百多米，便看见了那座棕色门台的咖啡馆。

此时的咖啡馆开门不久，厅堂里顾客稀少，气息还有些懒。他在窗边一张小桌前坐下，从包里掏出一本书搁在桌上，然后安静等着。过了片刻，一位携着托盘的清瘦姑娘站到他跟前，轻着声音说："方叔叔，我知道您今天会来的……还是一杯绿茶吗？"他点点头——虽然在咖啡馆，喝茶仍是他的一贯选择。姑娘离开很快又回来，将一只盛了绿色的杯子放到桌上，又轻着声音说："天气有点凉了，阿姨的身体还好吧？"他让自己笑了笑："还是那样……她身上的力气老是不够用。”

起初几次，冬媛是伴着他一块儿到昆城的。两个人坐在咖啡馆里，虽然不多说话，神情到底是相互支援的，而且还可以在镇子里住一夜，当作每月一次的放闲。但冬媛的身子已变得薄弱，一想事心里又容易晃动，三小时的旅途便成了畏途。有一回临出门，她脚一软坐在门口地上，样子有点儿童。他递手拉她起来，她摆摆手，说让我想一想。想了一分钟，她说：“我不去了，老方你去吧。你一个人去。”他说：“我一个人坐在那儿会有点傻。”她说：“不傻不傻，你把儿子的书带上。”

儿子的书叫《查拉图斯特拉如是说》，浅灰的封面显着哲学的脸色，现在就摆在桌上。灯光有些暗淡，不过因为近着窗户，眼睛是舒适的。他打开书本，翻到上次阅读停止的地方，便找到了新的一节“山上的树”。在这一节里，查拉图斯特拉与一位少年展开了对话。查拉图斯特拉告诉少年：“人与树是一样的。他越想向光明的高处生长，他的根便越深地伸入土里，黑暗的深处去。”少年说：“我改变得太快了：我的今日推翻着我的昨天。我上升时，我跳过许多梯级。”少年又说：“当我在高处时，我觉得我孤独。”查拉图斯特拉说：“我心痛极了。你的目光诉说着你所冒的危险比你的语言还清楚些。”

他有些恍惚。他每次读这本书的时候都有些恍惚。他的底子是工科，往细里说是冶金工程，虽说后来转行做了单位的内刊编辑，但与哲学的文字仍是错道的。他还不明白的是，儿子是学计算机的，与哲学的距离差着一丈远，最后却偏偏贴近了这种虚飘的书。他揉揉眼睛喝一口茶，起身去了一趟洗手间。返回时经过留言墙，他停一下脚。这是一块随心所欲的语言集聚地，上面贴满了各种纸条。一张纸条上留字：乳房是手的故乡，我的手游走在他乡。另一张纸条写：Lxd，你猜猜你那天酒后说了什么？算不算数呀？还有一张纸条写：到底有没有来世呢？有一个人答应来世嫁给我！这些文字差点把他逗笑了。他想，这墙上的纸条与哲学没有关系，但同样制造虚飘。随后他又注意到一张纸条，上面的文字倒不虚飘：我要点赞3号服务员徐娟，她的服务态度好！这句话让他受用，因为徐娟正是轻声与他说话的清瘦姑娘。

午饭时间到了，厅堂里的顾客在增加。他合上书本抬起脑袋，那位清瘦的徐娟姑娘很快来到跟前。和往常一样，他点了一份扬州炒饭和一碟水果。在英文名曲的舒缓音乐中，他吃掉了炒饭，又吃掉了水果。

午后的时光有些柔软，吃客们的身影已经离去，忙碌的声响静伏下来，而傍晚的热闹几个小时后才能到来。这是一天里他最想等到的时刻。在这段闲淡的时间里，徐娟姑娘会放下服务姿态，乖巧地坐到他对面。

他很想给徐娟姑娘添一只茶杯，由他来买单。不过他又知道，对方是不会接受的。她是服务员，坐下来聊天必须是临时的样子。

他已预备了一些话，但这些话并非要紧，所以口气也是淡散的。他问她的近况，譬如周末安排、追星变化、微信交友什么的，她便顺着问话说过去。她说：“方叔叔你忘啦？我没有周末的，我只有周四一天轮休，我一般把这一天用来睡懒觉逛商场听歌曲。”她说，“我喜欢的歌星是周杰伦，听说他结婚生孩子了，不过我也没有难过。”她说，“我在手机里装了计步软件，每天在大堂里走来走去，嘻嘻，微信群里谁也走不过我。”她一边说着一边时不时地努一下嘴，眼睛里有流动的光亮，这让他忍不住地暗笑。他不在意她说了什么，只是喜欢她说话的样子。

如此说了一回，他的手翻一翻桌上的书又合上，然后话题会来到儿子身上。这时她便静了脸，摆好耐心听讲的准备，这多少鼓励了他的嘴巴。他先点评儿子的喜好和脾性，又发展出儿子的一些趣事。这些趣事以前并不有趣，现在想想真是沾着可爱。譬如高中寄宿学校，儿子不屑于管理自己的卫生，脚臭名震全楼。一天他正在寝室看书，不知门外已聚了一群男生，他们在打赌谁敢进去待上十分钟，以挑战那双著名的脚丫子。有赏之下，一名男生昂然走进门去，但五分钟后崩溃而出。又一男生很不服气，用棉签塞了鼻孔挺身而入。十分钟后，众男生心生敬佩正要庆祝，不料房门猛地打开跑出光脚丫子的儿子，说里边有个人不知怎么突然晕倒了。徐娟姑娘便笑，说：“这故事是演绎的吧？”他说：“上了大学，有同学写逗乐文章，把儿子的逸事挖了出来。”徐娟姑娘说：“我能想象，他是个好玩的人。”他点点头补充说："不仅好玩，还阳光。他是个脸上老有阳光的人。"这么说着，才发现桌上有半截淡淡的光影——窗外的阳光已经西斜。这是结束见面、搭车回返的提示，他喝掉杯中余茶，跟徐娟说告别的话。在这时，他会让自己的目光在对面的目光里多停留几秒钟。

在许多时候，儿子的目光是顽皮不羁的。他打小喜欢旁门，喜欢顶撞，喜欢玩游戏，让人看不准他的前景。幸运的是，大学计算机专业把他的缺点招安了，他的不良脾性与电脑鼠标一结合，产生了左冲右突的想象力，这是软件设计所需要的。大学毕业时，他成了一个自信的计算机青年，并很快被一家不错的软件开发公司所收纳。工作了不到两年，他的收入已比父母两个人加起来的工资还要多。这个数字对比进入母亲的记账本，似乎成了她津津有味想解开的数学题。

去年四月的一个傍晚，儿子下班后没有直接回家，先拐进一家新华书店买了一本《查拉图斯特拉如是说》。没人知道他为什么这么做，也许那些日子正好喜欢上了空灵的思考，也许只是路过书店时的心念一动。离开书店，他携着书本回家。穿过一条马路时，绿灯已经亮起，他的脚步没有犹豫。正是在这时，他与一辆轿车相遇。那辆车子力气太大了，让他一下子躺到离斑马线七八米的地方。

医院电话打来时，几只兴高采烈的盘子正摆到桌上，晚餐的气氛已经形成。但只需几秒钟，所有的温馨在一声通知中戛然而止。他们匆匆赶到医院，才知道碰到了无法对付的事情。在以后的日子里，他们曾小心翼翼地回想那天在医院里的具体情景，但记忆是那么地摇晃，让人实在追捕不住。他脑子里只存着一些破碎片段：自己硬着身子坐在椅子上，坐了很久很久；后来有人过来跟他说话，他点了头；又有人拿来一些白纸让他签字，他写上了自己名字。还有，他没有忘记一个镜头：他抱着迷糊的冬媛，听一个医生说话，那话里有伤人的请求——将儿子的眼角膜移植给别人。但那时他似乎没有犹豫，硬是用崩散的脑子做出了一个理智的决定。

一年后的一个深夜，他被冬媛推醒。冬媛坐在床上，幽幽地说："老方，我做梦了，我梦见儿子的眼睛。"他"哦"了一声也坐起来，在暗色中找到冬媛脸上的惨白。过了半晌，他说："那咱们去见见那个姑娘吧。"在此之前，他们只知道眼角膜的受益者叫徐娟，并见过她的照片。照片里的姑娘来过两次电话，说一些感谢的话，但那会儿在他们的耳朵里，没有一种声音是动听的。这些感谢的话掉到他们寂寞的日子里，就像几颗水珠落在干枯的石板上，停留一下便消失不见了。他们的脑子和身子似乎很懒，不愿意接收外来的任何信息。在很长一段时间里，他们最需要的是安静。

现在，一只梦终于在一年之后前来提示他们：在一个不算太远的地方，儿子以某种方式等着他们；或者说，日子原来并不是封闭的，还留着一扇窗口可以跟儿子相处和说话。

第二天，他们找出手机号码，给照片里的姑娘打了电话。对方的声音轻细并且礼貌，对他们见面的要求没有不高兴。她说："你们星期四来吧，星期四我休息。”他们这才知道，徐娟姑娘在一家咖啡馆上班，一周只轮休一天。对他们来说，这个时间倒不成问题。打儿子出事后，冬媛办了病退，他也处于半上班状态。他们已做不到在单位撑着心劲做事了。

星期四那天，他们坐上了去昆城的高铁。冬媛坐在窗边，玻璃上飘过各色景物，又叠映着她稍稍不安的脸。他知道，冬媛在心里已对这次见面预设了伤心和激动。到了昆城，找到徐娟家已近中午，其父母已备好饭菜，这使他们一见面就很快进入有点欢快的吃喝场景，仿佛亲戚间热乎乎的相遇。他看得出来，冬媛的筷子有些心不在焉。用过餐，两家人又坐下来喝茶聊天，话题远远近近的，却不轻易往儿子身上靠。正这么拖沓着，那徐娟姑娘也许有点犯困，不经意用手指揉了下眼睛。冬媛见了，赶紧凑上去说：“怎么啦怎么啦？”徐娟姑娘说：“没什么。”冬媛不放过机会，伸手捧住徐娟姑娘的脸，细看她的眼睛。徐娟姑娘露了羞涩，目光软软的，冬媛突然送出嘴巴，在那眼眸上吻了一下。屋子里一时静住，气氛似乎有些尴尬又有些忧伤。

这次见面时间不长且带点儿生涩，却打开一道闸口，让他们对儿子的念想像流水找到方向一样，有了投奔之处。分别时徐娟姑娘送他们出门，走到巷口，冬媛迟疑一下，说出一个月来一次的打算。冬媛说：“我们有时间，我们不怕麻烦。”冬媛又说，“下次不占用你轮休日子，我们只去你的咖啡馆坐坐。”

冬媛没有享用几次咖啡馆的日子。一月一次的旅行会引起心念的起伏，于是也带来体力的加倍支出，她的力气不久便跟不上了。之后的这一天她就留在家里，等着晚上他带回一些东西。一些东西是指见面情景的再述和因此产生的儿子之气息。

再述是一种复习，似乎加强了他的记忆。他便一月一月在心里积攒着见面的细节。

其实见面的情景每次都是相似的，不一样的主要是他嘴里讲出的儿子逸事。坐在咖啡馆闲静的木桌前，对着一张耐心倾听的脸，他总能在脑子里找到儿子的生动片段。譬如又有一次，他讲了儿子踢足球的事。他说儿子足球踢得不错，是班里的主力队员。高二时学校举办联赛，他代表班级出战。一场场球打过去，进入了半决赛。那天全班男女同学倾巢而出，站在场边为自己的球队加油。比赛打得很胶着，双方都进不了球。到了下半场接近尾声，队员们筋疲力尽又异常卖力，禁区前不时有拼抢纠缠的场面，终于有一回儿子为了解围，将球使劲回传给守门员，也许是儿子力道拿捏得不好，也许是守门员有些分神，那球在空中走出一道漂亮的弧线，却在守门员的指尖上方掉进自己的球门。整个球场一半寂静一半欢腾，一大群目光拥向儿子，儿子孤零零地站在那里，汗水顺着耷拉的头发淌下来——那是一个让全班同学难以忘记的镜头。他说这场比赛让儿子很难过很难过，儿子是个善于幽默的人，但几年过去，每当提到那个乌龙球，他仍不能将失误转为自嘲或嬉笑，眼里总会露出孩子般的伤感。

到了下一次，儿子的恋爱故事在他嘴里出现。他说儿子上了两年大学没碰到情事，大三那年学校在图书馆门口搞书展，儿子买了一堆打折书抱在怀里往外走，下台阶时发现右脚鞋带松开了。他停住身子准备放下书本，这时旁边一位女生看见了，问一句我可以帮你吗，便蹲身替他系上鞋带，然后抬头冲他嫣然一笑。儿子愣怔着，觉得心里被什么东西击中了，但等他回过神来，那女生已不见其踪。儿子回味了一天，知道自己遇到了爱情。在接下来的时间里，儿子开始了在校园里的寻找——他不知道她的名字班级，记住的只是她一笑的脸。他时常在图书馆游走，在食堂里游走，在商店服务区游走，有时远远看见有点像的，就赶紧凑上去辨认。对他来说，这是一次辛苦又有味道的寻爱过程，但直到毕业，他没再见到存在脑子里的那张脸。

他讲儿子的大学情事时，是秋尾的星期二下午。窗外有风走过，玻璃上时不时贴上一枚树叶。徐娟坐在对面，目光有些走神。他注意到这一点，话语渐渐收住。徐娟轻叹一声说：“后来他一直没找到那张脸吗？”他说：“没有，校园里的女生太多了，再说也许是大四学生不久就毕业了呢。”徐娟说：“如果找到了，两个人会好吗？”他说：“也许会好，也许好不上，还得拿到一个缘字。”徐娟努一下嘴，慢慢地说：“方叔叔，这个缘字我拿到了，我找到了一张我喜欢的脸。”他吃一惊，说：“你恋爱啦？”说完马上笑了，“你说这话我不该奇怪的。”徐娟说：“本来要迟一点告诉你的，今天我没忍住。”他想一想说：“好到几分了？”徐娟又努一下嘴说：“好到几分在那上面呢。”她抬手指了指留言墙。

他站起身走到留言墙跟前，举着目光在众纸条里找。纸条们没有纪律，一大堆句子在墙上挤来挤去，不知道谁对谁说的。驳杂之中，到底发现了一张纸条：xj，如果你是咖啡，我就是开水，我要泡你！依此线索，他又找到几张以拼音开头的纸条。一张写着：xj，举起手来，你已经是我的俘虏！另一张：xj，我要把你带回家，成为新房子里的生活必需品。又一张：xj，你就学一回明星帮我签个名吧，在结婚证上。

他回到座位，微笑着说：“瞧着拼音，我像是在偷看你们的私语。”徐娟点点头说：“他是写给我一个人看的，不过我也想让你看到。”他说：“觉得出来，他是个幽默的人。”徐娟说：“不仅幽默，还浪漫，还聪明，还体贴人。”他说：“呵，看来你挺喜欢他。”徐娟说：“不是喜欢他，是爱他！如果他的鞋带松开，我也会蹲下来替他系上。”他心里晃了晃，说：“他经常到咖啡馆来吧？我能不能遇上？”徐娟说：“有时也来，不过都在晚上。”又轻声一笑说，“我们在准备婚礼了，在婚礼上你能见到他。”他说：“都靠近婚礼了，这么快。”她说：“也没那么快，下次你来我才给你请柬，请柬上会写着你和阿姨的名字。”他欢了脸说：“听到这样的消息，阿姨会很高兴的。”

晚上从昆城回到家照例已是八点多钟，他把徐娟的好事说了，冬媛果然高兴。两个人洗漱完了坐在床上，忍不住又把刚才的话题续上。说了一会儿，冬媛出来一个想法："婚礼的事可不是小事，咱们该送她一份礼物的。"他"嗯"了一声——其实他也想到了，只是不知送什么好。两个人便商量礼物，从床上用品、十字绣挂品，到手表、女包，再到珍珠项链、艺术摆品，一路说过去又说回来，竟未遇到特别合心的。摁开手机百度一回，搜到七嘴八舌的建言，也没一样中意的。俩人觉得累了，收起讨论躺下睡觉。

第二天上午起床吃过早饭，他按例捏了拖把拖地——这活儿本是冬媛干的，自打她丢掉力气，便由他接手了。正在客厅里忙乎着，听见冬媛在卧室呼叫一声，他放开拖把奔过去，却见她脸上渗着笑意。未待他问话，冬媛先开了口："老方你没想到吗？有一样东西适合做礼物。"他说："说说看。"冬媛说："擦地机，机器人擦地机。"机器人擦地机是新鲜玩意儿，电视里老打广告。他刚伺候地板时，冬媛有些过意不去，想找地址寄钱买一个。他犹豫一下投了反对票，理由是反正拿着一把时间，打理家务正好活络身子。现在听冬媛一说，倒觉得是不差的主意，只是不如送玉器或书画那么雅致。冬媛说："什么雅致不雅致，那昆城是个县城，用上这东西也算是领了新潮。"又说，"做着新娘最怕眼前多出一堆杂活儿，有了擦地机，心宽了一半。"他嘿嘿笑了，说："你这话像广告语。"

定下目标，他们便携了兴致到淘宝网去找，很快看中一款Braava380，美国设计中国制造，虽然价格有点凶，到底符合心念的。

几天后货件寄到，打开一看，样子端庄可爱。充了电在地板上试用一回，果然忙碌而灵活，显得很积极。

下一次去昆城时，他将礼物带上了。坐在车厢内，他脑子里出现了几个小时后的婚礼请柬，又出现了若干天后的婚礼场面。冬媛已跟他说好，婚礼那天怎么也要到场。那时候，他们俩将身着鲜衣，先静静坐在亲友群中，看着一场热闹在眼前一步一步展开。然后呢，也许他会扔掉斯文，将酒瓶拖到身边，一杯追着一杯地饮酒。他的酒量并不可观，但若得了机会，他知道自己愿意跌入昏醉的。他甚至觉得，坐在那热闹地方一杯杯往醉里饮，冬媛不一定会劝阻，因为他的酒也是替她饮的。

窗外的景物向后移去，阴淡的天空已显出初冬的样子。他算了算，从初次拜访昆城到接收一张婚礼请柬，花掉了九个月时间。九个月中，他的日子因为多了一家咖啡馆而变得不再摇晃。摇晃，那是多么不好的感觉呀！这么轻叹着，他又一个月一个月往回追想，把一些有意思的星期二拣出来，在脑子里慢慢回放一遍。

车抵昆城，他照例坐一段公交车，又步行一百多米，迈进开门不久的咖啡馆。厅堂里身影稀少，气息闲适。他走到窗边小桌前放好礼物纸箱，坐下掏出那本《查拉图斯特拉如是说》搁在桌上，然后安静等着。过了一小会儿，一位携着托盘的陌生女侍站到他跟前，说：“先生，您要点儿什么？”他心里奇怪着，说：“咦……徐娟呢？”

女侍说："先生，您找徐娟吗？她不在。"他说："她今天迟点儿来？"女侍说："她今天不来了，她好几天不来了——先生您要点儿什么？"他"噢"了一声说："她请假了，这些天她应该会很忙。"女侍说："她没有请假，没有请假她就不来了——先生您要点儿什么？"他不解地瞧着对方，嘴巴茫然报出一句："一杯……绿茶。"

待绿茶端上来时，他心里已攒了不安。他想一想，起身凑到留言墙跟前，去找"xj"打头的纸条。纸条们多而散漫，一批话语骑着一批话语。他先用眼睛搜阅一遍，又用手翻看一遍，没有遇到要找的文字——就是一个月前那几张曾读过的纸片也像入冬的树叶飘失不见。

他回到座位，脑子里跑出一个仓皇的假设。他摁了呼叫键招来刚才的女侍，松一松脸，问徐娟到底怎么啦。女侍说："先生，我可以不说吗？"他说："你应该能认出来，我每个月都来店里与徐娟见一面。"女侍点点头说："我认得您，可我不知道您是徐娟的谁。"他说："我像一个心藏恶意的人吗？"女侍说："那好吧……徐娟跟男友掰啦，不能结婚了。"又说，"掰就掰呗，男人又不是稀罕东西哪儿没有，可她偏急，偏跟自己较劲，偏要丢下这份工作……"

他收回耳朵，从兜里摸出手机查徐娟的联系号码。他很少打她的手机，总觉得平时不打扰、隔一个月在咖啡馆见面才是贴切的。女侍在旁边说："我们也打她手机了，打打打总是打不通。"他没有停手，将找到的号码拨出去，得到的是关机的提示。他不甘心地又拨一次，提示的声音再一次响起。

他收了手机合上书本，将礼物纸箱拎到女侍跟前，请她暂时保管。女侍瞅一眼纸箱，说："可以的先生，我把东西存在收银台。"

他走出咖啡馆来到街上，左右瞧一瞧，脚步一时有些迷茫。他决定去一趟徐娟的家，可又记不起方位——距离第一次上门已经很久了。踌躇之中，他想起家里似乎存有那住址，便给冬媛打了电话。冬媛问："怎么啦？你干吗去她家？"他说："她请假了……这些天她不是要忙事嘛。"说完便郁郁等着，目光在纷杂的街道上无趣地溜达。过一会儿冬媛回来电话，报了徐娟家地址，又塞他几句偏题的叮嘱。他嗯嗯地应着，一边抬手招来一辆人力三轮车。县城其实不大，车子卖力地东走西拐，不多时便将他送到目标地。

对着曾经拜访的楼房，他记忆回来了。他走进楼门上了三楼，才想到此时正是午饭的点儿，但他顾不上那么多了，瞅准了一个房门伸手去敲，"咚咚咚"，屋内没有反应。他迟疑一下，增加了手上力量，敲出"砰砰砰"的声响。这回门开了，不过是旁边的邻房，一位大妈站在门边瞧他。他赶紧说："我找徐娟，她不在家吗？"大妈说："您是哪位？您不知道她不在家吗？"他说："我不知道……我刚从杭州来。"大妈说："杭州……可是个好地方，我去过一回，那还是十多年前……"他说："徐娟去哪里了？她家里人呢？"大妈"唉"了一声说："听说徐娟躲起来了，不愿意见人，连爸妈也联系不到她。"他说："这有几天了？"大妈说："好几天了，开始她爸妈不在意，后来慌了，怕女儿想不开做傻事，就出门满世界地找她。”他说：“镇子又不大，她能躲哪儿呢。”大妈说：“屋子里掉东西都不易找呢，何况一个镇子……这会儿她爸妈只怕又去了婚房，那儿没准有啥消息。”他赶紧问婚房的地址，大妈表示自己记忆不好，但能记住那个地方，因为叫高兴大楼。大妈说：“高兴大楼让人不高兴，那婚房收拾熟了都用不上。”大妈又说，“一个楼里出了稀奇事，你去了一问准能问出哪个屋门。”

大约是里边有人招呼，大妈收住话语回了内屋。他静一下脸，转身下楼向外走去。出了巷口，是一条布满商店的主道，不过因为阴天，街上看上去热闹但不热烈。他捉住一个人打问高兴大楼，对方用嘴巴和手臂指示了方向。他便朝着那个方向走，走了一会儿，遇着一街心休憩区。此处养了几片花坛，又摆着几张木椅。他一眼扫去，心里忽然弹跳一下——一张木椅上坐着一只很像徐娟的身影。他吸一口气，缓着脚步走向木椅，转过角度，那身影长出一张陌生的脸。

他暗叹一声，靠着街边继续往前走，过一家点心店时，一缕肉香提醒了他，这才觉出肚子是多么地饿。他拐进店门，坐下点了一碗排骨米线，然后手扶脑门，让自己松一松神儿。此时已过了忙碌时间，店厅里显着闲淡，倒是墙上挂着的小电视机正积极地播放广告。那广告很顽强，东一榔头西一棒槌的，时而汽车时而服装又时而饮料。不一会儿，米线端上来了，他开始吃起来，吃了几口，电视里开始播出一个街访节目。他注意地抬起脑袋，看见一位采访者将话筒伸向路过的年轻女子。采访者的话题是：如果发现你的男人（男友）对你不忠，你会拿出什么态度？因为是拦路突问，便回答得形形色色且雅俗不一。一位年轻女子说：“我先要查明白是什么原因，万一是我不可爱了呢。”另一位年轻女子说：“他才不敢哩！他真敢，我也带一男人到他跟前去。”一位胖黑女人一边笑着一边吐出狠话：“还能有什么态度？一旦发现，我立马摘了他的桃子！”一位戴眼镜的女生说：“我会流泪吧，流一公斤的泪，再在微信群里放一首伤心的歌。”随后镜头给了一位长相清秀的姑娘，她认真着脸说：“耳听是虚，眼见为实，我不搭理别人的嘴巴，只相信自己的眼睛。眼睛是用来审美示爱的，但真让我瞧见了丑陋东西，我会很愤怒！”采访者问：“愤怒中你会做什么呢？”姑娘说：“我不知道，但那时候的我和现在的我一定是两个人！”

不知怎么，他一边举头看着一边心里有些暗淡。这时街访画面跳到播音室分析，他撤回目光，发现手中的筷子停在嘴巴前。他回过神似的轻咳一声，催促自己将碗中的米线赶紧吃完。

从点心店出来，他又问一回路人，然后快了脚步往前走。不多时，高兴大楼四个字出现在眼前。这是一幢商住结合的高楼，底层是服装店加文具店，转到背面进去，有一个不大的门厅，一位保安模样的人坐在那里喝茶。他上前问了两句，又强调了自己找人的心情，那保安明白了，说这屋子有故事哩，不过这会儿你遇不到人。他说：“我心里着急，来了总得瞧一瞧。”保安细看他一眼，似乎没看出坏意来，便报了房门号，又叮嘱道：“屋子门锁撬坏了，出来时记着把门带上。”

这句话含着屋子先前争吵的信息，此时却像是对他辛苦走来的补偿。

他进入电梯升到六楼，很快找到一扇新鲜的房门。房门像是紧闭着，轻轻一推，果然松开了。他在打开的门上敲出两声，里边没有回应——看来徐娟爸妈没到这儿来。走进门去，迎面先是一间客厅，沙发茶几已经就位，窗帘吊灯也已布上，墙上还挂了一幅复制油画，缺的大约只是电器什么的。踏入侧门，是筹备中的卧室，一张宽床居中摆好，旁边立着浅色衣橱。衣橱上有一面镜子，映出半截房间，也映出他的身子。他忽然注意到，镜子上画着几个字，有点像留言板上的短语。走近了看，竟是用唇膏写出的四个字：我看见了！

他愣了愣，使劲盯住镜子上的字。她看见了！她看见了什么？什么东西进入了她的眼睛？他想稳一稳脑子，里边却已跳出好几个猜想的念头，相互拥挤着，同时一组街访画面醒目飘过，像是不甘落后地做着提示。

正乱着神儿，他瞥见镜子里的墙角立着一只镜框。他转身走过去，看到这是一幅双人合照，玻璃已经碎了，框中的照片被手撕开，裂线从俩人的脸上横跨走过。他蹲下身子，默默瞧着徐娟，瞧着徐娟的那双眼睛。静寂之中，他觉出心里被什么扯了一下，丝丝地痛。

他收一口气，伸手取了照片，将裂缝彻底扯开，再细细地撕了几下，手里只剩下包含徐娟半张脸和一双眼睛的相纸。他把这张巴掌大的相纸近到眼前，很慢地看一会儿，然后小心放入自己衣兜里。

他回到咖啡馆。

迈进去后，弹簧之门甩回原位，把街上的喧闹挡在了外面。正是下午的柔懒时间，厅堂里保持着惯有的暗淡和轻闲。他仍然走到窗边的小桌前坐下，静一静，取出那本《查拉图斯特拉如是说》搁在桌上。不一会儿，上午服务过的那位女侍站到他跟前，说："先生，您找到徐娟了吗？"他摇摇头，说："我要一杯绿茶，我在这里再坐一坐。"女侍不再说什么，离开又过来，端上一只玻璃茶杯。

他翻开书本，找到新的一节开始阅读。读了一会儿，他看到这样的文字：给你目光不是为了看到不好！查拉图斯特拉刚说了这句话，他跌倒了，如同一个死人，如同死了一样，躺了很久……最后，在七天之后，查拉图斯特拉从床榻上起来，拿一个红苹果在手里，吻它，并觉得它的味很香。于是他的动物们想着这是对他说话的时候了。"哦，查拉图斯特拉哟，"它们说，"现在你已经闭着眼睛躺了七天：你自己不再站起来了吗？"

他的目光离开书本，看向桌上的茶杯。茶杯光溜，让他的目光打滑——其实他的视点是虚飘的，他在计算儿子跌倒之后已躺了多少个七天，或者说，他在计算儿子的视力交给徐娟已多少个七天。这不是个困难的算术题，但他算着算着，脑子有些恍惚又有些潮湿，似乎里边渗出了泪水。

这时那位女侍又来到他身边，将上午寄存的礼物纸箱搁在桌上，说：“这东西还给你啦。”他点点头。女侍又说：“这是什么玩意儿？箱子上写着机器人擦地机，我可没见过。”他说：“就是帮人干活的擦地器，可以在地上跑来跑去。”女侍说：“它没有眼睛，怎么能认得路呢？”他沉默一下，将箱子打开取出擦地机。这是一台白色的方形机器，擦布已经装好，他抚摸一下放到地上。

到了地上的擦地机马上进入不错的工作状态。它先兴冲冲地爬出一条直线，碰到墙壁后一个转身，又稳稳地笔直爬回来，中途遇到一条桌腿，灵活地躲闪一下，立即调好身子开始了在桌子底下的清扫。它不大的声响在安静的厅堂里仍然醒耳，几位喝客低了脑袋好奇地盯着它。

在一群目光中，擦地机从桌子下边钻出，直溜溜地奔跑过来，在那位女侍的脚上磕了一下，再不好意思地离开。女侍嘻嘻笑了起来，说：“这愣小子有趣，像个真人似的。”

星　子

一眼望去，村子挺有型的，在山坡之间摆出神闲气定的样子。走近了看，屋子们到底显了旧，安静中透出憔悴，有点正慢慢老去的味道。

此时已是下午，阳光变得有些薄。他走过村口樟树，又走过一座石桥，瞧见一位村民在锄菜园子。他问了问，村民停下锄头将手臂指向前方。他就往前方继续走，走了约莫一箭地，见到一座有院子的阔气房子。房子的主人是一位年近六十的老妇，对他的出现并不惊讶。他先打量一圈院子，又说了自己的租住要求。老妇问："你要住多少日子？"他说："三个月吧，也许更长些，但超不了六个月。"老妇又问："你是画家？可你没背着画夹呀。"她的话里沾着一些老练。他说："我不是画家，我只是画家的朋友。"两天前，正是一位画家向他推荐这个山间村子，并点到了这座住屋。老妇说："我这屋子还住过找矿石的、辨认树木的、用望远镜看星子的、搜罗村里故事的，你是哪一个？"他摇摇头说："我都不是。"又补上一句，"我过来就是用一用这里的空气。"老妇脸上飘过一些迷茫，不过口气仍是热乎的："请问你贵姓？"他说："我姓韩。"老妇说："韩先生，那你就住下吧，住过的人都说我这屋子好。”

他得到二楼的一个房间。房间摆设简单却还干净，地板木壁上的漆色也尚未暗淡，他没有什么不满意。房东老妇提示说，吃饭可以搭伙，搭伙烦了也可以单做，只是没法做出稀罕东西。由此抻开话题，他知道了房东老妇的儿子儿媳均已下山打工，留下一孙子一孙女让她养着。孙子孙女在村小读书，读书完了喜欢野玩，不过吃饭的点儿一到，准能回到饭桌上。他想一想问：“孩子们的爷爷呢？”房东老妇说：“去了，两年前就去了。”他不再言语，取出一些钱票交给房东老妇。

日子便这样过了起来。之后几天，他晚上挺早上床，让自己睡得很饱。上午起来用过早餐，就携一把竹椅再加一本书，坐在院子里晒太阳。二月的太阳是体贴的，往他身上铺出一层淡淡的暖意，又在地上造出一团浓浓的影子。他翻二三页书，目光便会离开文字，默默瞧着地上的影子。影子是文静的，不语不动的样子。但过一会儿去看，影子已挪过去半尺；过一会儿再看，影子又挪过去半尺。

用完了上午便是午饭。午饭过后他会小躺片刻，好歹养出一些精神，然后允许自己起来往村子里逛。村子其实不大，房屋们撒在两个山坡间的坡底，一条溪水穿中而过。他沿着溪边小道慢慢往前走，边走边听水的声音。溪水中卧有许多岩石，岩石间常有三三两两的村妇在洗衣裳洗米菜什么的。有村妇见了他，会好奇地搭讪：“你就是那个来这儿花钱买空气的人吧？”他一般淡淡一笑作为回应。再往前走，会遇到一间杂货商店、两位下棋的老人、一头慢条斯理散步的牛、三四个奋力打闹的小小孩。有一天，他还遇到一位有点奇怪的老头儿。那老头儿清瘦单薄，穿着一身黄色的绸衣，腰上系了一条布带，正拿着一把刷子往自家的木门涂油漆，旁边有一条警惕的狗，冲他叫了几声，被老头儿喝住。老头儿停住手中的刷子，说："你就是那个花钱买空气的人？"他点点头。老头儿说："城里人就是舍得花钱，什么都肯买。"他没法答话，便注意地看一眼老头儿的衣服，那衣服黄得发暗，已有些旧了。老头儿提一下身子，又说："你是怎么找到这儿的？"他说："朋友介绍的，他说这里好。"老头儿说："那你在这儿待多少时间？"他说："也许长些也许不长，我自己也不知道。"老头儿撇一下嘴说："你们城里人说话，喜欢话里藏话哩。"

晚上吃饭时，他向房东老妇问起那位穿黄色绸服的老头儿。旁边的孙子抢着回答："那是老孙头，他身上是自己的寿衣。"胖乎乎的孙女也加上一句："他穿自己的寿衣已经好几年了。"他心里愣了一下，将目光递向房东老妇。房东老妇说："老孙头是村里的稀奇人，脑子里老淌出一些怪念头。"又说，"他早年做过油漆工，走过一些村子见过一些世面。"

转过一日是阴天，天空漏不出阳光。他在房间里闲坐翻书，忽然听到敲门声，打开一看，是一位穿制服的方脸警察。方脸警察细看他一眼，说："我是乡派出所的，来跟你见个面。"他点点头。方脸警察说：“你叫什么名字？在什么单位做事？”他报了自己的名字，报了自己的职业，觉得不够，又从衣兜里掏出身份证递给对方。方脸警察扫一眼身份证，便在凳子上坐下，东一榔头西一棒槌地扯些话，有点四处搜探的意思。他让自己的脸挤出一点不高兴，说：“别讲些累话，你到底要知道什么？”方脸警察压一压声音说：“村里有人送来话，说你不像个二流子，但整天游手好闲，啥事也不做——我没法不奇怪。”他说：“村里人没跟你说我是来花钱买空气的？”方脸警察说：“这话到了警察的耳朵里，很容易被认为是一种借口。”他不吭声了，静了几秒钟，转身打开行李箱，拿出几瓶中药丸子和一本病历搁到桌上，说：“医生说我只有三个月了，最长也够不到六个月。我就是想找个地方静一静心。”方脸警察有些发愣，打开病历看看上面的文字，然后嘴巴动一动问：“那为啥不待在医院？”他笑一笑说：“这是一道选择题，我觉得待在医院不是一个好的选项。”

他的情况超出了方脸警察的预料，但也平定了方脸警察的疑惑。分手时，他希望自己的病况得到保密，方脸警察答应了。不过这种答应很快证明是无效的，至少打了部分折扣。中午睡过小觉，他像往常一样出门，刚拐个弯就瞧着了那位穿寿衣的老孙头。老孙头坐在路边的石头上抽烟，一见他便站起身凑上来，脸上摆着诚恳的不安。他正欲开口，先听见老孙头说：“我等了好一会儿，想跟你说话呢。”他说：“怎么啦？”老孙头说：“派出所的人是我找来的，我给他们递了话。”他“噢”了一声说：“这不算什么！一个陌生人无缘无故到了村里，总该弄个明白的。”老孙头扔掉烟头，两只手使劲搓几下，说：“我不知道你在生病……一个人丢开热闹待在这儿，一准得了不小的病。”他的目光暗一下，沉默了。老孙头说：“我来就是跟你说声对不住。”停一停又说，“不光对不住，我还有一些别的话。”他淡了脸还是不搭腔，因为他知道对方无非是掏出一些无趣的安慰话。老孙头又搓一搓手说：“站在这里说不了长话，这样吧，晚上我再来找你，电灯底下好聊话。”

晚饭后不久，老孙头果然来了，跟房东老妇打过招呼，便上楼敲门，进了屋子还没开口，先从衣兜里取出一瓶白酒和一包吃物。他不得不赶紧声明：“我不喝酒。”老孙头说：“不喝酒没关系，你吃花生，还有笋干。”说着在桌子上摊开包着花生笋干的纸，又安排自己在桌子边坐下。他盯着老孙头手中的酒瓶，猜想那瓶盖马上会被他的嘴巴咬开。可老孙头没有，只是紧一紧身子将酒瓶搂在怀里，说：“对了，我得怎么称呼你？”他说：“我姓韩，你叫老韩吧。”老孙头摇摇头说：“这不行，我得管你叫韩先生。村里把有文化的人都唤作先生，我也不能不懂事。”这话多少有点套近乎，但到底把气氛说柔了。他说：“今晚上除了花生笋干，你还想送几句安慰话吧？”老孙头嘿嘿一笑，说：“你信佛吗？”他摇摇头。老孙头说：“你相信来世吗？”他又摇摇头。老孙头说：“不相信来世的人不容易对付病病痛痛。”他说：“原来你想引导我去信佛。”老孙头严肃起来，说：“你错了，我可不劝别人信这个信那个，心里迈不进门，信了也是白信。我呀只是想说说自己的道理。”他说：“什么道理？”老孙头说：“对付生死的道理！”说了这话，老孙头才拿起酒瓶咬掉瓶盖，很猛地呷了一口。随后，一段故事伴着酒气从他嘴里跑出来。

老孙头说自己除了耕田种地还能做些油漆活儿，主要是农闲时替人家刷刷房子刷刷家具，反正老在周围的村子走来走去。有一天傍晚从外村回来，天突然下起了阵雨，他怕湿了工具箱，赶紧躲到一棵大树下。躲了没几分钟，忽地听到山坡上方有东奔西跑的声音。他以为是一只山麂或者野猪，正探头去看，一块箩筐大的石头蹦跳着滚将下来，凶猛地扑向树干，闷吼一声停住了。树枝一阵摇晃，洒下一堆雨水浇了他一脑袋。他定了神去看，石块离自己仅有一尺之远。回到家里，他让老婆做了好几样菜，一口一口喝干了一斤白酒。第二天醒来，觉得自己应该快活，不想胸口发闷身子虚飘，手脚少了力气。这种虚弱感一天天地加剧，却找不到原因，吃了药拜了佛，身体仍不讲道理地瘦下去。过了两个月，他的精气神儿差不多漏光了，在镜子前一站，干巴得像一棵枯树。这天夜里他做了个梦，梦里有声音远远飘来，催他穿上寿衣。次日他虚着身子走到村里兼卖丧品的杂货商店，给自己挑了一身寿衣。当他穿着寿衣坐在床上时，全家人都掉了眼泪。可就是从这一天起，他的身体竟慢慢好了起来。没有用药没有食补，力气像鸟儿落树一般回到了他身上。

老孙头讲述途中，时不时会对着酒瓶嘬一口，并往嘴里补充几颗花生或者一片笋干。在淡白的灯光下，老孙头身上的寿衣显出几分含糊的神秘。他问："打那以后，你的寿衣再没脱下过？"老孙头说："我买了几套换着穿，不穿了心里会硌得慌。"他说："那么拿出这个故事，你想告诉我什么呢？"老孙头把酒瓶搁到桌上，伸手向墙上摸去，"嗒"的一声将灯光摁灭，过一小会儿又"嗒"的一声让灯光亮起，然后嘿嘿一笑说："暗黑和亮堂之间，就差一个开关。你觉得自己待在不好的日子里，但伸手找一找，兴许能碰到一个开关。"又说，"我还悟出一个道理，坏事来了不要躲，你直挺挺地迎上去，没准儿对方就先躲开了。"

说完这些重要的话，老孙头似乎对自己挺满意，脸上的皱纹舒展开来，之后又挺进一步，开始探问他的病情，又探问他的身世家事。他自然没有积极回应。他到这个村子来，本就是想脱离熟识和关联，暂时成为一个谁也不知道的人。不过对着老孙头交心的样子，他不能完全绕开。他沉吟一下，告诉说自己眼下独身，只有一个儿子在国外读书，这个世界需要牵挂的东西已很少了。想一想，又补充说自己一直开着一个不大不小的书店，现在已盘给别人了。老孙头高兴地点头："我没看错，一瞧你就是个文化人，懂很多的东西。"他轻笑一下，不吱声了。他不想告诉对方，在生活中自己不懂的事太多了。早年因为受不了平淡而离开单位，携着雄心东闯西撞，终是败下阵来去开了一家书店，书店可以栖身却并不赚钱。妻子与他相处久了也觉出无趣，冷战几回便抽身而去并带走了儿子，只留下一张赡养费协议。他似乎经历了很多，但细想一下，跟忙忙碌碌的大多数人没什么区别。

他也不想告诉对方，自己住过一个月医院，知道结局的不可更改后便决定出走，因为他不愿意收尾的日子里塞满吊瓶和管子。他不知道这样的选择对还是不对。平常坐在书店里翻过许多书，以为自己明白许多事也看透许多事，等遇到终极大事，才知道自己终归是不明白的。

老孙头看出他的沉默，不再追问什么。不过老孙头的嘴巴不乐意闲着，一边喝着酒一边又说了一些碎事，中间还说到自己的年龄，又去猜他的年龄，刚报出一个数字，便看到他脸上的暗淡。老孙头觉出了不妥，作为自罚，抢着给自己灌了一口。

这个晚上，尽管没人伴饮，老孙头喝掉了半瓶白酒。他的寡言并没让老孙头感到不适。喝掉半瓶白酒之后，显然老孙头认为已与他交上了朋友。

随后几天，日子过得平静。他翻书、散步，看溪水中的石头，看渐渐在春意中苏醒的树枝树叶。城里的热闹半月前还粘在身上，现在竟觉得有些远了。他的手机先还开着，由于信号不好，有人打来电话时声音摇摇晃晃，说的又是不再相干的花花杂事，于是有一次电池用完便不再充上。

而在村里，大家对他不再稀奇。房东的孙子孙女见了他，会亲昵地叫上一声“韩先生”。在路上闲步遇到人，对方也会远远地送出招呼。在溪边的村妇若正好在洗水果吃物，见了他会递上一只。有时经过杂货商店，店主会跟他搭些话，并趁机介绍新进的一些货品。倒是那位老孙头不再碰到，路过他的家，门前少了其身影。

这天上午，他依旧坐在院子里晒太阳，手里拿着书，脑子却稳不住，时不时飘出去想些别的事儿。正走着神儿，眼前忽然一暗多了一张脸，正是老孙头。老孙头说："嘿嘿，今天我带来了一件要紧事。"像是一种配合，老孙头的脸上出现了孩子般的兴奋。他说："什么要紧事？"老孙头说："这几天我下山去了镇里，办了自己一些事，也替你说下一件东西。"他说："你坐下讲吧。"老孙头伸手从旁边拉过一只木凳坐下，说："这事儿讲起来得拐个弯道，咱村里有个老哥，岁数比我大八九岁，日子过得也比我好。他儿子早年去城里讨生活，不知怎么就赚了钱买了房子，把日子过出息了，然后要把老哥接过去住。老哥起先不乐意离开村子，架不住儿子老拿城里的新鲜事诱说，就贪馋着去了。去了一年没事儿，两年也没事儿，第三年突然病倒了，发着高烧在医院住了一二十天，终于一口气收不回来奔了那边。传过来的消息说是血液里有病毒，但到底是啥病毒医生也讲不清楚。"他说："这是什么时候的事？"老孙头说："时间过得快，这是前年的事啦。他死了之后，身子回不来了，被城里的铁炉烧成一小盒灰。成灰之后，该回来了吧？也不！为啥呢？因为儿子在城里给他买了块公墓，说是清明上坟方便，说是一个人待村里太冷清。我知道，这不是老哥的心思，老哥的想法肯定不是这样的。"他说："你讲这个故事又想掏出什么道理呢？"老孙头说："这回我盯着的可不是道理，而是一件木器。"他不吭声，轻轻地看着对方的脸。老孙头说："这老哥呀当年手里攥着一些钱，就备下了一口好棺木，可惜最后没用上。我见过那棺木几回，老杉树的料，又厚实又光溜，还一点儿不走形。"他的目光变重了，说："你讲这个干什么？"老孙头说："那天我琢磨了一夜，你的病比我早年的病还重，得拿一样比寿衣还重的东西来克伏它。我想来想去，就是老哥儿留下来的这口棺木好。"顿一顿，又说，"我去镇里问到了老哥儿他儿子的手机号码，拨了两回说了一堆好话，把他给说通了。算起来我是他叔，他不通不行，再说我是让他家物件派上用处哩。"他盯住老孙头说："你是说……"老孙头搓一搓手说："对，你买下这口棺材！没准儿这是一个开关，让你身体亮堂起来的开关。"他的目光一滑，心里溢出一种失重似的滑稽感觉。老孙头赶紧说："我跟他儿子说妥了，价格不贵的。"他想说：我为什么要听你的，我又不是啥也不懂的村夫。他又想说：我到村子里来，可不是要玩这种不着调的事儿。但这些话他都没说，他抬起头，眯了眼看远处的天空。天空是淡蓝色的，上边布着一批白云，又停着一只太阳。阳光照下来，使劲要穿过白云。过了半晌，他听见自己说："那就买了吧。"

第二天上午，一只壮实的棺木被人抬来，搁在院子的边角。房东老妇对此没有提出反对，因为事先老孙头塞给她一些话，同时又塞给她一点钱。在暖和的阳光里，棺木并不显得暗阴，只是漆色有些干涩，这是放久了的原因。老孙头自然注意到了这一点，答应用无味好漆给棺木涂刷一遍。

老孙头花一天时间用枣红油漆刷一遍棺木内壁，又花一天时间在棺木外部涂上黑漆，至于两头横面的“福”“寿”二字，则用金漆重新描色。经过这么一番收拾，棺木像化过一回浓妆，少了憔悴多了光泽。连房东孙子孙女见了，也不觉得害怕。他们说，这油漆颜色比学校里的新黑板还亮。

从此他的日子里加入一只乌亮的棺木。每天上午在院子里待着，他看一会儿书，然后便站起来走到棺木跟前，摸一摸黑色漆板，再瞧一眼那“福”字和“寿”字。如果觉得板面上落了细尘，便拎来一桶水，用抹布轻轻擦洗一遍。擦洗过的漆面黑得油亮，能照出他的影子。他默默盯着自己的影子，对面的影子也默默盯着他。他吸一口气慢慢松掉，对面的影子也吸一口气慢慢松掉。

有一天他起了一个念头，要在棺木内躺一躺。他拿来一些柴草垫在舱底，又用一张草席铺在上面，然后手脚一并用力爬进舱内，在草席上放平身子。周围似乎一下子静了许多，眼睛望出去，世界只剩下了一块长方形的天空。在那一刻，他心里“怦怦”多跳了几下，赶紧坐起来喘几口气。待慢慢稳住心跳，才重新躺下来。这第一次，他躺了十多分钟。

以后几日，他每天都要爬入舱内躺一会儿。没有多久，怪异的感觉渐渐去掉，躺着的时间也一日日伸长。因为觉得安静，身子便容易松懈下来，一不留神，竟悄悄睡去。当然，这种睡是小睡，一般只有一二支烟的工夫，但醒来后脑子是清明的，一点儿不沾累。有一天晚上，他在房间里翻书翻无趣了，便轻着脚步下楼，翻身进了舱内。这时躺着望出去，感觉又是不一样的——在长方形的天空里，布着拥拥挤挤的星子。星子们洁静不语，仿佛巨大屏幕上的一次暂停，只有他的眼睛眨动时，它们也跟着闪动起来。

又有一回，他正在村子里散步，眼前忽然起了风，天上有乌云蹿动，似乎要下雨的样子。他想起棺木没有盖上，便赶紧往回走。到了棺木边，使着劲儿把地上的盖板搁到棺背，正要合上，脑子里抢先跑出一个想法。他让自己爬进舱内，双手撑着盖板放好，只留出一条细缝——他想尝尝棺中听雨的滋味呢。

不一会儿，果然下起了雨，雨势好像还挺猛，颗颗粒粒砸在盖板上，发出“嗒嗒”的声音。他躺在那儿，四周暗淡着，耳朵静静接受外面的声响。在此刻，仿佛一整个世界只剩下了雨声。那雨声熟悉而又陌生，清脆而又含糊，似乎传达着远处的什么隐秘信息。细想一下，这声音还真是从天上掉下来的，他这样对自己说。还有，这声音总之也是安慰人的，他又加上一句。

这么感觉着，他的脑子渐渐安淡，飘向了朦胧之处。他浅浅地睡着了。

第二天下午散步经过老孙头家，他敲了那虚掩着的门。老孙头闻声出来，见了他先上下打量一遍，说：“挺好，几天不见，你的气色没坏下去。”他说：“可是我心里知道，我的身体正一天天败坏着，已走近那不好的地界。”老孙头愣一下，赶紧搬了两张竹椅让两只身子坐下来。老孙头说：“怎么，那只棺木不管用？”他摇摇头说：“我是来表扬那只棺木的，这些日子它到底还是帮助了我。”老孙头嘿嘿笑了，两只手近在一起搓了几下。他看着老孙头说：“先说一些虚飘的话吧，摊上这种病真的让人无奈，但也总得认命。我不怕走进那不好的地界，因为每个人迟早都要踩到这一步。可我确实又有些怕，因为我不知道在那个时刻，自己会有怎样的挣扎，那种垂死前的内心挣扎。换句话说，我不怕死，但怕死的过程。这也是我从医院里跑出来的最大原因。”老孙头听得有些发怔，这是第一次听他讲这么多话。他又说：“这只棺木的好处，是帮我适应这最后的结局……”老孙头打断说：“什么结局什么垂死，你们城里人爱咬文字，但话不中听。你看看我，寿衣都穿了六七年了。你呀有了这只棺木，兴许也能过上一大截踏实日子。”他说：“那就接着说这棺木吧，昨天下雨我躺在棺木里打了个盹，迷糊之中出来一个奇怪的梦，梦里这只棺木被四个人抬着，后面有一支送丧的队伍，队伍里的炮仗像流星一样升到空中。”老孙头说：“梦里的事不算数，有时候还是反着的。”他说：“昨晚我想了一夜，决定把梦里的事搬到梦外。”老孙头说：“这是……什么说法？”他说：“我想请你帮个忙，在村里真的为我做一次丧事，我要亲眼看看我自己的葬礼。”老孙头说：“韩先生，你这是玩笑话吧？”他说：“不是玩笑话！听上去像玩笑话，但真不是玩笑话！”老孙头眨几下眼睛说：“我明白了，你是觉得光靠一只棺木还抗不住身上的病，得用更猛的办法吓跑对方。”他让自己轻笑了一声。他有点想告诉老孙头，自己从来不指望身上的病能好起来，现在自己能做的也许就是提前适应最后时刻，去掉那不可知的恐惧感，如果取一个名称，就叫精神安乐死吧。但他到底省掉了这些话，说：“我还记着你那天的故事，你也是做了个梦，第二天便去买来寿衣。”老孙头乐了说：“别人都说我是个怪人，看来你不输给我哩。”他说：“你这算答应了吗？”老孙头说：“做一个丧事得花些钱。”他说：“花钱我不在乎。”老孙头说：“不光花丧事的钱，我琢磨着还得放一场电影。”他不明白地盯着老孙头。老孙头说：“你人活着，却让村里人送你的丧，还拉起一长溜队伍，这就得给大家一点好处，不然谁也不乐意拿出这把力气。”又说，“有些话得在放电影前说清楚了，让大家明白送丧不是演戏，而是在帮你。”他点点头说：“就照你说的办吧。”

之后几天，老孙头特意穿上一件新寿服，抖着精神忙碌起来。老孙头先派人去山下联系电影放映的事，又托人去外村约定了一个吹打班；在村杂货商店，订购了六件丧服、五个花圈、四箱鞭炮、三捆檀香、两包纸钱及白布纸花等杂品；又找了四个抬棺的男子，告之抬的是空棺，工酬一分不少。至于墓穴也不成问题，那去世的老哥儿留下一空穴，本与这棺木配套的，现在正好暂借一用。

诸事备好，出了点意外。放电影本定在出殡前一晚，不想山下捎信过来：因放映机更换零件，电影放映延后一天。老孙头跟他商议，说出殡日子是按皇历挑的，就不变了，干脆办完丧事看电影，把两份热闹凑一块儿。他想一想，没有反对。

出殡这日是个阴天，不过也压不住正浓的春意。为了不多侵占农事时间，又能刚好接上电影，出殡时间定在下午四时。这是个不合惯例的点儿，但他并不在乎。到了发送时辰，院子里外站满了村人。他们都认为是来帮韩先生的忙，同时也想看一眼稀奇。随着老孙头一个手势，吹打班摇头晃脑响起唢呐锣鼓的声音，悲哀的气息很快生长起来。四位抬棺人发一声喝，抬起棺木打头出了院子。棺木后面应是逝者遗像，现在改了内容，变成他的真身。他的身后是五个花圈，之后是吹打班，再之后是穿着丧服的几位男女，最后是长长的送丧队伍。老孙头则像一位悲伤的至亲，伴在棺木旁边，另有两位小伙子一路放着炮仗。因是放学时间，一些孩子在队伍中间跑来跑去，包括房东老妇的孙子孙女。

队伍拐过村中弯道时，他往后面望了一眼。这是一支颇成规模的送行长队，撒出去差不多有一百余米。队伍里没有悲伤，但人人捏着一朵白色纸花。说起来村子里也有不少人外出打工，把力气卖给城市，但因舍不下周围的好山好树，大部分人还是选择留在了村里。现在，村人们一齐放下农活和家务，加入到一件不合常理的丧事中。或许，这不仅是因为一场电影的推力，更是因为村人们的娱乐之心：日子太平淡了，他们愿意见到这位奇怪的城里人加倍地奇怪一次。

依着老孙头的手势指挥，队伍在村子里走得有些慢。行进途中，吹打班的声音并不都是悲凉的，此时他们奏出的乐曲便有些轻快。轻快的乐曲中，一串鞭炮卖力地响着，造出一团烟雾。一个炮仗升到空中没有炸开，落下来砸在一只黑狗身上。黑狗吃了一惊奔逃起来，让队伍的脚步乱了几秒钟。四个抬棺人倒是不为所动，把棺木扛得又稳又平。

他盯着那棺木，脑子虚虚飘飘的。他不自禁地想起了昔日的妻子和现在的儿子，还有散落在过去岁月里的朋友们。他们以不同身份嵌入他的生活，曾经密不可分，像一碗水加在另一碗水里一样。现在，他们没有一人走在送丧队伍中。在所有熟悉的人里，给他送行的只有他自己。这是一个让人伤心却也有趣的场景，因为摘除各种关系各种牵挂，一身轻松地离去，正是他心里所期望的。他很愿意这样试一试。

出了村子，走的是一个山坡。抬棺的人吃力起来，他们换了左右肩膀，绷直身体，双脚一蹬一蹬走出一些险象。一阵风吹来，让山坡上的花草歪歪直直，也让花圈上的纸花哗哗颤动。尾随的村人没有松懈，只是两行并作一行，在坡道上形成一条细长的队伍。

快到坡顶时，出现一处岙口，里头有一小块平地，备好的墓穴就在这里。抬棺人将棺木搁在墓穴前边，松了身子不停擦汗。村人们渐渐聚齐，在墓穴四周高高低低围成一圈，并将目光给了韩先生。他们不知道接下来如何收尾。

此时的他坐在旁边的一块石头上，眼睛盯着坟墓洞口。那是一孔打开不久的空穴，洞口的泥土还有些新鲜，里边的砖头却透着暗黑。

按着事先商定，该有的程序都得走完。老孙头问了时间，轻喝一声。抬棺人一起将棺木对齐洞口，使力往里推，黑色的木器一点点消失，直至被彻底吞没。之后一位村人往洞口砌砖，很快封住了穴门，只留一小孔穴眼。又有人在墓前烧了纸钱，同时鞭炮声响起。老孙头朝坟墓拜了三拜，亲自拿起一块砖头将穴眼封闭。围着的村人们终于发出一声叹息，不知是替一只上好的空棺可惜，还是觉得韩先生的葬礼如此逼真。

他仍默默地坐着。这时两个小孩站到他的跟前，正是房东老妇的孙子孙女。显然，这个葬礼让他们好奇并且迷茫。孙子问："韩先生，你死了吗？"他笑了一下。孙女说："韩先生明明没死。"孙子说："韩先生，为什么谁也没有掉眼泪？"他又笑了一下。孙女说："韩先生自己也没有掉眼泪。"孙子说："韩先生，你是在玩死人游戏吗？"他摇摇头。孙女说："韩先生说不是在玩死人游戏。"孙子说："韩先生，那你想干什么呢？"他想说："我在找一样东西，一种叫作心安的东西。"可他终于没有言语，只是摸了摸孙子的脑袋。孙女说："韩先生不肯说话哩。"

最后仪式应是拜别死者，但墓中到底无人，这一环节便减去了。团聚的村人们渐渐松开，领了三支香和三只包子一一离去。三支香是惯例，三只包子是小小补偿，为的是省下做晚饭的时间。

天色渐暗，山坡上又蜿蜒着一条向下行去的长队。

周围一下子空了，坟前剩着他和老孙头。他静着手脚，没有马上要走的样子。老孙头拿了一个包子，一边吃着一边说：“今天挺顺当的，跟我想的差不多。”又说，“你乐意再坐一会儿，我就得陪你，可惜没有酒。”老孙头掏出一支香烟，抽了起来。

过了片刻，他回过神似的动一下身子。他看一眼坟墓，暗色中坟墓变得有些模糊。他向下望去，村人队伍伴着香火的红点在山坡下移动，渐渐抵达村子。村子的一块空地上亮着一盏灯，白色电影幕布已挂在那里。不多时，村人队伍溪水般淌到电影幕布前，积攒成一大团人群。人群中的香火还未燃尽，在夜色中点点闪闪，形成一片晃动的光亮，与天空上静寂的星星构出了一种反衬。

他收回目光问老孙头：“今晚什么电影？”老孙头说：“听说是一部逗笑的片子，能让人不停地乐和。”他点一下头，说：“你忙乎了一天，也去乐和一下吧。”老孙头说：“看电影算不上大事，我不着急。”

正这么说着，眼睛上方亮了一下。他抬头去看，只见天空划过一颗星子。那星子不大，却异常地明亮，从左至右拖出一道长长的白光，然后一头射进夜空深处。整个过程只有几秒钟，似乎刚刚开始便结束了。他愣了愣说：“流星？”老孙头说：“是流星。”他说：“为……什么突然有流星？”老孙头嘿嘿一笑说：“死了人，天上便容易有流星。村里人都说，一颗流星就是上天的一滴眼泪。”

他心里晃了晃，便举头等着。他想看到天空跑过更多的流星。

慢时光

在城里，腊月二十三不算特别的日子，但在这一天，母亲做了一个特别的决定。母亲说："我要去慢时光。"母亲又说，"我定了主意，我儿可不许拦我！"说这两句话时，母亲瘦瘦地靠在床上，嘴巴看上去吃力，声音却水一样清晰。

慢时光是一家老人院的名字，含着几分温馨，可此刻进入我的耳朵，似乎飘着薄薄的凄淡。我心里暗一下，说："快过年了，你哪儿也别去。"母亲说："慢时光好啊，有食堂，有医生，还有保姆……"我说："我马上往家里叫一个保姆。"母亲摇摇头说："在慢时光待着，我心里不慌，身体也不慌。"我说："你的身体没病，医生不是看过了吗？"母亲说："医生能看见病，可看不见力气。"母亲将目光重重移到我脸上，说："我儿，我身体里的力气慢慢漏掉了。"我说："妈，你别这么想！"母亲说："我儿，你最后听我一回，给我几天安心日子！"母亲这么一说，我知道自己挡不住了。我眼睛里差点有了泪水。

吃过晚饭，我给慢时光女院长打了电话，又按出远门的标准收拾东西。母亲坐在被窝里，眼光却一起陪着我的双手，看着我把一件件衣裳放进旅行袋，又看着我把一件件日用品搁入旅行袋。见我弄完了，她扇一下手说："我儿，你早点去睡吧，别忘了明天要起个早。"

我回到自己房间，习惯性地摁开电视机。屏幕上的图像和声音组合出一种吵闹。我关了电视机，把身子扔在床铺上，然后打开手脚静着眼睛。天花板上的吊灯新鲜灿烂，提示着这是一个装修过的空间。一个多月后，这个由旧变新的空间将成为婚房，进驻一位新娘。这位新娘早过了撒娇发嗲的年龄，应该能够和我一起伺候好母亲，过上扎实的日子。这样的日子离母亲差不多只有一尺远，伸伸胳膊便够得着，但母亲到底放手了。她一辈子守了那么多年月，终于守累了。

母亲似乎是突然间变老的。一个月前，母亲遇到不轻不重的感冒，吃过几天药后慢慢见好，却败了胃口。以前每顿能吃满满一碗饭，现在咽下几口便收住了。虽然吃得少，用餐时间则比先前多出一截。我想母亲身体里没准儿卧着别的什么病，便怂恿她去医院。母亲对医院既害怕又不屑，一贯是敬而远之，这次却从了我。我花一天时间伴着她在医院里走东串西，见各种医生，访各种仪器，得到的诊断是没什么病，多吃点东西就行。不用说，这样的结论让我一半高兴一半失望。走出医院时我忽然想到，母亲既是没啥病，便是老了。细算一下，她已满八十二岁。往前十年二十年，八十二是个遥远的数字，现在却实实在在到达了母亲身上。

之后一些天，母亲的气神再没有攒住，脸色也添了些虚白。但她还是坚持着做饭干家务，去菜市场买东西。一次我从外头回来，远远看见母亲拎着肉菜进了楼门；过一会儿待我跟进去，母亲还在楼梯上一步一喘气地走——三层的台阶，她已不容易对付了。我骂了一声自己，便决定夺下她做饭的权力。好在此时学校刚放寒假，我可以安了心打理家里的日常事务。

不料母亲做了一辈子的饭菜，现在突然被接替，心里更落了空，每天有许多时间坐在椅子上打瞌睡。有两回她跟我说，她做了一个梦，梦见自己丢下钥匙拎着包袱出了房子。第一回她这么说，我没在意。第二回她再拿出一样的梦，我便警惕了。我说你在这儿住那么多年，丢了钥匙也跑不了房子。母亲说，我要想一想这个梦。我说房子刚装修过，好歹也亮堂了，你不住谁住呀？母亲说，我儿你让我想一想这个梦。

现在，母亲要兑现瞌睡中产生的那个梦了。她不光决意离开这所房子，还为自己选好了去处。也许在她看来，慢时光至少不是个陌生住地。几个月前装修房子时，我们本来打算租间屋子临时落脚的，可一打听，短暂的租期根本不符合房主们的胃口。后来母亲拐一拐脑筋，找到了老人院，我则去睡学校的单身寝室。那段时间的休息天，我会去老人院看母亲。我知道，跟家里比，慢时光远不是舒适的地方。

第二天上午起床，见母亲已穿戴好默默坐在自己房间里。我做了早饭，招呼母亲来吃。母亲吃了两口，嘴巴不动了，眼睛开小差似的悄悄去打量屋子。我心里一动，备好一句问话："要不今天先不走了吧？"还没开口，母亲说："你赶紧吃，吃完了咱们走。"

但我没有着急。我慢慢用完早餐，慢慢洗了碗，又磨蹭着整理床铺桌椅。不知怎么，我挺想让母亲在屋子里多待一会儿，哪怕一刻半时。直到母亲再次催促，我才拎起旅行袋搀着母亲出门。下楼梯时，母亲一手把着扶手一手攥住我的衣服，走得有些颤腿。有邻居从身旁走过，问我们到哪儿去。母亲喘一口气说："我不是去医院，不是。"

下了楼走一段路，拦到一辆出租车。我把母亲扶上车，再自己跟进去，让母亲靠在我身上。母亲扭过脑袋想看窗外，空气的冷让玻璃上趴了一层雾。我伸手在玻璃上划拉一下，形成一块清明一些的窗洞。外边的车子、商店和楼房在窗洞里移动，有时快些，有时慢些。母亲抬一抬脑袋，说："这街上变化真大呀，我一个人出门，准会忘了路。"又说，"这城里呀什么都在多，人多车子多楼屋多，你看楼房们挤得都快打架了。"见我不吭声，她赶紧追了一句，"我儿你可不能着急。"我将脸探向母亲，轻笑了一下。我知道母亲的意思，她还是有点担心我买房子的事。其实我已告诉过母亲，自己已没了另买一套房子的念头，所以不着急了。人有时候就是这样，老被一个念头逼着，日子便汗渍渍的，把念头去掉，人倒轻松了。

车子穿过市区，找到南郊的一座桥，过了桥沿着河边开一小段路，便见着慢时光的院子了。女院长接了我的电话，携着胖胖的身子候在大门口。我扶母亲下车，跟着女院长走进院子。院子里坐着几位明显枯萎的老人，认真又木讷地盯着我们，其中一位用干燥的声音问一句什么，女院长嗯嗯应着，注意力并不分走。我们随女院长踏入简易电梯，摇晃几下到了三楼。一路走过去，暗淡的走道两旁布着一溜儿房间，只有中途一间开着门。女院长抢一下身子进去，热情地说："呵，给你们准备的就是这个房间。"

房间还不算差，两张床铺一个衣柜一台小电视机，加上有热水的卫生间，有点像私家旅馆的客房。上次母亲不舍得花钱，跟别人合住一间，这回我得陪着母亲，给女院长的电话里便把房间包下了。母亲坐到床上，慢着眼光看一圈房子，脸上没有出现不满意。母亲的态度让女院长松了心。这位五十多岁的女人被人们唤着"院长"的同时显然培养了一副好脾气，她对我们在这个时间点的进住虽然纳闷，但不问出来，说了几句亲近话后便先离开了。

在母亲的目光中，我把旅行袋里的衣服和日用品一一取出来放到恰当的位置。手刚停下来，母亲提示说："我儿你去把钱交了。"我出门到楼下去找女院长，女院长正坐在自己小小的办公室里。我掏出钱包，嘴巴却茫然着。女院长看出我的迟疑，说："你们打算住多少时间？"我说："还……不知道。"女院长说："怎么会不知道？"我沉默一下说："我真的不知道。"女院长通情说："那行吧，你先交一个月，以后每月每月地交。"我说着谢谢把钱递上。女院长一边点钱一边没话找话地问："你是老师？"我点点头。女院长说："看来我的记性没有坏掉，上次你老妈说一遍我就记住了。”我不知道女院长知不知道我的学校，我的学校原来是所中专商校，后来挣扎着爬到了学院，这样我的最高上司也唤作院长。本来就这一点可以跟女院长开句玩笑的，但我没有。我发现自己缺少轻松的心情。

老人院的日子是简单的。因为欠着精力，老人们很少串门，自然也凑不起热闹的声音。若有热闹的声音响起，便是哪位老人磕身体或要情绪了，这时会有楼层服务员来安抚，送上一堆哄劝的话语。在大部分时间，老人们等候的是楼下食堂的铃声。铃声一起，老人们的心思有了去处，手脚也跟着活动起来。但母亲的体力已应付不了去食堂用餐，我也不想让母亲沾上疲累。每次听到铃声，我便带着碗盘下楼，从食堂打回饭菜。这儿的饭菜谈不上出彩，但我每回都要称赞一下，企图逗起母亲的吃欲。不过母亲还是越吃越消极了，有时长久拿着筷子，却不肯伸出去。我帮不上忙，只能要求自己坐在旁边陪着。

除了吃饭用去一些时间，空余的时候还是多。尤其是晚上，母亲一早上了床，先是坐着，不知不觉便滑进被窝。我知道她不一定睡得着，便不敢打开电视，只拿本书闲翻。翻一会儿不觉得有趣，就站起身在屋子里轻轻踱步。屋子太小了，踱了几个来回便容易停在窗户前，因为是冬日的郊外，目光投出去，看到的总是一片暗色和静寂。有时往天空上找，偶尔能见到三两颗星子。我望着星子，没有生出诗意什么的。

不过我和母亲也有舒心的时间，那便是上午。这几日天气不错，没有风儿，太阳开开朗朗地供着。八九点时，阳光未照进屋子，站在窗口把胳膊伸出去，能见到手上一截暖暖的光亮。我跟母亲说："你坐过来，很快能晒到太阳的。"母亲看一眼窗口，说："我儿扶我下去，咱们到院子里去晒。"母亲的这个想法让我高兴，我携着母亲去了楼下。

楼下已坐着几位老人，在阳光里半打着瞌睡。母亲往旁边走几步，在小花坛边站住。我明白她的意思，她想和我单独待着。我搬来两张绑着棉垫的竹椅子，跟母亲一起坐下。

在冬日里伴着竹椅子晒太阳，是很久以前的事了。现在这么坐着，仿佛突然走进了黑白老照片。没过几分钟，我就觉出母亲挺喜欢这种情景。我跟母亲说："这儿的太阳真暖和，我都忘了可以这样晒太阳的。"母亲说："咱家阳台也有太阳，没这儿好。"我家阳台原来也不错，无遮无挡的，后来前边盖了楼房，阳光的供应时间变成一小会儿。我一笑说："在这儿的好，还可以懒。在家里有太阳你也很少晒得成，你的手脚可闲不下来。"母亲点点头说："要是往年，这时候我得忙年货，年糕、酱肉、鳗鲞还有肉冻……"我说："我喜欢吃你做的肉冻。"母亲说："我肉冻里不光放了猪蹄黄豆，还放了笋丝杞子，与别人不一样呢。"母亲的声音里有一丝得意。自打十几年前父亲去世后，家里过年只剩下两个人，可母亲从不省略，节日该有的备货一样也不肯少。我说："不过现在再吃得好穿得好，过年的味道还是淡了，比不上我小时候。”母亲回忆着说：“我儿小时候淘着呢，过年也不让我省心。”我说：“那么远的碎事你还存着？”母亲说：“存着哩，记得有一年年夜饭你吃得太猛了，肚子胀得放不下，一时又拉不出来，你爸就让你在院子里跑步，跑得脸都白了，再加一身的臭汗。”我说：“这不科学嘛，吃了饭马上跑步不好，出汗还容易感冒。”母亲说：“讲啥科学，把肚子跑松掉，再睡上一觉就好了。”我说：“睡醒了是大年初一，我枕头底下有压岁钱吧？”母亲说：“那还用说，你拿了压岁钱喜欢去买鞭炮。有一次买了一种拉炮，系在邻居门上，然后敲一敲人家的门就溜掉。”我呵呵笑起来：“那时候好，住在旧式院子里，有各种各样的邻居。”母亲说：“后来那邻居告上门来，你爸不打你不是，打你也不是，大年初一嘛。只好跟邻居说，这顿打先寄着，半个月后补上。”我说：“记得记得，不过后来我爸忘了这顿打。”母亲说：“不是忘了，是被我拦下了，我还是舍不得我儿。”我心里一动，不吭声了。我把母亲的手拿过来握了一下——母亲的手太瘦了，皮肤薄得透明见骨。我说：“说这么多话，你累了吧？”母亲说：“我手脚拿不住劲了，嘴巴还有些力气。”我朝那边的几位老人努一努嘴说：“瞧他们的眼神，盯着咱们俩说话呢。”母亲不看他们，说：“他们身边呀，现在缺一个儿子。”

阳光中这种安静的聊话无疑让母亲受用。此后几天上午，我陪着母亲准时出现在院子里。阳光依然很体贴地好，只是旁边坐着的老人还在减少，他们一个一个被家人接走过年。不过这并没削弱母亲晒太阳的兴致——在一天的大部分时间里，母亲其实是沉默的，似乎太阳的温暖给她注入了聊话的能量。我们俩的聊话没有章法，一会儿远一会儿近，有时免不了会聊到上娟。上娟是我的未婚妻，一个多月后将成为我的新娘。她也是二婚，不讲究婚礼形式，但大约是为了收拾出嫁的心情，几天前回了江苏老家，准备和家人过个年叙叙话。我跟母亲说，要不要让上娟回来，一起陪陪你。母亲说："不了，她那么远。"我说："不算远，坐动车几个小时就到了。"母亲说："她回一趟家也不容易，别赶来赶去的。"我说："可我觉得这时候她该回来。"母亲摇摇头说："她胆子小。"母亲这么一言，我不吱声了。应该说，上娟是个不错的女人，性格温软，心思细腻。可正是这细腻，让她喜欢对事情回味追究，有时一件不大的事，也能琢磨出哀愁或害怕来，使自己陷进去。母亲看到了这一点，所以老提醒我要好好对待上娟，让她心里无疙瘩，不要再乱了日子。母亲的担心不是没根据的，因为我的第一段婚姻的确未把控好。那段婚姻从十五年前起步，在八年前搁浅，正好符合七年之痒的周期。在该周期里，我与前妻生疑、吵闹、冷战、分手，把别扭的事做了一遍，就是没做出一个孩子来。这是我对自己很不满意的地方。我没让母亲听到一声"奶奶"，尝一口孙儿绕膝的滋味。

现在，对着一脸牵挂的母亲，我只能找出一句让她宽心的话："放心吧妈，我会跟上娟把日子过好的。"母亲慢着声音说："这人呀谁个没有毛病，像你爸，脾气急，还爱喝酒骂人，但我认他的心地，他心地好。”我说：“我可很少听到我爸使性子骂人。”母亲说：“那是他后来收了，是我慢慢调教的。”母亲咧嘴笑了，脸上皱纹聚拢又散开，“所以呀以后上娟调教你，你也不能一股脑挡回去。”

慢时光的时间真的很慢。静寂和空闲把日子拖长了，仿佛过了很久，细数一下，才花掉三四天。

腊二十八晚上，母亲照常先躺下，我看一会儿书也睡着了。半夜里耳朵传进一声叫唤，醒了脑袋抬身一看，母亲坐在卫生间门口的地上。我赶紧跳过去凑到母亲跟前，母亲摆摆手示意我别慌。我将母亲抱到床上查看一遍手脚，好像没啥损坏。母亲有点难为情地说：“我做了个梦把自己搅醒啦，上完厕所出来没走两步，不知怎么就坐到了地上。”我说：“你该叫醒我的。”母亲说：“我的力气真是越来越少了。”我安抚地说：“还好，你的身子没伤着。”母亲停顿一下说：“知道我刚才做了什么梦吗？我梦见年轻时候的自己啦。”我嘿嘿笑了。母亲说：“我儿别笑，我年轻时又不难看。”我说：“我的笑是夸你，夸你没忘了自己的漂亮。”母亲说：“可我一醒来，又忘了自己以前的模样。我脑子好像也没了力气，留不住图像了。”我扶助地说：“这好办，咱们有老照片呀。”母亲点点头说：“明天你去家里把影集拿来，我要看看以前的照片。”

第二天上午，我让母亲在床上躺养，把夜里耗去的精气神补上，自己则回家去取影集。因为是郊外，我走了一段路才打到出租车。街上已装满纷乱的节前气氛，闹哄哄的。出租车时堵时走，花大半个小时才抵家。

我进门去找影集。影集是母亲存藏的，不过我翻寻几下便拿到了。这是一本不很大的旧式相册，里边一页页认真贴着黑白照片。大概攒着岁月的家庭都会收有这种影集的。我将影集放入袋子，紧着脚步往外走，走到门口却停住了。

不知怎么，此时我心里突然有点空。我反身走回屋子，进到母亲房间。我在母亲的床边坐下，默默打量床上卧着的被子和枕头。本来母亲现在该是躺在这儿的呀，但她没有。我明白母亲的心思，从第一天起我就明白母亲的心思。她不愿意让自己最后的尾声留在这屋子里，给上娟心里填塞疙瘩，给我们以后的日子留下不好。对母亲来说，她一定认为这是一件很要紧的事情。

难过中我又想到房子。眼下的住房是十五年前单位分给的，作为一所不怎么景气的学校，当初能提供这么一套两居室的房子已经很仁慈了。只是随着日子往前过，房子越来越显得局促。与上娟相好后，我曾立计划另买一套房子，瞄着房价追了一段时间，弄得整天气喘吁吁，后来看看无望终于放了手，转而装修老房子。现在想想，最对不起的还是母亲，她忙碌了一辈子，辛累了一辈子，我到底没让她住上稳稳当当的房子。

影集带回去后，母亲没有马上看。她躺在床上似乎不愿动弹，好不容易坐起来，样子显得又弱又薄。把饭菜端到她跟前，她只是移眼瞟一下，没有要吃的意思。我心里有些慌，想到了医院，刚说出口，被母亲制止了。她嘴巴嚅动几下，说："别折腾我。"又说，"我知道……我时候到了。"我瞧瞧她，她的神情似乎清醒又似乎糊涂。

母亲的状况让我稳不住心神，但也没有办法。到了夜里，我不敢让自己入睡，隔一会儿便坐起身探看一眼母亲。暗色中，母亲呼吸平稳，鼻息仍是有序的。

第二天是年三十，上午醒来，母亲的精神竟然又回来许多。用了点早餐，母亲又提出下楼晒太阳。我松一松心，扶了母亲下楼，搬来一张有扶手的藤椅让她坐稳；又见她气色还好，便上楼拿来了影集。

我把影集搁在扶手上，刚翻开一页，母亲的脸便柔了。她说："这是我十二岁的照片，进城不久跟着别人拍的。"她说："这张我十五六岁，小脸开始好看了。"她说："这张我十九岁，就在那年我遇到了你爸。"我一页页翻下去，母亲一张张点说着——显然她对这些照片已收藏于心。等照片翻完，母亲轻轻叹口气说："这日子呀有时觉得慢有时觉得快，回一回头，离我进城已经那么多年了。"我点点头，母亲小时候进的城，不用算也知道，那是一个很远的时间点。母亲说："那年村里发大水，我是坐着小舢板漂进城的。"母亲的这段故事我知道，那时城里到处卧着河，通连附近乡村；发大水那年，母亲还是个小姑娘，家里房屋淹没了，大人把她和几个孩子抱到一条舢板船上，没有目标地漂呀漂呀，最后漂进了城里。母亲又说："就是离嫁给你爸也已经很久了，那个时候我模样好着呢。"我想起什么，说："妈，有个问题得问你，你嫁给我爸挺早，怎么生我那么迟呀？"母亲说："这个我以前没说过？"我说："没说过。"母亲说："那是不忍说呢。在我儿你前头呀，我有过两个孩子。"我愣了愣，母亲的这段故事我还真不知道。母亲说："第一个孩子在我肚子里住了七个月，有一次你爸回家晚，我去挑水做饭，一用劲没兜住，把肚子漏没了。"我心里"呀"一声，叹了口气。母亲说："第二个是女孩，不光顺当生下来，还长到了两岁。两岁那年，她得了一场不大的病，就把小命给放跑了。"我赶紧问："什么病？"母亲说："就是感冒，那种老发烧不出汗的感冒。"我吃惊地想讲一句什么，没说出来。母亲说："可怜这孩子，连张照片也没来得及留下。"我说："怪不得你不忍说。"母亲说："打那以后，我肚子再也没动静了。不是不想要，就是怀不上。"我说："看来轮到我还得等些时间。"母亲说："说起来也怪，我肚子空了很多年，心里都不搁指望了，没想到后来突然又有了你。"我说："这是缘分呢，你我该做一回母子的。"母亲轻轻笑了："我儿说得体贴，这种话你平常可没说过。"我也笑了，说："今天的一些事你平常不也不说吗？"

停一会儿，母亲忽然道："说到缘分，我又想着了一件事。"我问："什么事？"母亲说："这人呀有没有来世？"又说，"要是有来世，兴许我就能见到你爸和两个孩子了。"我嘴巴动一动，一时不知怎么说好。母亲说："我不要你回答，你哪里知道呀。反正很快很快，我自己就知道了。"我说："什么很快很快，我可不想看到你拿出这种丧气话。"母亲说："听人说呀，想知道转世的去处，到时候就摸一摸身子，要是胸口一直暖和着，那是投到世上重新做人了……"我打断说："妈，今天是过年，你能不说这种没意思的话吗？"母亲"噢"了一声，点点头说："今天是过年，过了大年夜，明天我又添一岁了。"

除夕的慢时光仍然静寂，剩下的只有七八位老人，而且个个神色孤淡。晚餐时食堂多做了几个菜，算是造出一点过年气氛。我把饭菜端到房间，心里不存期望，不想母亲胃口打开一些，每样东西都吃了一口；又觉得甜羹滑口，让我盛出一小碗。我拿着调羹要喂她，她不让，自己慢慢一勺一勺吃完。

用过晚餐，我取出母亲的新衣裳放到床边，这是收拾行李时便备好的。明天大年初一，该穿得新鲜些。母亲点点头，说："好。"又说，"你看电视吧，我先睡了。"说着收了身子躺进被窝。

电视里是春节晚会，唱唱跳跳的。我将声音调低，让自己也坐到床上。因为昨天夜里没睡够，我的眼睛有些迷糊，边看边晃着脑袋打起盹来。睡睡醒醒拉锯了几次，身子向下一滑，便真睡着了。睡到半夜，我被电视里的钟声和窗外的鞭炮声吵醒。我看一眼手表，又抻长脑袋去瞧母亲，母亲睡得平静安分。我想，钟声响过，母亲到底又多了一岁。

接下来的一觉我睡得沉实无梦，早上醒来，见母亲仍安适躺着，双手还有趣地后仰在枕头上。我不想马上吵醒她，轻了手脚进卫生间洗漱。洗漱到一半，我握着毛巾的手突然停住。我瞪着镜子里的自己，脑子冒出一个不好的念头。我扔了毛巾蹿出卫生间，凑到母亲床前。母亲的脸是淡静的，跟睡着无异。我松一松心，唤了两声母亲，母亲没有醒。这时我有点蒙，因为我从没遇见过寿终死亡的事情。我用手指停在母亲鼻前，等了好几秒钟，不敢做出判断，我吸一口气，乱着脚步在屋子里走一个来回，像是给自己攒一把勇气，然后再次回到母亲床头，使劲推她的身子。母亲一动不动。母亲真的一动不动。

看来母亲是有慧性的。她预见到了自己最后的日子，并且以睡去的方式安安静静地离开。她做得比我想象的要好很多。

我让自己静默坐着，脑子飘飘的时远时近，却什么也没想。似乎过了很久，又似乎过了不长的一会儿，我听见自己醒转似的丢了口气。我捡起手机，先向女院长通报情况，再跟殡仪馆要了车子。在等待的时间里，我记起什么，把手伸进被窝去摸母亲的胸口。我摸到了一团不肯散去的热气——母亲的胸口仍是暖的。

过了十多分钟，女院长喘着气赶到了。开年第一天让她碰到这种事，实在是很扰人。好在她不太计较，又在老人院见过许多意外，倒也不慌乱。她先察看母亲的脸面和身体，然后问我寿衣准备了没有。我指着床边的新衣裳说："寿衣没来得及买，先穿这些吧。"女院长说："那可不行，人去了怎么能不穿寿衣呢！"我坚持地说："今天是大年初一，先让她穿上新衣服。"女院长不再反对，提来热水瓶做了温水，利索地给母亲擦净身子，换上新衣裳。我怕母亲冷，又给她盖上被子，然后默然坐在旁边。女院长安慰我说："老太太走得干净，又不痛苦，这种圆满十个老人里头也只有一个。"

一个小时后，殡仪馆的车子来了。车上下来一位工作人员和一副担架，随我上了三楼进入房间。俩人近到床边，使一使力，将母亲放上担架。担架从楼道走过时，有两三扇门开着，门口站着神色黯淡的老人，无语地目送着母亲。

我伴着担架上了车子。女院长站在那儿挥挥手，车子驶出院子。我回过头，看见"慢时光老人院"几个字向后退去，越退越小，越退越远，远成了模糊。我沉默半晌，然后开了口。我告诉工作人员母亲要先回一趟家。工作人员有些不高兴又有些奇怪，说接单时没这个安排的。我明白地表示会给红包，工作人员不吭声了。

车子驶进市区。节日的街道和平时有些不一样，店门关闭车辆稀落，明显少了几分喧闹。车子顺快穿过街区，依着我的手指，拐几下弯，抵达我家住楼。我跟工作人员说了两句话先下车，然后合力让母亲脱离担架上了我的后背。我调整一下身子，使母亲的脑袋依贴在我肩膀上。此时我才觉得，母亲太瘦小了，在我背上竟显得飘轻。

我背着母亲来到楼门前停一下脚，走了过去。我知道母亲很想回家，哪怕在床上小躺一会儿，但我又知道不能让母亲进家，因为这背叛她的临终用心。我只能背着母亲绕楼房走一圈，让母亲跟房子跟家告个别——这是我刚才在车上已想好的。

我和母亲走过一个单元的楼门，又走过一个单元的楼门。在楼房的旁侧，一个男孩蹲在地上点鞭炮。鞭炮很长，像绳子一样摆出去。他躲着脑袋伸出手，燃着了鞭炮信子，一串“噼里啪啦”的声音响起，同时配合着腾起一片烟雾。我和母亲在激烈声响中穿过烟雾，走到楼房背面。一位有点面熟的女邻居迎面而来，瞧瞧我又瞧瞧母亲，驻足问了句什么，好在鞭炮声掩住她的言语，使我可以不用答话走了过去。

不多一会儿，我和母亲又绕到楼房正面。那位工作人员站在车子旁边，静静地瞧着我们母子俩。我收住脚步喘一口气，又起一起双手，让母亲的身子在我背上更熨帖些。然后，我抬起脑袋去找三楼的一个窗口，那个窗口属于我家，或者说属于我和母亲。但我没有马上找着，因为我眼睛有些模糊。我明白，是一层泪水盖住了我的视线。

写于二〇一三年春节，母亲去世一周年之时

送话

一

夏天走到尾声的时候，王琪做上了一名法警。她把这个消息放在QQ群上，立即招来同学们诧异的声音。一个声音说：学中文的女生也能混进法院当警察。我的眼睛顿时眨巴了好几下。另一个声音说：嘿嘿，某一天我犯了事站在法庭上，突然发现有位美女同学陪在身旁，我会感慨万千的。还有一个声音说：小琪同学的腰那么细，不用来穿旗袍穿比基尼，却要扎上皮带别上手枪。这是社会生态受到破坏的一种表现。

王琪知道，同学们掏出的是吃惊，其实是表扬。王琪的老家在一百公里外一个瘦小的地级市，四年前投奔到省会城市读大学。读了大学不算，还想赖着不走，还想扎下根来，这就有些贪婪。眼下什么形势呀，夺取一份好的工作比通读一遍普鲁斯特或者罗伯-格里耶还难。而现在，她居然可以从数百名应聘者中突围而出，不仅能拿到一本镶着国徽的工作证，还能领到一套漂亮簇新的警服。

领到警服那天，她把衣裤套在身上，把披肩飘发压进帽子，又在镜子里上上下下地看，看到哪儿都是舒服的。她在QQ上回复：本女子腰肢虽细，也没把警服穿变形了。今儿起，偶不爱红装爱武装啦。

二

过了一些天，王琪才知道自己能穿上市法院警服，一个重要因素是法警队正好缺少一支写材料的笔。法警队一年到头不得空闲，攒了功劳也攒了苦劳，把这些功劳和苦劳搬到纸上并予以光大，是中文系学生所擅长的。

又过一些天，王琪进一步知道写材料只是次要原因，一个分量更重的原因是她面试时说了一句话："小时候我有过一串志向，最大的志向是做一名医生。"这随口的答话平淡得有点俗，却成了她迈进法院的最后一级台阶。

当然，领悟这一点得花费一段时间。在此之前，王琪跟每位新手一样，心里少不了菜鸟式的兴奋和新鲜。在经过短期的上岗培训后，她开始提着劲干活儿。她递送传票，把装着起诉及开庭内容的信封交到当事人或当事人亲属手里，瞧着他们脸上迅速跑出惊慌、沮丧、恼怒等各种表情。她把女性犯罪嫌疑人带到法庭，听诉辩双方的嘴巴们说来说去。她随着警车冲到老赖们家里，迫使他们一边小了脸一边答应把吃到肚子里的钱物尽早吐出来。做完这些事之后，王琪还要写一些文字，把工作成绩变成甲乙丙丁，再加入好听的成语和形容词，提供给领导阅看。如果某件工作比较稀奇，也可以编成稿子交给有兴趣的报纸。

如此一路干下来，王琪像一只用时间捂熟的水果，慢慢变得老练起来。

到了第二年春天，王琪突然得到一个学习机会，去医学院培训三个月。刚得到通知时，王琪有些发愣，说为什么为什么呀，难道我说了一句话，就真让我当一回医生？嚷嚷了一会儿，才渐渐明白过来。明白以后，便有点心慌。好在一打听，她不是一个人去做学生，同去的还有队里其他两位女伴。

王琪脱掉警服换上白大褂，变成医学院的特殊学员。她学习的科目主要有两项，一项是医学基础培训，包括熟悉人体结构、检查指标，以及如何对付猛然抽搐、临时休克什么的。另一项比前一项更重要，即临床静脉穿刺实践，说白了，就是学会注射。注射看似简单，其实有许多讲究，譬如进针方法，有旋转、逆向、握拳、外涂等；又譬如穿刺对象，有消瘦型、肥胖型、浮肿型、年老型等。细说起来，每一条胳膊都是不一样的，就像每个人的声音均有着深深浅浅的区别。

拿到一些理论知识后，王琪又跟着指导老师去附属医院实习。在注射室或者住院部，她把注意力集合到手上，将针头刺进各种各样的胳膊。操练过程中，自然有时候顺利有时候不顺利。顺利时一针便见到血，不顺利时得把针头拔出来压上药棉，再在血管上找个位置打进去。她戴着口罩，但露出的眼睛透着亲切，所以一条胳膊即使被操练了两次，胳膊的主人一般也不会生气。对着一位眼睛里展开笑意的护士，有了不满也容易稀释掉的。

不过王琪知道，自己的笑意是不扎实的。一年前还喜欢捧着小说的手，现在却整天捏着针筒，想到这一点心里便有些摇晃。有时洗手照镜子，那张脸是属于自己的，再往下走一眼，里边裹着白大褂的身子却不像是自己的。她拿这种感觉问过两位同伴，两位同伴一位政法学院毕业一位警察学院毕业，心里和嘴巴都比她镇定一些。两位同伴说："别想得太多，你把这些胳膊当作纸靶子好了，就像是咱们站在训练场上拿着手枪朝纸靶子一枪一枪地打。"王琪说："可胳膊到底不是纸做的，会见血，会哼哼叫痛。"两位同伴说："医院嘛当然要见血要哼哼叫痛，你不是喜欢做医生的吗？"王琪说："可这哪里是做医生，连二分之一也不是，四分之一也不是。"两位同伴就笑了，说："你学中文的，数学也不错哩。"

这样对过话，王琪只好让自己去回想小时候的一件事。她记得九岁那年的春天，有一日她坐在教室里正上着课，肚子突然一阵跟着一阵地疼。为了证明自己的疼不是装的，她眼睛看着黑板，泪水无声地滑下来，把老师吓了一跳。到了医院一查，竟是急性肝炎。急性肝炎不是大病也不算小病，她马上住进传染病房。传染病房出入不那么随便，开始几天父母都不让进。她整日一个人躺在病床上，身旁仿佛堆满了无聊和忧伤。到了晚上觉得孤独，就早早闭上眼睛等着睡觉。可刚进入睡乡，一不留神又会遇上不好的梦。

一天上午醒来，不知为啥王琪心里觉得挺空。她静着眼睛突然有点想哭。这时一位高个子医生出现在病房，他先抬手拉开窗帘，让阳光跑进屋子，然后他站到她的床前，一边弯下高高的身子一边说些亲切的话。在那一刻，王琪忘了应该听他说话，她只是看着一群阳光簇拥在医生周围，给他的身子、头发和脸庞涂上了一层亮光。王琪觉得，自己心里一下子长出了温暖的感觉。

王琪出院后不久，刚好遇着老师布置作文，便写了一篇《我长大后要当医生》。其实这只是当时她心中的一种感念，就像是小学生爱上电影里的某位人物，当不得真的，但因为落在纸上变成了文字，倒在记忆里丢不掉了。许多年过去，小学生王琪变成了法警王琪，法警王琪往回想一想，便能从脑子里捞出小学生王琪的那篇作文。但问题是，作文里的医生是高尚的、携着阳光的，而现在王琪虽也穿上白大褂，内心却是不明亮的。换句话说，作文里的医生救死又扶伤，眼下王琪进修的却是如何让生命消失。

三

让生命消失只是个文雅的说法，按法院严肃的用语，是选择注射方式执行死刑。

选择注射方式自然是为了给犯人一个死的体面。人的体面不光需要热闹，有时候也需要安静，需要一个没人围观没有枪声的简单场面。当然啦，简单场面并不简单，法院先得花一笔钱购买一辆死刑执行车，又花一笔钱把几位只敢打纸靶子的警花推到勇敢的位置，临行刑时，还得派人去北京购取有严格标准的特别药剂。这种药剂的化学名字叫氯化氢。

从医学院学成回来后大约两个月，王琪得到了一试身手的机会。在她之前，两位女伴已执行过任务，她们在同一个上午先后将一男一女送到了再也回不来的地方。那天她们做完事回到办公室，神色似乎也没啥起伏。王琪瞧着她们，心里抢着要问点儿什么，话到嘴边还是收住了。王琪不问，她们也就不打算发表工作感言。

三个人在办公室待了一会儿，一起去街上小餐店吃饭。王琪看见她们使劲往嘴里填东西，又是筷子又是勺子的，吃得差不多上气不接下气。那会儿王琪有点愣怔，心想刑车上的这种差事怎么就变成了体力活儿。

现在，轮到王琪接活儿了。王琪知道，要对付好这第一次，最恰当的办法是守着一份镇定。按照要求，她先提取犯人的基本情况。这是位刚满三十岁的年轻男子，姓名叫叶枣，受过大学教育，在一家银行做保卫副科长。从材料上看，这位叫叶枣的犯人平时还算朴实，在单位表现不差，无不良记录，而且新买了一套小房子，进入婚事的准备阶段。错误的起点是叶枣女友参加了一次中学同学会。那次同学会有点热闹，在一家旅游宾馆开了两天，结果在回忆和酒精的共同调动下，叶枣女友被一位男同学叫到房间按到了床上。同学会回来，叶枣女友恍惚两天，终于哭着把事情告诉了叶枣。叶枣愣了一两个小时，然后从库房保险箱里取出手枪去找那位男同学。男同学不在家，他的父母接待了来客。但这时的叶枣被狂怒控制了，话没说两句，便掏出手枪射向对面的两只身子。

在案卷里，王琪还看到了犯人的照片。一张消瘦的脸，鼻子高挺，下巴翘出，嘴巴抿成一条线，眼睛迷茫地看着前方。如果不是剃了光头，几乎称得上卡夫卡式的忧郁青年了。

执刑是在上午九时正，王琪提前半小时来到执行车上做准备工作。她先打开小冰箱取出药剂管子校对一遍，接着开始检查执行床和床边的注射泵与生命监视仪，再把内部对讲的小麦克调好并试讲了几声。做完这些，她想一下，又摁下了音乐开关。音乐是古琴奏出的曲子，缓慢并且淡静。王琪松一松心坐到凳子上，默默打量旁边的执行床。此时的执行床罩着整洁的白色床单，像是商务宾馆里温馨的床铺候着新的客人。王琪吸一口气，抬手在床单上摸了一下，她发现自己的手心似乎有点湿。

这时车墙上的挂钟指向八时五十分。王琪起身离开车子，走到旁边工作室换上医务白大褂，然后收了心等着。她知道，在等候的这十分钟里，队友们会把犯人架上车搁到执行床，再绑上防止挣扎的安全带。同时，几位头目人物会进入车内监控室，坐那儿准备观看执行室里的演出。

耳麦里的指令响了，王琪应答一声从工作室走向车子。她的脚步先是快着，然后放慢了，慢下脚步是因为脑子里正在猜想。她猜想前边的车子里一定装满了失控的情绪，至少空气是激烈或者说摇晃的。但踏进车厢的当儿，王琪发现自己错了，她遇到的是一片安静。空气中除了淡淡的古琴曲子，连粗重的喘息声也没有。两位队友见她来了，轻着身子退出车厢站到门外。

王琪突然有一种踏空的感觉。这种感觉让她慌了一下，赶紧稳住。她靠近执行床，见上面躺着一只穿西装的身子，手脚和脖子已被安全带固定住，眼睛似乎也闭上了。王琪不能多想，赶紧将药剂管子卡入注射器，又抓起软皮带扎住那只伸出的胳臂，然后在上面找了找，找到一条凸起的静脉。她拿起导管针头，对准静脉刺了进去。刺痛让那双闭着的眼睛弹开了，软软的目光看过来，停留在王琪的脸上。王琪不可以躲开那目光，只好也直直地盯着他。她看到他的眼睛里空空荡荡的，没有一点儿内容。过了几秒钟，那个人轻轻叹出一口气，把视线挪到注射泵上，嘴里发出嘶哑的声音：“我还有几分钟？”王琪镇定一下，应付地说：“把眼睛闭上吧，你很快会睡去的。”那个人果真把眼睛合上了，但嘶哑的声音没有收住。他说了一句，又说了一句，声音里透着干枯和急切。人呀，在最后一刻往往会想起自以为很要紧的话。但王琪不能再拖延了，她朝监控室里做了个准备就绪的手势，耳朵里随之传回执行的命令。

王琪伸手按下注射泵，药水开始缓缓进入静脉。那个人眼睛动一动，似乎还要弹开一下，但是没有成功。他很快显得安静并且松弛。监视仪上的脑电波变成几条平行的直线。

王琪懈一下身子。在法医和队友进来之前，她忍不住又看了一眼那张睡去的脸。王琪发现，那脸上的眼角竟卧着一颗泪粒。泪粒有点小，仿佛来不及变大便停止了生长。

四

王琪静着脸回到办公室，脱掉白大褂摘下帽子，让头发松开来。同伴们给她一眼，没问什么，因为她的神情已告诉她们：情况正常，这种事儿也没啥大不了的。接下来的时间，她照常上网、打电话，又与同伴们扯点闲话。中午去食堂吃饭，没有饿得慌的感觉。

不过王琪很想让自己做点儿什么。下午还在上班，她给自己放了假，一个人出去逛街。她走到步行街，一个商店一个商店地逛过去，电器、钟表、衣物，加上体育用品、儿童天地、五味食斋，哪个都不肯落下。其实她也没想买啥东西，就是觉得在热闹的地方走走，心里挺透气的。后来在一家服饰商场，她看中了一种绣着小动物的袜子。对于整天穿着警服的人来说，袜子是唯一可以装点的东西。她掏出钱买了六双，觉得不够，又买了六双，凑成整整一打。这一打的袜子让她松了心，仿佛一下午的逛街终于有了着落。

这种松心的感觉伴着她回到单身宿舍吃饭看电视，又伴着她进入被窝。在睡觉前，她听见自己嘟囔了一声：“终于过去了，今天。”

但今天并非结束，因为一天的时段还含着睡眠。半夜时分，她做了个乱梦，把自己弄醒了。醒了一会儿，梦里的内容已捉拿不住，白天的情景却似乎从远处一点点走近，近到了眼前。她记起了那张脸，记起了那软软的目光，然后记起了那嘴巴里发出的嘶哑声音，当然，还有自己与嘶哑声音的搭话。

人的记忆呀就是这样，需要拉开一截时间，又需要一个夜深物静的时刻，才肯把重要的情节捞出来。

她记得那嘶哑的声音先说了一句：“我还有几分钟？”她说：“把眼睛闭上吧，你很快会睡去的。”那个人听话地把眼睛闭上，但嘴巴仍发出声音：“能帮我一个忙吗？”当时她吃了一惊，说：“什么事？”嘶哑的声音说：“捎一句话……捎一句话给我妈，就说我对不住她。”她愣了愣，只好接上一句：“为什么让我捎？”嘶哑的声音答得有点糊涂：“因为我现在……想起了我妈。”随后她觉得不能耽搁了，向监控室举起请示的手势。

此刻在夜的暗色里，王琪仍要提出那句问话：为什么让我捎，为什么呀？她并不认识他，也不认识他的母亲，她只不过奉了指令而成为他死前见到的最后一个人。难道凭这个她就得接下这件事？难道一份差事做完了她还是不能收工？也许她应该不理这件事，把嘶哑的声音忘掉，但问题是，白天可以这么做，夜里却躲不开的。就是说，在一天的结尾处，嘶哑的声音固执地等着她呢。

王琪从床上坐起来，双臂抱住自己的双腿。她想，他可以在任何一位亲属或朋友探视时把那句话托出去，他也可以写封信把要讲的话留在纸上，但他却没有那样做。显然，一个为了女友可以去杀人的人，满脑子装着的一定都是女友，只有在生命的终点时刻，他才记起了最应该记起的人。这样一来，对他来说，他终于没忘了他妈。对她来说，真有点他妈的！

第二天上午，王琪去档案室重新调出叶枣杀人案卷宗。她跳过枪杀经过、犯罪心理、女友叙述等记录，直接去找家庭情况。潦草找了一会儿，没有找到。只好返回卷首，细细地往下翻，终于在一张登记表上看到叶枣籍贯地的详细住址。那地方有点远，属于一个叫昆城的浙南小镇。

接着又在叶枣的口供中，见到关于其家庭的自述，里边有这样一段话：

> 我犯事的根源不管怎么挖，也挖不到我父母那儿去。我很小的时候，爸爸喜欢钓鱼，有一回拉扯一条大鱼时掉到河里淹死了，是妈妈一手把我带大的。妈妈是制药厂工人，厂子散伙后开了一家文具用品商店，在一所小学门口。这文具商店开了很多

年，如今还在开着，我中学和大学的学费就是从这小店赚出来的。妈妈打小不惯我也不赶着我做什么，从没给我太多的压力。在妈妈眼里，我一直是个懂事的儿子。我上大学选专业、毕业后找工作都是自己搞定的，没让妈妈费过心。妈妈是个信佛的人，从家庭教育说，她没在我心里投下侵犯别人的细菌，我杀人是我自己犯的浑，是爱情造下的孽债。要说妈妈有啥过错，是允许儿子走得这么远，让我待在离家乡四百公里的这个城市。因为这四百公里，妈妈在我杀人时怎么也挡不到我了。

王琪把这一段话看了一遍，又嚼了一遍。看过嚼过之后，便觉得心里有些空。这种空似乎虚虚的又绵绵的，让人不痛快。好在接下来两天她赶上了忙碌，送了两张传票，又随队执行了一起公司货款拖欠案。

处理拖欠案那天费了不少时间，弄好后天已暗下，大家一起去一家食府吃饭。饭桌上男队友们喝了不少红酒，又说了不少杂话。正喝着说着，突然见王琪悄悄地独自端起杯子饮酒。有人便乐了，说咱们忘了王琪也能喝酒，赶紧补上补上。又有人跟着说，女孩子就是这样，平日里藏着捂着，一露就是一个峥嵘。在一群声音的怂恿下，王琪喝下半瓶红酒。

用完餐王琪打的回家，开到半程便让车子停下。她不想马上回到宿舍，就让自己走一走。街上正是喧闹时分，霓虹灯忽明忽灭地活跃着，车子们一会儿挤住一会儿松开,人行道上走着散淡或者着急的路人。不知怎么，王琪虽然喝了酒，此时却觉着不需要这些热闹。她茫然走一会儿，拐进一条小巷。小巷安静了许多，灯光和高楼似乎一下子被丢在外边，花草、青砖和忧伤的气味进入鼻子。走到巷子狭窄处，王琪用手撩一下头发，抬起脑袋，她看见的是一条狭长的夜空。夜空没有星星，却恰好停着一只半弯的月亮。王琪举头望着那只月亮，心里突然蠕动着一种痛感。她觉得自己差一点哭了。

五

过了周四是周五，过了周五是周六。周六这天天气不错，王琪起个早赶至汽车客运中心，到了才知道来早了，去昆城的快客一个半小时后才发车。王琪在候车室里坐坐走走，好不容易才把空闲的时间用完。上了车一问，更长的空闲还在前头等着，这趟车全程得花四个半小时。

王琪懈了身子半躺着。身子一懈，瞌睡上来了。睡了片刻，把早上的缺觉补好，脑子清明了些。这时旁边有人在搭话，腔调柔柔怪怪的，一听就知道是昆城镇子的土语。王琪开始想象这个叫昆城的镇子，想一会儿，又把那位叶枣的岁数减去一大截，让他回到镇子的少年时光。她想叶枣那时在镇子里一定是快乐的，日子虽然过得简单，但简单里存着向往，那种面朝未来的向往。他哪里想到当自己成功走出小镇时，其实也是把自己送上了不归之路。

王琪又去想叶枣的母亲，想自己与她的见面。对这位母亲来说，自己的出现是突兀的，也是别扭的。在敲开房门时，自己见到的一定是一张苍白和绝望的脸。瞧着苍白和绝望，自己怎么自我介绍，又怎么说明来意呀？

王琪在脑子里把见面的情景演习一遍，觉得不好，又演习一遍，还是觉得不好。

车到昆城已是下午。

秋日的阳光照下来，让眼前的镇子变得有些鲜亮。街道不大，但街上的人挺多。人一多，就把街景弄得挺忙碌。不过还好，忙碌中似乎还藏着一份古朴。这一点符合王琪的想象。

王琪依着抄下的地址先找到一条白石街，又找到一条巷子。从巷子走进去五十米，见到一幢有些年头的老式楼房。这种楼房在镇子上显然已经不多了。王琪瞧准一扇门，抬手敲几下，等一等，又敲几下。敲门声没让门打开，倒招来对门的一只女人脑袋。女人脑袋夹在门缝里说："你找谁？"王琪把叶枣母亲的名字报出。女人点一点脑袋说："是这里，可她不在。"王琪问哪儿去了。女人说："不知道哩。"又说："她不在家已经好几天了。"说完把脑袋收了回去。

王琪无奈地站了一会儿，突然想到文具商店。也许她待家里闷得慌，就把自己搁在店里呢。这么一想，王琪赶紧出了巷子去打问镇上的小学。镇上小学有三所，王琪迟疑一下，打算一所一所找过去。

刚找到第一所，便在校门口旁侧见到一间关闭的小商店，店门空中伸出“文具”两个字。王琪问了隔壁的店主。那店主说：“你买什么东西，我这里也有的。”她的店也是卖文具的。王琪说我不买东西我找人。那店主注意地看她一眼，说：“她家里出了事儿，还是大事儿，她怎么肯待在这儿呢！”

王琪只好返回那条白石街的巷子。她进了楼房，对着房门敲一遍，又敲一遍，眼睛却看着对门。敲门声终于又把对面的女人脑袋引了出来。女人说：“你怎么又来了？我不是说过她不在家嘛。”王琪说：“我想打听她去哪儿了。”女人说：“我不是说过我不知道嘛。”王琪说：“您帮我想一想，她可能会去什么地方。”女人说：“我不是说过……你是谁呀？是她家亲戚吗？”王琪说：“不是，我是……法院的。”女人愣了一下，说：“法院的？人都死了法院的还来干啥？是来收子弹钱吗？”王琪赶紧说：“不不，我有样东西要捎给他妈。”女人说：“啥东西？要紧吗？”王琪说：“要紧的。”女人说：“可她去的地方她不让我随便告诉别人。”王琪说：“你这不是随便，你这是帮我也是帮她呢。”女人犹豫一下，说出一个去处，竟是所寺院，叫灵云寺。女人说：“那寺院倒是不远，不过现在去有些晚，你最好在镇子里住一夜，明天赶个早去。”

王琪没想到是这样，踌躇一下，也找不到更好的办法。她出了巷子去找宾馆，住下后天已黑尽。又出门找到小吃店，要了一份当地特色炒粉干将肚子填饱。再回宾馆时，凑一下总台，跟服务生商讨了下一天去灵云寺的行走路线。

因为有些累，王琪看一会儿电视便睡下了。第二天一早醒来，天刚放亮。她洗漱过了出门，才走一截路，已遇上一阵热闹，原来是出殡队伍。这队伍挺长，前面是穿戴别致的乐队，那服装有点像北洋军阀的官服；吹出的乐曲也有些别致，竟是《在希望的田野上》。乐声中，又有炮仗接二连三蹿到上空，先爆出一声声脆响，再将红黄纸屑撒飘下来。队伍中间的显著位置行走着死者的照片，照片之后是四人肩抬的棺材——那些肩膀们似乎不吃力，因为棺材里装着的已不是死者身子而是火化过的骨灰。跟在棺材后面的是一长溜花圈，再接下去是安静又散漫的送行人群。

王琪好些年没见过这种出殡阵势了，现在小镇上碰到，倒也觉得稀奇。她把目光收回，重新给了黑色的棺材。棺材两旁走着十多位身穿丧服的男女，他们中间时不时响起一些哀号声。不过同是哀号，内容并不一样，有的是过个场子，有的是真切悲伤。真切悲伤通过哭声蹿到空气里，便扭结在一起，好一会儿也散不开。

王琪想到了叶枣。她想怎样的死都是一种归根，他的身子也许已被弄回小镇。但回到小镇的叶枣没了体面，不可能被抬举着走过早晨的街市。他最大的可能是在暮色中被悄悄放进一只墓穴，接受一个潦草寂静的葬礼。葬礼上可能只有一种抽泣声，那是他母亲一个人的。这个叶枣呀，死了自己，同时也拿走了母亲在街市上悲声大哭的权利。

六

王琪加快脚步甩掉热闹，出了镇子，先走一段大路再拐进一条土路，土路走尽，到了一处山脚。山脚向上，有一条石径。此时太阳刚刚探出山顶，光线显得很新鲜。

王琪沿着石径往上走。路旁的树挺高，但不算密，山风穿过树枝，动了她的头发，她走得快些，头发便飘得高些。她走得慢些，头发便显得安分些。这样走了半小时，眼前出现一块路牌，箭头向右指向山顶，箭头向左是灵云寺。

顺着箭头往左走了数十步，遇到一对石狮和一扇石牌门。穿过牌门往里走，是一段长长的石板路。石板路因为被两边的树枝护着，显出了幽静。王琪在幽静里走着，心里仿佛也跟着静了，身上的微汗慢慢收住。

到了寺院跟前，大门闭着。王琪从旁门进去，先见到两间精巧的木屋，里头装着一只铜钟和一只圆鼓，屋额分别写着“晨钟”和“暮鼓”。向左一拐，是天王殿。再朝前走，是大雄宝殿。殿内空旷，似乎没有人，却有木鱼的敲击声传出。王琪轻着脚步往里走几步，猛地瞧见旁侧坐着一位年老和尚，双目合闭嘴巴轻动，手中的木槌一下一下敲着木鱼。王琪不敢打扰，后退几步撤到门外，耳朵却不肯走，静在那儿听。

正悄悄听着，忽见旁边有一居士模样的妇人走过。王琪醒过来，追了那妇人去。那妇人刚好走到居士接待室门口，回脸迎住王琪。王琪说："不好意思打扰了，我打听一下。"那妇人说："问学佛修行的事吧？"王琪说："不是不是，我找一个人。"报了叶枣母亲的名字。那妇人看王琪一眼，说："你找她什么事？"王琪说："我给她捎一样东西。"那妇人"噢"了一声，说："一上午没见她，兴许在上边给鸟儿放生呢。"说着抬起胳臂手指了一下。

王琪便紧了脚步往前走，爬上一溜儿石阶，先见到一座大殿。大殿前面是一块平地院子，旁侧向着山岭围了矮墙，内有一棵几丈高的樟树。树下立着一个穿居士服的身子，正是一位老女人的背影。王琪咬一咬嘴唇，一步一步向那个背影靠近，然后咳了一声。那个背影不做响应，只是安静做着手里的动作——她一只手在怀里捧着一只鸟儿，另一只手缓缓捋着鸟的羽毛。她的脚边搁着一张竹椅，又搁着一只打了许多小孔的纸箱子，应该是临时的鸟屋。王琪收住脚步，把目光搭在老女人身上。老女人大约过了六旬，看上去不瘦，却显出了轻，那种虚弱的轻。她脸色有些暗，又有花白头发和青灰衣物做衬色，把整个人比得很旧，仿佛从黑白照片上走下来的。王琪尽管有着准备，还是暗吃一惊。

王琪靠上一步，近到老女人跟前。老女人愣一下脸，似乎这才发现了来人。王琪迎住她的眼睛，说："您是叶枣他妈吧？"老女人没听清的样子，歪了脑袋把耳朵伸过来。王琪明白了，抬高声音说："您是叶枣他妈吧？"觉得不够，又报了叶枣母亲名字。老女人悟过来，说："你找她呀？我可不是她！"王琪眨一眨眼，泄了声音说："你怎么不是她？"老女人腾出一只手兜住耳朵，说："你说什么？"王琪只好又大了声音说："我问她现在在哪儿？"老女人说："她下山买鸟去了。"王琪说："那她什么时候回来？"老女人紧一紧怀里的小鸟，说："这可说不准，也许中午，也许下午，得看啥时遇到路边卖鸟的。"王琪想不到这样，一时有些愣怔——她起早跑来，是要捏紧时间下午好赶回去，明天还得上班呢。她丢口气，无奈地嘟囔了一句。老女人说："你说什么？"王琪大声说："我要看您放鸟。"

老女人点点头，嘴角渗出一丝笑意，说："我已经放了十多只，还剩三只呢。"说着侧过身子，朝向外面空旷远山，用手又捋几下小鸟身子，之后将手掌摊开。小鸟好像并不着急，甩一甩脑袋，又四处张望一下，才飞上树枝钻进密叶不见了。老女人弯身把胳膊伸进纸箱子，很快又抓出一只小鸟。她让小鸟偎在怀里，依样用手轻捋鸟的身子。捋了十多下，她松开双手。这只小鸟比较慌张，身子一弹扑向上方树枝，还未停稳又飞向远处。老女人从空中收回眼光，再次从纸箱子里摸出一只鸟儿。这只小鸟又不一样，经过老女人的安慰后，先跳到地上走几步，随后一抖翅膀做低空绕飞，飞了两圈又降下来，落到老女人肩上。

老女人直一直身子，脸上浮出一些明亮。她抬手取了小鸟，缓缓抚摸几下，准备将手松开。王琪靠近一步，说："等等。"老女人停住手，抬眼看王琪。王琪提了声音说："我是说，能不能让我放一次？"老女人明白了，脸迟疑着，双手已把鸟儿递出去。王琪接过鸟儿，学着轻轻捋几下羽毛，再慢慢打开手掌。鸟儿没有马上动身，定住脑袋静静地看她。王琪这才注意到眼前的这只鸟儿挺漂亮，身上布着各种颜色，眼睛圆圆的，投出小孩似的目光。王琪心里一动，目光接住鸟儿的目光。不知怎么，她突然觉得自己有话要说——是呀，此时把话说出来有啥关系呢！她在心里轻轻地说："这只鸟儿，我可以把话说给你听的。知道吗？我来这里是为了捎一句话，不是捎别人是捎我自己的话。"又说，"我想对着叶枣母亲说一句话，对不起！是的，就三个字，对不起！"又说，"我知道自己什么也没做错，可就是想说出来。"这么在心里说过，她打开嘴巴，发出了声音："对——不——起！"

老女人看见了她的说话，把耳朵近过来说："你说什么？"王琪低语道："我说过了，说过了就不堵心了。"老女人说："我听不见哩。"王琪大声说："我是问，这只鸟能听懂人的话吗？"老女人说："能听懂的，这些鸟儿心里能装话呢。"王琪点点头，心想这样便好，鸟儿飞到上空，我的话也就跟着到了上空。她一甩双手，把鸟儿送给上方。这一回鸟儿没有停留，使着劲儿叫了两声，便箭一般射向空中。

此时的天空无云空泛，空泛得像一片白色的银幕。银幕上，那只鸟的远去成了唯一的内容。

老女人举着脑袋，久久不动。王琪也举着脑袋，久久不动。

第 二 种 诉 说

那段日子我活得很灰色。先是买的两只股票掉到了深坑里，任我怎样手扒脚蹬，就是爬不出来。不久败坏的气息流窜到了卧室里，差不多与我同居了两年的老Q丢了良好脾气，没来由地跟我小吵一架，觉得不过瘾，又跟我大吵一架，然后拉开门一甩脑袋，做悲壮状走出我的视线。瞧着她秀发飘飘决然而去的背影，我心里沮丧得要命。我的睡眠开始散乱，深夜里常常睡一会儿醒一会儿，有时睡着了觉得还醒着，有时醒着却以为自己睡着了。这种睡醒不分的状态被我带到单位，干活儿便拿不住章法，不是把重要文件弄丢了，就是起草的文字找不着逻辑。还有一次竟然把会议时间通知错了，结果一半人早到半小时，一半人迟到半小时，让一个端庄的会议开得相当无厘头。如此错了几次，局长老张不想再忍，一个口令将我打发到了行政处。

跟办公室相比，行政处的地位有些低，管的都是些粗淡的后勤杂事。不过我不认为这有什么——旁人一眼看出来了，我脸上搁着的是无所谓。我甚至拣出新岗位的两点好处，一是不用再搓摸脑门去制造带着馊味的八股文字，二是做活儿少了紧迫，可以抽根闲烟，再打打瞌睡或者发一会儿呆。那些日子，我的脑子沾着一个字，懒。

但再懒也得干活儿。刚好到了年底，市里递来话儿，要求各单位去对口扶贫点慰问一次。此属于正事之外的闲活儿，处长老麻指定我来张罗。我以前对这种事很不关心，现在一问，才知道我们单位对口的是一个叫鹤口的贫困乡，因是硬拉扯上的穷亲戚，平时不怎么搭理，过年了才想起走访一趟。

既然是一年才走一次的亲戚，我不敢造次，先给对方乡里打了电话，又通知财务取出人民币若干，再备好红皮信封和照相机什么的。

春节前的一天，我陪着局长老张处长老麻一干人去了鹤口乡。鹤口乡有些远，先跑一段高速，又走一段省道，再颠簸半小时的山间土路，正觉得有点累，眼睛里出现了乡政府的那幢旧色小楼。小楼里的乡长见到我们很高兴，除了说一堆热烈的话，还在食堂杀了一只野兔子款待我们。吃过野兔子，局长老张将带来的人民币交给乡长，又依着惯例去看望几家特困户。乡长知道这是形式，不宜安排远走，便引着我们在邻近村子转一圈。我们先见到的是一位年迈老人，他只有一只眼睛。当看见局长老张递出的红包时，那只眼睛激动地眨了几下。第二户是烈属人家，女主人挺能造势，一只手攥着红包，另一只手握住局长老张的手久久不放，嘴巴里还说着一长串我们听不懂的话。作为一个跟班，我没忘了端起相机拍下局长老张和女主人热乎乎的合影。接下来的一家又不一样，女人早年出走没了消息，男人心情不好，帮人开采岩石时不小心被炸裂了身子，留下一姐一弟两个孩子和一间木屋子。

我们走进木屋子，眼睛适应一下暗淡，尔后瞧见了姐姐。她的样子还算清秀，脸上搁着一些羞涩和不安，站在那儿轻轻地笑。很快弟弟听到动静跑了过来，挨在姐姐身边，大着眼睛看我们。局长老张拿出和蔼的口气，问姐弟俩的年龄。弟弟细着声音说："我十岁，我姐姐十九岁。"乡长说："这两个孩子特别哩，没了父母，姐姐还不肯说话。"局长老张说："为什么不肯说话？"乡长说："她听不见，还是个哑巴。"局长老张"噢"了一声，掏出红皮信封递给姐姐。我赶紧举起相机摁下快门，闪光灯白光一闪，姐姐一个愣怔，手里的红包掉到地上。我蹲身拾起红包塞还给她，她看看我的相机，不好意思地咧嘴一笑，然后转身去找热水瓶。热水瓶是空的，她只好走到灶台跟前往一只铁锅里舀水，又坐到灶口凳子上，麻利地从柴仓里抽一把稻草，塞进灶膛准备点火。我好久没见过用稻草烧火了，有些稀奇。这时乡长走过去大声冲她说："你别忙乎了，我们还要走好几家呢。"一边说一边配以摆手的动作。她懂了，站起来把弟弟拉到身边。姐弟俩用静静的目光将我们这群人送出了木屋。

慰问过了，事情就算过了。反正是一年一次的闲活儿，不用太在意的。又往后走几天，便是春节。没有了老Q，这个春节有点空旷，我不是在床上，就是在电视机前。偶尔出去聚饭，也拿不住兴致，又占着开车的借口，连酒都懒得喝了。

过完了年，是松松垮垮的上班日子。松垮了几天，忽然传来一个消息，说那鹤口乡新年办新事，要在年终一次性慰问的基础上给几家特困户落实长期帮困人。消息是处长老麻亲自带到我跟前的，他说：“你瞧瞧，是金子搁在哪儿都会发光的，你的工作出成效了。”接着他问我想不想成为第一个帮困人。我赶紧晃手，说不想。老麻说：“第一的好处是能拿到优先选择权，譬如说，你可以选择那位一只眼的老头儿，他很亲切……”我说：“我没兴趣让自己突然多出一位爷爷！”老麻说：“那你拿下那位烈属大嫂，她很热情……”我说：“大嫂家人口众多，我这么瘦弱的人怎么帮得了！”老麻说：“看来你选中的是那姐弟俩，新学期开始了，那弟弟刚好需要学费。”我说：“现在小学生学费不是免了吗？”老麻说：“学费免了还得有书杂费，还得有吃饭钱衣服钱。”我嘿嘿笑了：“我又不是他爹。”老麻也嘿嘿一笑，说：“这件事是你领衔张罗的，你不带头谁带头。往好里说，这叫助人为乐、积点阴德。拣难听的说，算是替你自己擦一把屁股吧。”

在老麻的引导下，我就这样稀里糊涂跟那姐弟俩结上了对子。其实结这种对子我也不是不乐意，毕竟是帮人的事，掏的又是小钱。我主要是嫌麻烦。眼下我都调理不好自己，哪还有心思去关照别人。

过几天到了周末，我窝在床上睡闲觉。闲觉睡多了也会累的，我把身子翻过来又倒过去，脑子不知该想点儿什么。这样拖了好一会儿，我慢慢爬起来，又慢慢做了一份简单的早餐或者说中餐。吃着早餐或者说中餐时,我记起了那姐弟俩。我想既然把结对子的事应承下来，总得去兑个现的。这么一想，我算是给自己找到了一件可做的事情。

我下楼开车出了院子。车子带我经过一系列斑马线和红绿灯，拐上了高速。中午的高速车子不多，道路上铺着淡浅的阳光。我摁下一截窗户，点上一支烟，同时打开音乐，一首挺怀旧的英文情歌响起。歌声沉着而干净，听着很近，渐渐就飘到了远处。这是老Q喜欢的一首歌曲。两年前我和老Q伙在一起，俩人凑了钱租下房子，又买了这辆二手车。车子不上档次，但可以兜风，还可以一边兜风一边听歌。那时的日子过得欢实。如今老Q走了，把车子留给了我，把老歌曲留给了我，最他妈不好的是，把一种叫荒芜的东西也留给了我。

音乐伴着我的伤感响了一路。一个多小时后，车子沿着上次的路线驶进了村子。我把车子尽量停远些，然后下车走向姐弟俩的木屋子。木屋子的门虚掩着，我站在门口敲了几下，里边没有应声。我想若是弟弟不在家，姐姐是听不见声音的，便推门进去。屋子先暗着，慢慢变亮了，亮了之后才知道确实没人。我退出屋子，找到旁边一位女邻居打问。女邻居在洗衣服，说：“你找小武呀，他跑学校去哩，说打扫教室等着开学呢。”我问：“姐姐呢？”邻居说：“你是说哑姑吧？她在那边厂子编草席呢，我去叫她。”说着丢下衣服，快着碎步跑开了。

我在屋子里等着。不一会儿，门口响起脚步声，我的眼睛一晃，那姐姐已到了跟前。我瞧着她说：“还认识我吗？”她有点怯羞地盯了我几秒钟，脸上忽然笑了，做了个拍照动作。我也乐了，在饭桌前坐下。她连忙去拿热水瓶，这回热水瓶里有水，她倒了一杯水搁在我前面。我没喝水，先掏出一支烟，她见了，赶紧去灶台取了火柴递给我。我没点烟，又掏出一样东西，是一小沓钱。这次她不知道该做什么了，只是好奇怪地看着我。我说："这钱归你们家了，主要是供你弟弟上学用的。"她摇摇头，表示还是不明白。我正无奈着，见桌头放有作业本和铅笔，便取来画了一只书包和一件衣服，想一想，又画了一个小男孩和一个大女孩，再指一指钱。她似乎明白了，高兴地啊了两声，抢过铅笔从书包和衣服上伸出两条线，画向小男孩。我看看她，拿过笔从衣服上又拉出一条线，连向大女孩。她抬起双手捧一捧自己双颊，抿嘴笑了。她脸上的快活是透明的。

我心里一动，突然想跟她说些话。我示意她坐下，然后点上烟，又喝一口水，说："你叫什么名字？别人唤你哑姑，我觉得不好听。"她眨一下眼，不吭声。我说："我知道你听不见也不会说，你弟弟不在又没人当翻译，可我有句话挺想说出来。"她盯着我的脸，眼睛里装着疑问和明亮。我说："你刚才用手捧脸的动作，有点像老Q，你抿嘴一笑的样子，也有点像老Q呢。我说的就是这个。"我说，"知道老Q是谁吗？嘿嘿，我的女朋友，前女朋友。你要是喜欢听，我再多说几句。我和老Q是大学校友，交往史不算短了。两年前我俩一合计，一块儿进驻了一间屋子。屋子是租的，挺像样儿，比你这木房子好。我们在屋子里吃饭睡觉看碟片，干各种各样的事情。可过着过着，不知啥时就觉得没意思了。人没意思了心里容易烦，一烦就喜欢打嘴仗，然后老Q一扭身子走了，撂下傻乎乎的我。”我说，“我拣起这个话头，不是准备开始怀念老Q了，我还没到这个心情。我主要是不明白。我不明白日子一天天地过着，也没啥大毛病，怎么就遇到了没意思？这没意思到底是从哪儿冒出来的？”

我又说：“还有，老Q走后，我没有高兴，也没有不高兴。后来在单位被换了岗，我也没有高兴没有不高兴。高人到了这境界，那叫超脱。我是俗人，丢了高兴和不高兴，便靠着了荒芜。什么叫荒芜？嘿嘿，就是心中长了几根没力气的草，一股风吹来，这几根没力气的草便摆动几下。”

我说话时，对面的她一直摆着听的样子。眼前这个男人明明知道自己听不见，还使劲地说着什么——这显然让她觉得有趣。不过她听的样子仍是认真的，脸上也已变得安静。我抽一口烟慢慢吐出，说：“我知道我的话进不到你的耳朵里，我也知道我说的这些离你有点远，我只是想让嘴巴散散步遛一圈。平时我不太爱说话，也找不到一个能说上话的人。”我说，“没人说话其实挺无趣也挺憋的。瞧瞧周围，到处是人，到处是嘴巴，可细点一遍，要么你不乐意跟对方往深里说，要么对方静不了心好好听你说话，结果剩下的还是孤零零的自己。”我说，“你能安静地听别人说话，我觉得挺好。别人唤你哑姑，太不雅了，还不如我给你起个名儿叫静姑，安静的静。静姑，不错的名字哩。”

周末过去之后，我照常上无味的班。上班时仍然打点儿瞌睡发点儿闲呆，不过发呆时会记起与静姑面对面的说话和说话之后的感觉。那感觉挺特别，有点像突然推开屋子里的一扇窗子，鼻子接收到了凉爽的气息。

当然，鼻子的凉爽是次要的，主要还是心里的畅通。这畅通哪怕只维持不多的一会儿，也会给人留下自由的快感。想想也是，有一个人坐在你的对面，用干净的眼睛听你诉说，而你把心里的话拿出来，又无须担心对面的人传播给外人，这种诉说的状态应该就是自由。

而在单位，即使占着不少空闲，感觉仍是反自由的。上班得打卡，下班也得打卡。两头一卡，时间被围住了，在这个时间段里，我会接到会议通知，尔后去会议室听局长老张们做冗长的工作报告或思想训话，那报告或训话通常很干燥，让人坐在那儿容易生出便秘之感。如果不开会，一些不重要的边角料式的杂事会冒出来，让我去领衔操办，老麻则在身后督办。如果边角料式的杂事一时没有，老麻会想起我的文字专长，指令我写一份购买职工福利用品的方案或离退休同志外出活动的计划。再如果老麻暂时忘了我的专长，那他也会记着管食堂的老王刚请了两天病假，然后叮嘱我替老王去食堂转转，检查一下厨房卫生和饭菜配置。当然，这些事儿是撒在各个工作日里的，若是每天做一件，我看上去便不是闲人，甚至有一点点像个忙人。实际上呢，我连二分之一的忙人都不是。

待下班打了卡，我便去食堂用餐。若对食堂起了腻，就到街边点心店吃点儿东西，然后回家。回家基本没事，只好先打开电脑看股市。股市曾经是我的豪迈之地，形势看好时，我经常拿支笔在纸上画来画去，测算自己何时变成一位有派头的阔佬，何时把租房进步成买房。但我的这些虚想其实只是女人胸前的填充物，当不得真的。很快股势转了，我在手忙脚乱中补补抛抛，弄得先是肉痛，然后沮丧，再然后是麻木。现在，我一般只看几眼大盘图线，便无所谓地离开了。之后我会坐到客厅电视机前，顺着众多频道走一遍，拣一个不怎么恶心的节目潦草地看。看着看着，我的眼皮便稳定不住，同时脑袋左摇一下右摆一下，最终掉到沙发上。原来，我睡着了。

不知睡多少时间，我勉强醒来，起身关掉电视，刷个牙洗把脸，准备转移到床上接着睡。但睡眠不是文字，可以用逗号顿号分开，睡意一旦中途散了，便不容易再捡起来，至少对我来说是这样。我常常躺了许久许久，仍进不了睡界。有时觉得应该睡着了，身子一动，才知道自己离睡界仍有一尺远。这时我便耐不了烦，索性爬起来在房间里踱步，或者走到阳台上看夜空。城市的夜空没什么可看的，低沉而不畅朗，偶尔有几颗星星，也是隐隐约约的。但对着天空，我脑子里总会跑出一些远的事情，譬如小时候的家乡小镇，譬如少年时代的猎奇欲望。于是我心里悠悠的，觉得有一长队的话要说。

我又记起了静姑。我想什么时候还得再去见她。

下一个周末，我又开车一个多小时来到那村子。静姑在厂子里编草席，仍由女邻居跑去把她叫来。静姑对我的出现不再奇怪，她知道自己该做什么了——倒杯水放我前面，然后坐下来听我诉说。我告诉静姑，这些天不知怎么自己老想起以前的一些事情。我说："你看看，我年龄算不上大，却喜欢从老日子里掏往事了。我的老日子在哪里？在一个比巴掌大不了多少的小镇呢。我的意思是，我不是城里人，我从小在那镇子里生活了很多年哩。"我沿着自己设置的话头，说了老家小镇的街道和河流，说了那时候的各种玩戏和历险，说了小镇的夜空和夜空下坐着的少年。我说："那少年比现在的我年轻十多岁，心里正生长着各种猎奇的欲望。后来少年离开小镇去上大学，上完大学又来到眼下的城市。可是少年在眼下这城市待了好些个年头，老成我现在这个样子，也没捕猎到什么稀奇东西。不是说城里见不着稀奇，城里的稀奇倒是不少，可都不是我十多年前想找的东西。"我说，"问题是，我也找不到小时候的小镇了。现在我要是回到小镇，眼睛里全是不熟悉的景象，楼房是新的，街道是新的。新的街道上有那么多的人和车子，就是没有了河水和河水上的石桥。这不是我的小镇，我的小镇已经丢了，我再不能把这个小镇叫作故乡了。"我最后说，"我这么说着说着，好像有些矫情了。不过我的意思是明白的，只可惜你听不见。听不见也没关系，你听的样子已经让人放心。如果你不反对，下次我再跟你说说别的事儿。"

静姑当然不会说出反对的话。过了半个月，我再次坐在静姑的对面。这次我选择的话题是单位和同事。我先介绍说，自己在单位写了好几年八股文，脑子已写得部分沙漠化了，去年换了岗位，变成跟吃喝拉撒有关的后勤工作者。我说："这样倒好，不用动脑子去编那些虚话，也不用老在领导跟前跑来跑去像个孙子。"然后我说起老张老麻们，说起他们穿戴正经、脸部干燥的样子。我说："他们不是坏人，可他们也不是有趣的人。在他们中间待久了，我也慢慢变成一个没趣的人。"

再下一次，我说的是股票和房子。我说："我做过一个梦，梦里我在路上正走着，突然空中下来一块砖头砸我脑袋上，把我放倒了。我昏迷了好一会儿，睁眼一看，旁边躺着的不是砖头而是一只布袋，布袋鼓囊囊的原来里面是好几捆人民币。我爬起来也懒得去数，直接上水果店过一下秤，有五斤六两。我拎着这五斤六两的东西去了一家售楼处，售楼处的人说，你这五斤六两还不够买个厕所，你还是先去有股票的地方转转吧。"我说，"我受这个梦的指引，真的从银行取出钱进了股市，过不多久，又真的被股市飞出来的砖头砸昏了脑袋。在城里过日子呀，不可无梦，又不可有梦……"

不用说，我在村子里越来越被关注。开始时，村里的人见着我，把我定位为"掏钱供小武上学的那个人"。过了些日子，人们远远瞧见我，便乐了脸说："那个老在哑姑跟前说理论的人来了。"

其实我也不是老待在木屋子里说话的。有时小武放学回来，我会让他领着在村子里走走。小武挺乐意跟我在一起，也挺想把村子里的重要事物指给我看。但村子太小了，没啥可说的东西。小武只好引我在小街道上走一个来回，再转悠到村外。村外有溪水有山坡可供介绍。小武站在溪水边说：“这水里有小鱼，就是不太好抓。”又指着山坡说，“那些全是橘子树，我家也有三棵。”想一想再补充一句，“我们村的橘子很甜，吃过的人都说好吃。”

和小武一起闲逛时，我也会问些他家里的事，譬如对父母和姐姐的点评。关于父母，小武一脸的茫然。他说：“我啥也记不得了。”说起姐姐，他则会有一些看法。有一次他突然问我：“你是不是在跟我姐姐谈恋爱？”我哈哈笑了，说不是。小武点点头说：“我觉得也不是，谈恋爱得用嘴谈，我姐姐不会说话，怎么谈呢。”我说：“那也不一定，你姐姐可以用眼睛跟别人说话。”小武说：“用眼睛说话？不对不对，我姐姐跟我用手说话。”我说：“你姐姐长得好看，就没有谈过男朋友？”小武说：“你是说媒人拉扯对象吧？拉扯过一个的，是个胖子，头发少，一条腿还比另一条腿短一些。”我说：“你是说瘸子？”小武说：“对的，是胖瘸子。”我说：“你姐姐准备嫁给他啦？”小武说：“不呢，我姐姐才不呢。”

小武的这个说法后来在女邻居嘴里也得到了证实。女邻居跟我讲，哑姑与那男人是见过面，不过不给人家笑脸，这等于亮了态度。她说：“哑姑从小苦，又说不了话，可也不是啥事都肯凑合的。”她又说，“哑姑还懂人，你对着她说那么多话，她仍一点儿不急一点儿不烦。她不急不烦，你心里是不是也会顺一些？”

我心里顺了一些。我心里的确顺了一些。那种感觉，有点像街道上的无序堵车，经过垂头丧气的等待，竟一点点疏通了。

不知什么时候开始，我发现自己的睡眠好了许多。以前那断断续续、似眠似醒的睡况似乎消失了，代替的是没有逗号也没有顿号的长睡。我不再拿睡觉的事为难自己或者批评自己。如果说有点不满意，那也是因为我在睡梦中听到自己制造的呼噜声。为了证实这一点，有一次我在临睡前开启了手机的录音功能。第二天上午醒来，我摁开录音，果然听到了一串接着一串的鼾声。那鼾声粗鲁有力，显得有些霸道。

睡眠一稳住，上班的状态也跟着调整过来。我身上像是长出了一大把气力，用一句话来概括，就是做事的手脚利索了，到食堂用餐的饭量见长了，零碎的瞌睡找不着了。若举一个实例，譬如我到厕所方便，时常与老麻等老同志相遇，每次我都出水自如，气势十足，溅得便池啪啪作响。而老麻们呢，弄不出声音不说，等我洗过手出了门，他们还站在便池边做努力状。

下了班回家，我有点不怕空寂了。有时坐在电视机前遇不到好的节目，我会熄掉屏幕，靠在沙发上看书。我似乎很久没好好看书了，书架上搁着的几排书籍，自打从书店里搬来，就理直气壮地闲置在那儿，现在拿来翻翻，竟看出些温馨的滋味。为了配合阅读，我还放了音乐，仍然是那种带点儿忧伤的英文爱情歌曲。当然，我会把声音调轻，让音乐显得淡静悠远。在这样的音乐中捧着一本书翻阅，还真是一种不错的享用。

一天我斜在沙发上看着书，耳朵边出现了《昨日重现》的旋律。

卡朋特兄妹那种回到老地方似的怀旧声音让我的眼睛离开了书本。我想起了老Q。算一算，我和老Q分开已经近一年了，期间相互没有联络过，我不知道她眼下的消息。老Q像一条鱼，尾巴一摆游出我的视线，再也不肯游回来。我得承认，先前推动老Q出走的原因主要在我，是我掉了精神，对日子拎不起兴致。现在我一想到老Q，心里忽然就有些感伤。我觉得她虽然远远躲开了我，但彼此不是敌人，我们仍是近的。

我拿过手机给老Q发了条短信，一边等着一边翻书。书翻过去几页，又翻过去几页，手机没得到回应。我想，也许是老Q换了手机号码。我忍一会儿没忍住，捡起手机试着拨过去，很快声音通了，一句问语响起："喂，哪位？"是老Q，太是老Q了。我说："嗨，是我。"老Q似乎愣了一下，半晌不吭声，然后摁掉手机。

第二天，我又发了短信过去。我不去猜想老Q眼下的新状况，譬如圈到了大钱或者俘虏了帅哥什么的。我只是送去一个信号，表示我还惦记着她。这应该是既平常又温馨的事情吧，但老Q没有回复。

下一天，我仍发去一条短信。以后一些天，我每日一条文字，不多发也不落下。如果老Q是一条鱼，那我就像一个调皮的孩子，每天往水里扔一块石子。石子再小，总能砸出声响的。

过了大约十来天，我的手机"嘟"的一声，出现了老Q的短信。她开口即问：玩这种把戏，有意思吗？我回复道：这么长时间不见，我得关心关心你。老Q回答：麻烦你别关心我了，一见你的文字我吃不好饭。我说：不会吧，我的文字这么容易打动你？老Q回答：呸，你的文字里有一股馊味儿，倒我的胃口。我再回复，老Q不搭理我了。

我没有被老Q的态度所干扰。我知道，这是老Q一贯的语言表达风格。语言风格没变，说明她的性情也无变化。这反而让我稍稍放心。

我依旧给她送去短信，每天一条。我对自己的坚持感到满意，还觉出一点点的好玩。

一周后的一天，我在单位正上着班儿，手机突然跳出一条短信，摁开一看，是老Q发来的文字。老Q说：在哪里？我赶紧回复：在单位。老Q说：今日是何日？我想一想，老实回答：不知道。又想一想，加发一条：今日是你主动招呼我的日子。再想一想，赶紧追出去一条：哈，想起来了，今日乃老Q之生日。

这天晚上，我拎着一只蛋糕提前来到一家咖啡吧大厅，择一处靠窗的座，点了一些吃的候着。半小时后，老Q来了。她似乎没怎么变化，一样的身条儿，一样的秀发飘飘。她从门口挺着身子款步走来时，把一股熟悉的气息也捎了过来。那一刻，我心里忽地多跳了几下。我觉得我跟她分开那么久，仿佛只是出了一趟长差，并没形成什么陌生感。

老Q近到我跟前，打量我一下，说："气色不错嘛。"我环顾一下大厅，说："灯光如此暗淡，还能从我脸上瞧出什么来？"老Q坐下来，不屑地说："就你这人儿，不光脸上，脸下的东西我也能一眼瞧出来。"我说："啥叫脸下的东西？"老Q说："就是厚脸皮遮着的那种赖样儿—— 一天给一条短信，这是中学生干的事情。”我嘿嘿一笑说：“脸皮厚不厚可以再考证，我今天就是要先学一回中学生，给你做个亮光。”说着将蛋糕盒子打开，往蛋糕上插上小蜡烛，一一点亮。老Q的脸在烛光里摇曳。我说：“你也学学中学生，给自己许个愿吧。”老Q低了头不吱声，我说：“譬如说希望早点收藏一位意中人。”老Q一扬脸说：“你怎么知道我就没有藏着意中人!”我说：“如果有，坐在这儿给你点蜡烛的还会是我吗？”老Q沉默一下，慢慢吸口气，把烛灯吹灭，然后说：“即使再收藏一个，也不会是你了。”我说：“不一定吧，我至少也算一个参赛选手。”老Q把蛋糕切开，两个人吃了起来。吃了几口，老Q说：“你说你来参赛，凭什么条件？就凭一个赖字，就凭过去的陈旧老酒？”我咧嘴一笑：“不是陈旧老酒，咱们分开还不到一年呢。”老Q说：“一年也够长了，一年里能干多少坏事呀。”我说：“坏事没来得及干，糗事倒干了一些。”我把自己在单位出差错、被换岗的事讲了个大约，然后说：“这是一年中的上半段，下半段我就改善了。”老Q说：“怎么个改善？”我说：“我遇到了一个姑娘。”老Q不吱声，我说：“我找到一个可以让自己放松的办法。”老Q还不吱声。不吱声是一种等待。我轻笑一下，讲了春节慰问和结对子资助，讲了姐弟俩，讲了我坐在静姑跟前的诉说。等我把话收住，老Q说：“不就是跟一位哑巴姑娘说说话吗？讲得这么隆重。”又说，“你倒跟她说了些什么？”我说：“其实也没什么，都是些平常的私话。”老Q说：“既是平常的私话，以前你为什么不跟我聊。咱们在一个屋子里待着，也够私下的了。”我说：“那不一样。”老Q说：“怎么不一样？我是个女人，她也是个女人。”我说：“她跟其他女人不一样的地方，就是什么也听不见。”

老Q不说话了，静了几秒钟，把一口气叹了。我说：“你别叹气呀，今天是为你过生日，得让你高兴。”老Q说：“我的叹是感叹，我没有不高兴。”我说：“没有不高兴就好。这一年你过得怎么样，说说你的。”老Q说：“我这一年可没你的出彩，不好也不坏。”她说了些咸咸淡淡的杂事。在她讲述时，一首《生日快乐》的曲子在大厅里轻轻响起，那是我特意为她点的。

我的感觉往温馨的方向走。正轻轻走着，老Q已把自己的事粗略讲完，然后话语一拐，说要见见那位。我没悟过来，说你要见谁。老Q说：“我要见那位哑巴姑娘。”我说：“你亲自见她，不好吧。”老Q说：“有什么不好，你不会把她存着当自己的收藏品吧？”我说：“不是收藏品而是一个小故事。你把她当成一个小故事，不是挺好吗？”老Q霸道地一笑，说：“就是小故事我也要走进去瞧个仔细，谁让你把我的兴趣逗起来了！”

操！老Q就是这样！

过了两天是周六，我约了老Q一起驱车前往小村。

在路上，老Q的嘴巴有些兴奋，时不时地扔出有关小村和那姐弟俩的零杂问题。为了平和老Q的情绪，我拧开了音乐。音乐声中，老Q嘴巴果然静了下来。不用瞧她我也知道，坐在一年前同样的车子上，听着一年前同样的曲子，老Q会有点恍然还会有点感伤。

到达村子已是下午，这回小武在家。小武见我来，高兴起来，欢着身子跑去叫姐姐。我们在屋子里等着。不一会儿，一阵快活的脚步声近到门口。我和老Q往外走几步，接住了静姑。静姑的脸因为快走显得鲜扑扑的，见了我正要高兴，忽然一愣。她没想到我的旁边还站着一位女伴。老Q说："这就是静姑吧，挺好看的。"

静姑引我们在饭桌前坐下，照例给我们倒了白开水，然后不知道干什么了。她看看我，又偷瞄一眼老Q，双手放在身前绞来绞去，老Q站起来走到静姑身旁，搂了她的肩膀，又说了几句话。静姑把肩膀挣开，扭头茫然地看着老Q。老Q对我说："你瞧瞧，她对我跟对你的态度不一样呢。"我说："你是生人，她对你还不习惯。"老Q说："你说，怎么让她短时间里习惯我？"我心里一坏，笑了说："你得帮她做点事情，譬如烧一锅开水。"老Q打小在城里长大，见过灶台但肯定没见过用稻草烧火，刚才一进来她就对柴仓和风箱起了好奇。我想就让老Q在劳动中与女主人建立感情吧。

老Q不反对我的建议，她拉着静姑走到灶口凳子上坐下，从身后柴仓里抓了一把稻草塞进灶膛，然后比画几下，示意静姑教她点火。静姑先不回应，站起身转到灶台前揭开锅盖，往里舀了两大勺水，再回到老Q身边。我站在一旁嘿嘿笑了，我是笑老Q的低级错误。老Q不理我，依着静姑的指导把稻草从灶膛取出，先拿一小把干柴点着放进灶膛，再把稻草盖到火苗上。正这么有兴致地做着，火苗蔫了，一股浓烟蹿出来，直扑老Q的脸。一阵咳嗽声奋力响起。老Q跳起来，双手捂着鼻子逃到我跟前，她的身子因为咳嗽变得一震一震的。我一边拍着她的后背，一边忍不住喷声而笑。

但静姑没有笑。她直直地看着我和老Q，脸上似乎有些飘忽。过一会儿她掉转脑袋，用手一下一下拉动风箱。灶膛里的火壮大了起来。

很快水开了。老Q帮着把水灌进热水瓶，一边对我说："现在气氛不生了，我跟静姑说会儿话。"我说："你说吧。"老Q说："我得一个人跟她说，你在我怎么说呀。"我说："你想把我的经过体验一遍？"老Q说："算是吧。"我走到静姑跟前，指指自己又指指外面，表示有事先出去。

我在门口叫上小武，到村子里闲走。村子刚过了夏日农忙时间，有点疲惫后的静淡。俩人在村子里转一圈，又来到村外。村外有一片不很开阔的水田，现在种上了稻苗，形成一地的绿色。山坡上的橘子树开始长出果球，很小很可爱。小武要带我爬坡去看他家的三棵橘子树。我说："你家的橘子树跟别人家的有啥不一样？"小武不好意思地说："那倒没有。"我说："没有就算了，等橘子熟了我再去看，一边看一边还可以摘了吃。"小武点点头说："夏天过去是秋天，秋天过去是冬天，还没到冬天橘子就熟了。"

俩人走到溪水边坐下，听着水声，一边说些闲话。闲话中提到静姑，小武说：“我知道的，姐姐很喜欢你来，你一来她能高兴好几天。”我说：“其实我就是跟她说说话儿。”小武说：“对的，姐姐就是爱听你说话。”我不吱声了，默着脸看溪里的流水。过了半晌，我暗吃一惊，因为我发现自己竟叹了口气。

看看时间差不多了，我和小武回去。老Q已跟静姑聊完话，一个人在门口转悠。我走过去说：“谈话完毕啦？”老Q点头说：“嗯。”我说：“都说了些什么？”老Q说：“跟你一样，也是些平常的私话。”我说：“有啥感觉？”老Q说：“没啥感觉，因为静姑压根儿没在听。”我说：“你傻呀！静姑怎么能在听，你得看她的眼睛。”老Q说：“她的眼睛告诉我，她走神了，她在想自己的事情。”我不明白地看着老Q。老Q说：“我看出来了，她的眼睛装着难过，用雅一点的话说，她眼睛里有淡淡的忧伤。”老Q停一停，又说，“我还看出来了，她把我看成了情敌，用雅一点的话说，情感地带的入侵者。”我呵呵笑了：“又是忧伤又是入侵者，弄了半天，老Q你找到的是些什么破感觉呀！”老Q也笑了，说：“不是玩笑，我觉得我的感觉是真的。”

天色淡下来，该回去了。我和老Q跟姐弟俩告别。姐弟俩站在那儿，用目光把我们送进车子。我发动车子，穿过小街道驶离村子。

刚出村子，突然老Q叫了一声：“你看后面！”我吓一跳，忙踩住刹车往耳镜里看，镜子里有一个小身子在卖力地奔跑。那小身子越跑越近，把一团尘土和一串喘气声带到了车边——原来是小武。我赶紧降下车窗，说：“小武你什么事？”小武喷着热气说：“捎……捎句话儿，姐姐要……要我捎句话儿。”我说：“什么话儿？”小武说：“姐姐让我跟你一个人说。”他双手抱住我的耳朵，轻声说了一些话。他的样子把我和老Q都逗乐了。

车子脱离小武继续往前开，老Q问我是啥悄悄话。我一笑说：“没什么，也是平常的私话。”老Q说：“既然是私话我就不问了，不过我告诉你，你也许干了一件不好的事情。”我说：“什么不好的事情？”老Q说：“你用一个女孩子治自己的心病，但迟早你又会让女孩子的心受伤。”我说：“有这么严重？”老Q说：“有这么严重！”说着她打开音乐，首先响起的仍然是那首《昨天重现》。老Q说：“你纠错的唯一办法是避免昨天重现，你得制止自己再跑来向她诉话了。”老Q又说：“当然，这只是我的建议。”

我和老Q又伙在了一起。我们没领红皮证书，但像结过婚那样过日子。我们在床上和床下都表现出久别重逢的积极性。跟婚礼过的男女不同的是，我们仍揣着暂时感，这使我们各自存一些独立性，还不能放手要孩子。而没有孩子，日子里雅的内容会多一些，俗的东西会少一些。这也是让我暗暗满意的地方。

我没有再去见静姑姐弟俩。我觉得与静姑面对而坐，已不能像过去那样保持简单的愉快，反而容易让事情变得不好。在这一点上，老Q判断得没错。说到底，我和姐弟俩是从结对子资助开始的，不可能发展出更多的什么。我只能记着在九月开学时汇去一笔不大的钱。

九月末，我突然收到一只歪歪斜斜写着铅笔字的信封。这年头，这种手写的信已经很少了。拆开一看，是小武写来的，上面有些错别字，但我能猜出来。小武在信中说：

你寄来的钱早收到，姐姐要我向你说谢谢。我现在上课认真很多，回家先做完作业再玩。姐姐和邻居都夸我比以前懂事。老师说我照这样下去，成绩一定会考得好。另外村子里的橘子快熟了，我家的橘子也快熟了，我们很想你来。还有我看见又有人给姐姐说媒了，不过姐姐没有答应，我也不想姐姐离开家。对了，有个事我本来不想跟你说的，就是有一天我看见姐姐坐在饭桌前发愣，愣了好大一会儿。我知道，她这是想听你说话呢。

过了两个月，小武又寄来一封信。他在信中写道：

村子里的橘子早熟了，很好吃。我家的橘子想等你来一起摘，你没来，我和姐姐只好自己摘了。另外有两件事要告诉你，一件是我的，一件是姐姐的。我的事是期中考试拿了好分数，在班里排在第九名。姐姐的事是她答应嫁人了，不是后来那个，是以前说的一条腿比另一条腿短一些的胖子。姐姐说他是老实人。姐姐还说他答应以后给我们家修房子，把木房子变成砖头房子。

还有一件事差点忘了向你说。那天橘子刚摘下来，姐姐想送到城里给你吃，也好见见你。她把橘子装在篮子里，装得满满的，带我走好久的路去坐汽车。那汽车里面气味不好闻，没开多久我就头晕，还吐，把篮子和橘子都吐脏了。姐姐没办法，和我中途下了车，我们提着篮子慢慢走回去。走着走着，姐姐突然红了眼睛，好像有眼泪要掉下来。我连忙说改天再去，我保证下次不会吐了。可不知为什么，姐姐使劲摇了头。这事过去没两天，姐姐答应嫁人了。

我把小武的信看了好几遍，看得心里悠悠的。我知道，这是难过。打上次从小村回来，除了寄一回钱，我什么也没做，但我的没做仍然是一种态度，就像看不见的风，给姐弟俩送去了影响。这是多么无奈的事情。我记起那次小武在我耳边转达的悄悄话。那是静姑唯一一次说给我的私语。静姑说："有一天夜里我跑出一个梦，梦里我耳朵长好了，你的每句话我真的都听见了。"

皈依

变化是从一顿晚饭开始的。在此之前，我一直认为松芝是个没有新意的女人。我之所以这么说，是因为我们的日子里塞着太多的平淡。自打我和松芝伙在一起，干的全是寻常事儿。我们先是生了儿子，又攒了些票子，后来买了房子，再后来买了车子。这种日子内容不少可显得潦草，还有一种汗渍渍的感觉。不过跟别人一比，我们称不上太好也没有掉队。有时闲下来掰着手指一算，我和松芝结婚竟然有十多年了。年头一多，日子就旧了。日子一旧，心思也松了。我不觉得自己身边会冒出什么稀奇的事儿。

但那天吃晚饭时松芝突然就稀奇了。她坐在我对面，脸上搁着一些认真，说："我皈依了。"我没听明白，问什么意思。松芝说："今天上午我到灵云寺做了仪式，皈依了。"我让一口饭在嘴里停了几秒钟，然后猛地吞下去，说："你要出家啦？"松芝摇着头笑了两声，说："你这都不懂！皈依不是出家，你丢不了老婆。"我说："丢不了老婆就好。你一说做什么仪式，吓我一跳。"松芝说："皈依算是正式跨入佛门，跨入佛门当然得有个仪式，就跟入党要办手续一样。"我想一想说："入党得写申请书，还得找介绍人，这些你有吗？”松芝说：“申请书没有，但介绍人有呀。我认了智安师父，是灵云寺的住持。我还念了皈依誓词，最后得了一本皈依证书，红皮的呢。”我嘿嘿笑了，说：“得了红皮证书，心里就有新感觉啦？”松芝说：“是的，当时寺庙里的钟声响了，那钟声跑到耳朵里，像是跟平日的不一样了呢。” 我说：“有啥不一样？”松芝说：“干净，那钟声很干净，我听着心里特别踏实。”我说：“做过了这仪式，以后得多去寺庙吧？”松芝摇一下筷子说：“不光多去庙里，往后在家里我还会吃素斋，一个月吃两次，就像今天晚上。”

我这才注意去看桌上的菜。一碟豆腐，一碟青菜，一碟豌豆，还有一碟红烧排骨。跟往常相比，少了鱼虾一类的主打菜，但毕竟还透着肉香。我夹了一块排骨搁在碗里，说：“要是这也算素斋，我比较拥护，就是天天吃我也不反对。”松芝赶紧说：“这肉是让你用的，我的筷子不沾一下。”我说：“可这肉是你烧的。”松芝说：“那不算，能不能把住关得看嘴巴。”我点点头说：“今天你嘴巴很严。”松芝脸上跑出一些高兴。我说：“这倒也好，你可以乘机减一减肥。”松芝把高兴扔掉，说：“你胡说！”又说，“我想的才不是减什么肥呢！”我瞧着她，忍不住又嘿嘿笑了。

我笑是笑松芝的认真，女人一认真便丢了幽默也丢了可爱。我笑也是笑自己的迟钝，显然我还是小看了松芝的执拗。松芝其实不是个复杂的人。她在一家文化单位上班，干的是会计，整天与数字缠在一起，心里容易干燥。按理说，给干燥添些水分的办法很多，跳跳舞逛逛街做个美容什么的，甚至打几圈麻将也行。可松芝不知怎么把兴趣给了庙殿，用她的话说，要找一找自己身上有没有佛缘。为了找佛缘，她得着空闲便往庙殿走动，带去一些香火钱，带回一些佛家词汇或者慈悲故事。当然，她走动中会把家事结合进去。前年买房子，她专门去庙里烧了香，去年儿子小学毕业升学，她又去庙里拜了佛。偏偏两件要紧的事，都如了她的愿。房子买下不久，赶上一波涨潮，几个浪头把房价推高一截。儿子又正好遇着一场扩招考试，上了省城的外国语学校，虽然有些远，却是个好去处。这两件事拿下，松芝又喜又惊，觉得是菩萨给了自己特别优惠。我有时给她摆道理，说房价蹿高是因为什么，儿子升学又是因为什么。松芝不吱声，只是轻笑。待我讲完一堆碎话，她才说，你这些凡俗道理谁个不懂，我单位的人也整天挂在嘴里的，可他们怎么不早点去买房子，怎么不把孩子送进省城中学呢。

现在看来，松芝已在自己身上找到了一点儿佛缘。拿着这点儿佛缘，她上进心更足，似乎不想当凡夫俗子了。

素斋对生活的占领是逐步推进的，先是初一十五两天。把两天搁在一个月里，就像树林里多出两棵歪脖子树，不怎么招人注意，我也没在饭桌上掏出过不高兴。或者说，每次松芝还没来得及看到我不高兴时，一顿朴素而清高的晚餐已经结束了。

没有多久，松芝把两天扩充为六天，按她的说法叫进入六斋期。

又过些日子，松芝把六天扩充为十天，这叫进入十斋期。十斋期就十斋期嘛，反正素菜的旁边总还放着一两盘肉鱼。有了这一两盘肉鱼，就让她守她的戒律，我做我的俗夫，我们相互尊重吧。尊重了几回，我发现一个不好现象，就是肉鱼上是上了，但味道不如从前。以松芝的手艺，烧出来的菜不算出彩，也不会太差，现在却有些跑味，掉到了及格线之下。我想了想，觉得是松芝漫不经心的表现，她的注意力挪到了别的地方。我拿这个问题向松芝敲打，敲打了两次，才明白不上心是次要原因，主要的还是取材问题。譬如买鱼，她到菜市场鱼摊前挺卖劲地挑挑拣拣，拣的全是已去世的鲫鱼或者跳鱼。又譬如鸡鸭，别人都是瞧着摊主当场宰杀，她却专找冷冻的买。

紧接着，我又发现一个不好现象。原先我是吃现成饭的，手脚喜欢休闲，对灶台上的事从不过问，现在却常常被松芝唤到厨屋，洗鱼剁肉什么的，名义是帮着打打下手，实际是切割鱼禽的身体。就是说，荤菜的前期准备松芝都不想沾手了。

我有点不高兴了。假如画一条界线，再用尺子一量，我觉得松芝应该过线了。记得儿子刚去省城读书时，家里的空间一下子变大，时间也多了，松芝挺不习惯。她郑重向我提了醒，要我晚上少出去多守家，让屋子养些人气。我在单位是坐闲班的，上班时间攒了些精神，傍晚下班后喜欢聚聚朋友把精神用掉。松芝这么一说，我减了玩心，增加了下班直接回家的次数。反正就是那些个狗友，见了面总逃不过一个酒字，多回家养养心性也好。再说若要喝酒，在家里由松芝陪着小饮几杯，不用敬酒挡酒，也算是赚了个轻松。不想几个月过去，松芝把寺庙的气味带到了家里。闻着这股气味，又瞧着桌上的菜碟，我不仅少了酒兴，连食欲都淡了。

我想让松芝知道适可而止。我查了查资料，然后告诉松芝，佛教其实是不排斥吃肉食的，藏传佛教允许吃肉，印度佛教也允许吃肉，不仅允许，还把肉菜做得花样众多。我又告诉松芝，中国佛教徒愿意自苦，才设了禁荤的规则。即使这样，也有鲁智深武松坚持自己的酒肉立场，还有济公打出“酒肉穿肠过，佛祖心中留”的主张。他们虽破了戒律，仍然是出色的和尚。我问松芝：“你不会对鲁智深武松济公们有意见，说他们不是好汉吧？”松芝盯着我的嘴巴，慢慢地说：“我怎么能说他们不是好汉！可我不是好汉嘛，连百分之一的好汉都不是，所以我学不了他们，百分之一也学不了。”我说：“你谦虚了，在吃这件事上，你多少也是他们的跟随者。”松芝说：“你乱说，吃素斋期里，我可不沾一点儿荤的东西。”我咧嘴一笑说：“在斋期里，你吃鸡蛋吗？”松芝小心着说：“吃呀。”我说：“你喝牛奶吗？”松芝说：“喝的。”我说：“这就对了，鸡蛋是鸡的产品，一旦受精便是一条生命，你吃掉一只鸡蛋等于剥夺了一次生命诞生的机会。牛奶呢，是牛身上流出来的蛋白质和脂肪，它跟血一样，也属于牛身体内容的一部分，只不过看上去是液体而已。”松芝看着我，脸上出现一丝幼稚的迷茫——这正是我要的效果。我说：“所以呀，吃素食只是吃一个概念，概念到了佛心也到了。至于戒律，你只是刚摸着佛门的普通人士，不用很讲究的。”我又说：“要是很讲究戒律，那许多东西都不能碰了，譬如水。水里有千千万万看不见的微生物，微生物也是生命呀，你烧一壶水，消灭了多少个生命体，你喝一口水，又吞下多少只本来活蹦乱跳的小动物。”

我七曲八拐地讲完，然后等着松芝的回应。松芝静了好几秒钟，才说：“你知道得不少嘛，都能扯到八里远。”又说，“我知道你讲得不对，但我不跟你争吵，我准备让师父批驳你。”

转过两天是周末，松芝真的去灵云寺见了一次师父，回来后脸现晴朗。她把我叫到跟前，说：“你的问题在师父那儿不过是一道小学生作业题，成不了困惑。师父说了，牛奶的产生过程没伤害母牛，更不涉及杀生，当然可以饮用。师父又说了，素斋分大戒和小戒，我属小戒，鸡蛋可以吃的，不算犯戒。”她笑眯眯地又说：“至于水里的微生物，师父说你那是妄语，第一次说是愚痴，再这样说会造下口业。”我说：“你师父说话挺呛人的嘛。”松芝说：“不是的，师父让我别跟你计较。师父说你这样的人身陷世俗，心未安放好，若要开悟，需等待特定的机缘。”我说：“什么机缘？”松芝说：“缘是看不见摸不着的，遇着了方能知道。”我嘿嘿笑了。自打松芝认了一位师父，嘴里老喜欢跑出这种虚头巴脑的话。

不过事后证明，灵云寺的师父有一点说得没错，就是我这次对松芝的劝导实属愚痴。接下来一段时间，松芝似乎为了让我心服，基本弃用了鸡蛋和牛奶。鸡蛋作为一种重要的菜料，出现在饭桌上的次数变得很少，而早餐的牛奶则很快被豆浆所替代。松芝对此的解释是：“牛奶本来可以喝的，可现在端到嘴边，我脑子里不知怎么会出现一头母牛。”

不仅如此，松芝还有将斋期再次扩张的意向，因为依她的理解，修行需要逐步深入，斋期短了只能救度自己，难以惠及家人。要惠及家人，还应投入更多的诚心。她讲的家人，主要是指儿子。松芝时常会跟我念叨，说儿子这么小就离开家去那么远的学校，咱们照顾不了他，但得在心里保佑他。

不过这一次，松芝的扩张意向没能兑现。原因之一，松芝明白嘴巴的管理权在于自己，吃不吃荤菜啥时都是自己说了算。原因之二，斋期不仅涉及嘴巴问题，还牵扯到更重要的身体内容。

知道身体与斋期有关是在松芝宣布皈依的当天晚上。吃过那顿不一样的晚饭，我并没有想得太多，一直懒懒地在看电视，把一群频道摁来摁去。看得不想看的时候，时间已经挺晚了，我离开电视机去洗澡。洗澡时不知怎么体内起了点精神，精神起了就得用掉，我进了卧室打开空调暖气。天气稍稍有点冷，暖和的温度有利于动作的发挥。这时松芝已经睡着，脑袋跟着身子朝向里边。我以为她睡熟了，谁知一挨着她，她便警惕地蜷起身子。我把头伸过去，见她闭着眼但脸已经醒来。我不多说什么，用手将她身子和脑袋扳过来。松芝慢慢弹开眼睛，说：“今天我皈依了。”我说这个我知道呀。松芝说：“今天我吃素斋了。”我说这个我也知道呀。松芝说：“吃素斋这天不能……不能用身子的。”这个我倒不知道。我愣一下，说：“为什么呀？”松芝说：“师父说，吃素斋时要身心素净，不光心要素净，身子也得素净的。”我说：“这有点扯淡吧，吃素斋怎么跟身子沾上关系啦？我的身子又不是跳鱼身子或者鸡鸭身子。”松芝不跟我辩争，说：“你还是忍一忍吧，又不是过了今天就没有明天。”我说：“如果今天我一定要呢？”松芝眨眨眼睛说：“那我心里会感到不干净的。”

那个晚上我没有碰松芝。我洗了澡，还让女人感到不干净，这样的事一想就觉得挺没趣的。松芝说过了今天还有明天，可隔了个夜，床上的兴致容易变馊的。在这件事上，松芝总是开不了窍。她老把身体交流看成日子里一道普通的程序，既然是普通程序，就不需要加入特别的态度。交流的时候，她既拿不出冲劲，也不注重细节。她最基本的动作就是平躺在那儿，闭着眼睛，脸上像是快活又像是没快活。说快活，是因为她两边的嘴角不时地往上提，有点满意的意思。说没快活，指的是她除了偶尔的哼哼，从没发出大声的喊叫。我不知道这是她自身的原因还是我努力不够的缘故。我试过多种动作和办法，想从她嘴里挖出哪怕是一两声的尖叫。可每次我忙得满头大汗的时候，听到的总是自己凌乱的喘气声。

为了听到床上的叫喊声，我曾先后与两位女子有过短暂的交往。两位女子胖瘦不一，叫出来的声音也不一样。我研究过她们在癫狂时刻的表情和姿势，想取点经，再暗地里传送给松芝。当然床上的传送并不容易，我也不想细说，反正松芝身体里最终没跑出我等待的声响。那两次情感外溢之所以没有维持得太久，并不是因为被松芝察觉到了什么，而是我自己认为没意思了。说到底，我不是个放肆的人。我只是觉得日子太枯燥了，需要找点儿乐子让自己高兴一下。

现在，新的枯燥事儿又来到我的身边。我不但要在餐桌前接收暗淡的吃食，还不得不去盘点一个月中可以与松芝身体交流的时间。无聊中我把十斋期的日子写在纸上，分别是初一、初八、十四、十五、十八、二十三、二十四、二十八、二十九、三十，又把松芝约一周的红日子标出来，这样一个月剩下的可用天数就不很多了。在不很多的天数里，我还必须调节好自己的欲念，不能该来劲头的时候不来，不该来劲头的时候偏偏愣着要来。这是一件不容易做好的事情。

随着时间的推移，我很快发现，一月内最熬身子的是月末月初，因为二十八到初一是连在一起的，要是再挨着松芝的红日子，十多天里便走投无路了。当然，我也不是一定按不住欲念，只是一想到跟老婆躺在一张床上，却不能随意发挥，心里就容易窝火。我承认我不是个存着理想的人，要说以前有点远的想法，也早被年月淘没了。我只想对付好眼下的日子，上个闲班，喝点啤酒，再让身体欢乐一下，把这些加起来，即使再无聊，也比虚远的来世实在些。不过我知道，我的这种想法就是说上三遍，松芝也不会听进去一句。

为了拦住身上的欲念，我想了些办法，譬如拉开与松芝睡觉的时间差。松芝是喜欢早睡早起的，我则培养自己晚睡晚起的习惯。我把更多的时间花在了电视机前。许多个夜晚，我将自己扔在沙发里，无目的地游走于各个频道之间。易中天我看，韩剧我看，探寻古墓之谜什么的我也看。看着看着，我的眼睛和脑子会一起恍惚起来，暂时掉入睡眠之中。一个小觉醒来，电视里的声音还在响着，时间已过去一截。我站起身关掉电视，迷糊着脚步走到床边躺下。没过几分钟，我又把刚才的睡眠接上。接上之初，我能隐隐约约听到自己的呼噜声。

我说这些，不是暗示我和松芝已停止了床上活动，这倒没有。毕竟每个月里还分布着可以利用的日子，毕竟松芝没给自己身体上了锁什么的。但是很明显，我们俩的做爱次数比以前少了，而且床上气氛掉了下去。更不好的是，在这种不畅不快的夜晚里，容易遇到没趣的事儿。譬如有一个晚上我坐在电视机前看一台文艺晚会，正看得平淡，一位长头发的忧郁歌手走了出来，他一边弹着吉他一边唱了一首校园怀旧歌曲。这首歌曲让我回到大学时代逗留了好一会儿。我不太懂音乐，又是个心情潦草的人，可不知怎么此刻我心里渗出一些伤感。伤感又让我想起应该去抒发一下身体。我看一看日历，确认不是禁期，然后爬上床挨在松芝旁边。我的手刚想动作，被松芝的手止住了。她告诉我今天不是时候。我说怎么不是时候，又没遇着斋日。松芝不好意思地一笑，说："虽没遇到斋日，可今天不是个一般的日子。"我说："什么日子？"松芝说："今天是观音菩萨的生日呢。"

松芝的态度让我沮丧。这种沮丧又过渡为恼怒，好几天都化不开。我觉得自己正变成一只沉默的爆竹，要在什么时候弄出一声脆响。

终于到了一天夜里，我躺在床上遇到一个梦。梦里一张精致的瓜子脸加上一个肉肉的身子，在我眼前晃来晃去。我伸手去抓，那身子一下子飘到我的身后。我转过身刚探出胳膊，那身子又移到我的背后。这样无效地捉拿几次，我醒了。醒来后我发现自己的那位兄弟静静挺直着，真的像一只沉默的爆竹。我忽然有点难过。我想旁边躺着一只女人身子而不得，还要在梦中去追扑虚幻的影子，这他妈算什么呀！

我坐了起来，一下两下脱去自己的睡衣，再去解除松芝的衣物。松芝身子一动醒了。她护住衣物，说："都几点了还不睡。"我说："嘿嘿，我上半身想睡，下半身睡不着。"松芝说："别闹了，今天不是时候。"我说："怎么不是时候，前半夜是斋日，过了午夜是新的一天。"松芝说："我不是说这个，我是说我来红的了。"我愣一下，说："我知道，你每天都能找到理由！"松芝说："我说的是真的，不信你亮灯看。"我没有亮灯，也没有凑过脑袋去看。我不能什么都让松芝说了算，我得让我的兄弟做一回主。这么想着，我一提身子，把自己搁在松芝身子上面。松芝说你干什么你干什么，还没说完，我身子一合，盖住了她。松芝不吭声了，松着手脚一动不动。这是一种不配合的姿态，也是生气的表示。但现在我的生气大于她的生气，暗色中我一边愤怒地工作着，一边使劲去追想刚才梦中那个肉肉的身子，然后我听到了松芝的声音——不是呻吟声而是一句含糊的话。她好像是说："你把我弄痛了。"

过一会儿，我撤下身子。松芝伸手摁亮了灯。我看见松芝身下的床单上布着一摊血色。

我烦了，或者说，我觉得没意思了。

我不想老待在家里，傻乎乎地嗅着松芝制造出来的寺庙气味了。

我开始增加跟朋友们聚酒的次数。朋友们见我收起的玩心又放开了，有啥活动不再忘掉我。每天傍晚快下班时，我总能接到一两个召唤的电话。我们一般先聚在酒店里吃海鲜吞啤酒，一边扯些远远近近的闲话，把想到的各种事情点评一遍。喂饱了肚子，我们便去茶室搓麻将。麻将玩得不算太大，但输赢之间，能让钱包一会儿鼓起来一会儿又瘪下去，这使我们的情绪也跟着一会儿爬上去一会儿掉下来。当然，有的晚上聚酒时会有女性参加者，饭后又不能丢下她们，这样我们只好去K厅唱歌，让生了锈的嗓子抖擞起来，跑出温情或者粗暴的声音。

这样的日子单调但不憋屈，过上了就不容易停下来。

一天晚上，一个朋友又带来了两位女人。有了女人，酒桌上的气氛便活泼些，说了一堆废话，喝了一堆啤酒，场面慢慢接近尾声，我们忘了麻将准备去唱歌。这时服务员端上一盘热气腾腾的东西，原来是红烧肉。有人就生气，说这道菜现在才上，这不是嘲笑我们的胃口吗？有人知道我近段时间比较喜欢肉食，把红烧肉的盘子拿到我前边，说：“看来只有你替大家干掉几块了。”此时我的肚子也不高兴接纳任何东西，我把盘子挪到那两个女人面前，说："红烧肉利于美容，咱们还是让给美女们吧。"两个女人哧哧地笑。笑过了，其中一个女人说："我愿意拿一杯酒换一块肉呢。"我说什么意思？那女人说："你肯吃下一块肉，我就愿意陪着喝一杯啤酒。"我"咦"了一声，说："我吃几块你就喝几杯吗？"那女人瞧瞧盘子还没说话，大家先兴奋起来，抢着嘴舌替她答应了，说奉陪到底奉陪到底。

我不知道那女人的酒量，想必是不差的，但嚷闹声中，我似乎也没有退缩的余地。一场酒肉对决开始了。我往嘴里塞一块肉，那女人就往嘴里倒一杯酒。我再往嘴里塞一块肉，那女人又往嘴里倒一杯酒。周围不断有人向我发出鼓励的声音，又有人拿着酒瓶等在那女人的酒杯旁边。吃过五六块肉后，我的嘴巴变得有些迟缓，但我不准备停下来，因为我在那女人脸上也看到了困难。我把盘子端到跟前，活动几下脖子，干脆一起往嘴里扔了三块肥肉。油汁慢慢溢出来，在我嘴边形成光亮的一圈。然后在众人的督促声中，一杯跟着一杯泛着泡沫的啤酒也滑进那女人的口中。

不多一会儿，盘子里的肉已剩无几，那女人的桌前则站着一排啤酒瓶。周围的人开始一下一下地拍掌，两位女服务员也停止工作眯起笑眼等着。我把最后两块肥肉放到嘴里，很慢地嚼动，又很慢地咽下。完了我抬起头，看着那女人做着喝酒的动作。她的动作也很慢，有点挣扎的意思。她的嘴里还打出不好听的嗝声。

无聊的欢闹终于结束。大家心满意足地涌出酒店去K厅唱歌。我犹豫一下，没有跟去，因为我的肚子像放进一团破烂的棉絮，饱满得难受。回到家，我想找几颗帮助消化的药粒。还没找着，嗓子突然有了冲动。我奔进卫生间，对着马桶使劲伸了几下脖子。马桶里立马多出一堆复杂难闻的东西，上面还浮着一层花花的油。我赶紧按下水箱控柄，让混乱的内容快速消失。然后我放下马桶盖，在上面干坐了好一会儿。我心里似乎也有一种被水抽走后的虚空。

第二天上午刚到单位，手机短信"嘟"地叫了一声。摁开一看，是昨晚跟我斗酒的宋谣发来的。宋谣是我朋友的朋友，在昨晚聚酒前我们并不认识，在餐桌上也没有正式搭过话。如果不是最后那一阵特别的胡闹，彼此连名字也懒得去记的。但眼下宋谣似乎已把我认作了同党，一张口就是一句讨伐的话：昨晚你把我害苦了，吐了两次，现在脑子还飘。话的结尾还加了生气的脸谱。我一笑，回过去一条：嘿嘿，我昨天也好不了多少，大约吐出一斤油。宋谣回复说：见过吃肉的，没见过你这么吃肉的，吓我一跳噢。我说：那是因为你的鼓励，男人最怕的是女人的鼓励。宋谣说：我的酒量并不好，原本只是想逗你一下。我说：我是老实人，以后请别逗我。宋谣偏偏马上逗我一句：你这么喜欢吃肉，身上不见长肉嘛。我回一句：你这么能喝啤酒，也不见啤酒肚嘛。这话好像有点荤，一摁出去便觉得不太合适。过一会儿，宋谣回话：你不是老实人，你是个坏人！

第二天中午，宋谣又发来短信：在食堂吃饭看见红烧肉，又想起你，说给同事，大家都笑呢。我回复说：别到处说我的坏话，名誉重要呀。宋谣在短信里贴一只笑脸：不是说坏话，是夸你能吃。我问一句：你在什么单位上班？宋谣贴一只生气的脸：晚报嘛，那天吃饭时介绍过的，你贵人多忘事。我说：你是记者？宋谣回复：不是，财务人员。我愣一下，同是财务人员，眼前那位跟家里那位不一样呢。我发去一句：你不像财务人员。宋谣追问：财务人员该是怎样的？我不好答复，只好说：财务人员乱喝酒，会算错账的。宋谣回一声笑：哈哈。

下一日是雨天。雨不大，但把整个天地弄得湿漉漉的。宋谣发来文字：今天天气不好，你在干什么？这是无话找话了。我懒懒地答复：天气不好也得上班，在办公室，你呢？宋谣说：也在办公室，对着窗外发呆呢。我说：财务人员不琢磨账本，却对着窗外发呆，不称职呀。宋谣说：哈哈，我就是不称职，我巴不得被撤职不用上班呢。我说：嗬，看来你肚子藏着牢骚嘛。宋谣说：牢骚基本没有，不过下了班倒想找个人说说话。她贴了一只似笑非笑的脸谱。这脸谱里含着点儿什么意思了，我想一想，接上去一句：你想找的人不是我吧？宋谣马上回复：你是可以考虑的人选。我说：我不合适，我没有你的酒量。宋谣说：你想得美，以为请你喝酒呀，我最多请你喝茶。我说：我考虑考虑。宋谣贴了一只笑脸，说：你考虑个P！

下班后我似乎也没别的事可做，就去了茶室。宋谣已等在包厢里，桌子上搁着一些吃物。她见了我不搭话，先给我设杯斟茶，然后才说："这儿有糕点小吃，也有啤酒，就是没有红烧肉什么的。"我打个哈哈，说："这种地方我常来，肯定比你熟。"宋谣"噢"了一声，说："也跟女人喝茶？"我说："女什么人，是打麻将。"宋谣就笑了："你们可真会找地方。"又说，"看来你平常也是个不着家的人。"我说："你用了个'也'字，这在暗示你同样是个不爱回家的人？"宋谣端起茶杯呷一口，说："你这个人呀，像是有点老实，又像是带着些痞气，瞧不准呢。"我说："瞧不准就再瞧瞧，我让你多看一会儿。"宋谣就停住茶杯，真的认真地看我，我也直直地看她。看了几秒钟，两个人忍不住乐了。

我说："你从我脸上看到了什么？"宋谣说："你先说，你说你看到了什么？"我捡起一粒瓜子，说："我看到了一张瓜子脸，一张上了色的瓜子脸。"我把瓜子搁在嘴里，嗑开吃下。宋谣说："在这张瓜子脸上，你还看到了什么？"我说："寂寞，应该是寂寞。"宋谣不吭声了。静一会儿，她说："用寂寞这种词太诗意了，我可没那么诗意。"我说："那你用一个不那么诗意的词说说我的脸。在我的脸上你看到了什么？"宋谣慢慢地说："一个字，懒。你的脸上全是懒。"我说："寂寞和懒，相近的词嘛，像表兄妹。"宋谣似乎想笑，忍住了，说："不过你的懒里还存了一点儿不甘心的东西。"我说："此话怎么解释？"宋谣说："你的心里藏着一些不安分，时不时地会往远的地方挣扎一下。"我想一想说："有一位高人点评过我，说我心还没安放好，还说我要开窍得等待特定的机缘。"宋谣说："机缘？什么机缘？"我说："缘是看不见摸不着的，遇着了方能知道。”宋谣说：“你这种话有些虚玄了。”我嘿嘿笑了。宋谣静一下，轻嘘一口气说：“想想觉得有趣，平常喝酒玩闹的时候哪里肯说这些，只有下雨天坐在茶室里才会聊出这种虚玄的话儿。”我说：“和女士这么坐着喝茶，我不多的。”宋谣说：“我也是，要找一个可以喝茶聊天的人也不是那么容易的。”

气氛有些意思了。我们顺着话势聊了些远的近的事情。有一两次话题差点拐到家庭私事上，但两个人都及时刹住了。在此时这不是个好的话题。不过越是这样，两个人之间越容易挤进可以想象的东西。宋谣用手掌支住下巴，自嘲似的说：“我们第二次见面，就熟成了这样。”我说：“要是第三次见面，你我不知会干些什么事情。”宋谣说：“能干出什么事情呢？”我假装想一想，说：“不知道。”宋谣说：“再想想嘛。”我说：“我扛着一个懒字，脑子懒得去想哩。”宋谣一笑说：“这不是懒，你应该从懒上取半个字——你这是赖呢。”

这次茶室聊话之后，我和宋谣两三天没有联系。到了周末，松芝到省城去见儿子。儿子太小了，隔些日子松芝就得去给他洗衣服晾被子什么的。

松芝走后，我想起要不要给宋谣发条短信，心里一迟疑，手指便不肯跟上。吃过中饭，我坐在地板上看电视，看一会儿觉得无趣，脑子一松打起盹来。睡眠中很快走出一个梦，梦中我和一个女人坐在一起，旁边又来了一位女人，似乎是松芝。松芝看过来一眼，静静走了过去。我有些着急，追上去提醒说，我跟别的女人在一起，你没看见吗？松芝双手合十说，我不想看见就看不见了。说完直着身子又往前走。我气恼得嘿嘿笑了两声，正站在那儿不知干什么好，忽听到“嘟”的一声鸣叫。

我弹开眼睛，醒一醒神取过手机一看，正是宋谣的文字。宋谣说：在干什么？我回复：睡闲觉。宋谣说：哈，我也刚从闲觉里出来，两个闲人要不要找点儿事做？我问：做什么呢？宋谣说：今天好天气，可以郊游、踏青、爬山，三项你选一项。我回复：傻呀！这三项不就是一项吗？宋谣贴一只笑脸：嘿嘿，原来你不傻嘛。

我开车去把宋谣接上。宋谣今天穿着白色上衣、蓝色布裙和枣色运动鞋，颜色分明，一进车子，还把一股香水浓味儿带进来。我抽抽鼻子，把车窗移下一截。宋谣说：“怎么，闻不惯香水味儿呀？”我说：“好闻，就怕把眼睛熏花了，找不对车的方向。”宋谣笑了说：“没关系，反正今天没有方向，开到哪儿算哪儿。”

车子出了城，随意选一条路往有山的地方跑。跑一会儿，大路变成窄路，窄路走尽了，遇到一座山。沿着山路曲拐着往上开，很快看见一池水库。水库不大，但水不错，清明得像一面镜子。几个人在水边静坐着，原来是钓鱼。

我们继续往上开，山渐渐变得深奥，树林也显出野性，常常有树枝从高处伸出来，弯向路的上方。正幽静着，见前面拐角处隐约有房子，近了一看，是一座寺院。寺院有些老，门楣和外墙上的字都掉了颜色，不过旧色中仍存着气派，几处庙殿依着山势往上分布，最高处还醒目着一阁屋，分明是钟楼。钟楼里悬着一只铜色的钟，远远望去有些孤独，又有些高拔。

我没有停车。世上的寺院都是差不多的，何况我心里还搁着对庙殿的不耐烦。但宋谣已生了感慨，说这寺庙躲在这儿，闹中取静嘛。我故意一笑，说："山上全是树和石头，怎么就闹了呢。"宋谣说："傻了吧，我说的是世间的闹，生活的闹。"我说："哟，一出口就往深里说呀。"宋谣说："你知道吗？为了避开闹，现在城里人流行皈依佛祖呢。"我说："什么事儿一流行就没意思了。"又补一句："没意思的事儿咱们最好不去说它。"宋谣说："那我说一个有意思的问题。每次见着寺庙，这个问题就会从我脑子里跳出来。"我说："你说说看。"宋谣说："寺庙里是静了，是不闹了，但身体闹起来怎么办？"我说："你是说出家人的身体之欲？"宋谣点点头说："我不相信他们就没有欲望。"我说："欲望由心而生，咱们是俗人，俗人到不了出家人的心界。"宋谣说："你的话太虚，等于没说嘛。"

这么说着，眼前出现了一块开阔的平地，这在山中比较难得。我把车停住。两个人下车往前走，周围平地上长满了杂草，几棵松树混在其间。一阵轻风吹来，四周的绿色一齐活动了起来。我在杂草上坐下，等着宋谣。但宋谣没有跟着坐下，她走十多步，坐在了一棵松树下。太阳已经西落，橙黄的光线涌过来，使我的眼睛有点晃。我拿眼睛看宋谣，她的脸也有点晃。我想说些什么，一时找不到话头。过一会儿，宋谣站起身，翘着脑袋看树上的什么。她的背影挺不错，在夕阳里显得有些肉。我想，我得走过去。我走了过去。我又想，我得搂住她。我轻轻搂住了她的腰。她静住身子，没有吭声，继续抬着脑袋看树上。我让嘴巴贴近她的耳朵，说："山上很静，可我身体闹起来了。"我说："欲望由心而生，我心里起风了。"我又说："我是俗人，你也是俗人，咱们都是俗人。"说完了，我等着宋谣的回应。过几秒钟，又过几秒钟，宋谣说："这儿的杂草扎人，去车上吧。"

我们快步走回车子，进了后车厢。我的鼻子开始发烫，吸进呼出的似乎都是热气，我伸手将窗子摁下一些。随后我看见宋谣躺了下来，因为空间太小，她的一条腿不得不搁在前排椅背上。我提了身子，将自己放在宋谣的上边，同时脑子里禁不住冒出一个猜想，猜想宋谣会发出怎样的尖叫声。这个念头让我变得亢奋，我的身上站起充足的力气。

这时，就在这时，一个浑厚的声音从窗外传来——当！

我使劲一愣，明白了，是钟声，是来自寺院的钟声。钟声雄壮悠长，气势充沛，一下一下，在山上形成回音。回音从远而近，像是从天上响过来的。

当！当！当！

一世界似乎都静空了，只有钟声布满了天地空间。

不知怎么，我心里忽然飘起一种异特的感觉，这种感觉应着钟声，仿佛将自己整个儿托出车厢，缓缓送向远的地方——我不知道人的身上有没有灵魂，如果有，此时我的灵魂一定暂时离开了躯体。

我的身子于是顿悟似的停在那里，一动不动。

我身下的宋谣呢，则奇怪地瞧着我，因为她最能感觉到，在钟声中，我身上聚集的力气一点点消失了。过了差不多一分钟，宋谣嘴巴终于发出了声音，不过那只是一声轻的叹息。

水下的村子

这年头看小说的人已经不多，看过小说还要给作家写信的人更不容易遇上，所以当一封陌生来信抵达手里时，我稍稍稀奇了一下。信是同城一位读者写来的，只有一张纸，意思是看了我的小说《零年代》后，忍不住在房间里走来走去，然后冒昧写了这封信。信中没有表达读后感言什么的，而是用了“在房间里走来走去”的动作，这让我感到有趣。出于一种礼貌，我回了几行字，并且写上了自己的手机号码。

几天后，我的手机铃声响起。一个腼腆的声音在我耳边说，他叫林成富。我恍惚一下，记起了那封信。腼腆的声音又说：“收到你的回信很高兴，忍不住又在房间里走来走去，最后提起劲儿打了这个电话。”我不禁笑了，说：“又不是给领导或者女人打电话，提什么劲呀。”腼腆的声音说：“我怕打扰你。”我大方地说：“我不怕打扰，别的没有，时间我有的是。”腼腆的声音不腼腆了，说：“如果是这样，那我敢提一个要求了。”我说：“什么要求？”对方说：“我想见你一面。”我一时收不回大方，只好躲闪着说：“你看我的文字已经够了，何必还要看我的脸呢。”对方停顿一下，说：“怎么说呢——我不是为着自己，我是为了我父亲。”我糊涂着说：“你父亲怎么啦？”对方说：“有些话当着面才好说。”又说，“我想在你那儿找一个帮助呢。”他这么一说，我知道自己没法说拒绝的话了。

当日下午，我按约去了一家茶室，那个叫林成富的男人已等在一张桌子前。这是一位年近四十的男子，脸有些瘦还有些黑。他见了我，黑瘦的脸竟浮起一堆羞涩的笑。这种笑让我松了心。我坐下来，先听他说礼节的虚话。虚话过了，他突然摸摸自己的脸，说：“我这张脸很农民是吧？”我研究地说：“你似乎从乡下出来，不过出来有些年头了。”对面的男人嘿嘿笑了，说：“到底是作家，瞅人就是准。”他说自己十九岁以前在一个山村里生活，后来考上了大学，大学毕业后便漂在这座城市。他又说那村子有点远，因为远了就比较静，也比较穷，自己是村子里考出来的第一位大学生哩。说这话时，他脸上没藏住浅淡的得意。我说：“一见面先讲你的村子，想说明什么呢？”他眨一眨眼说：“你小说里的村子跟我家村子，像！”我怔一下，明白了，看来是《零年代》中的小村撩拨了他。其实在我的这部长篇小说中，关于小村的叙述只占三分之一的篇幅，但为了这部分的描写，我花了好些时间在边远的山村间行走。那些村子还存留着穷朴的气息，一派单调又生动的景象。在那些日子里，我整天在小村里蹿来蹿去，与老人、小孩和狗们一一认识。他们和它们总是先用好奇的眼光迎接我，然后再把无邪的笑声和吠声送给我。我同他们和它们成了朋友，然后把他们和它们领进了我的小说。

现在，坐在对面的这位叫林成富的男人让我知道，自己辛苦的游走没有白费。我想一想说：“你常回村子看看吗？”林成富摇摇头说：“在城里上着班总是挺忙，很少回去了。”我说：“不能回去就在小说里找村子？”林成富笑一下说：“其实现在我不太看小说了，那天听说是本地作家写的长篇，就找来随便翻翻，一翻便一头扎进去了。”我说：“你一定是闻到了自己村子的气味儿。”林成富点点头说：“然后我把小说拿给我父亲看。”我说：“你父亲……也爱看小说？”林成富说：“他识不了多少字，可前些日子老不言语，很沉默的样子，我知道他想村子了，就拿小说给他解解闷。不想他一下子喜欢上了，一天到晚把书捧在眼前，不认识的字便用笔画起来，晚上一块儿问我儿子。”我说：“你父亲离开村子多久了？”林成富说：“他在村子待了一辈子，不爱出来，前两年才住到我家的。”我说：“看来他还是不乐意把心思搁在城里。”又说，“小说里村子再好也是纸上的，你应该带他回去看看。”林成富把杯子端到唇边，嘴巴动一动，对着茶水叹出一口气，说：“村子没了，两年前就弄没了。”我吃一惊，说：“怎么啦？”林成富说：“建水库呗，建那个四溪水库。”又说，“散了许多村子，我家村子躲不过去，一村子的人分成三拨撒到三个别的地方。”又说，“我家的村子呀，原来叫林上村，现在在水下待着呢。”我愣了几秒钟，也叹了。四溪水库是本市的“三峡工程”，说是又能发电又能供水，还可以借此移民脱贫，只是花了不少钱。现在城里用的自来水便是从四溪水库一路跑过来的，清清明明，看着都养眼。用这样的水泡茶，就是好喝。

林成富把茶杯放回桌子，说：“我父亲看你的小说是越看越像，觉得真是写自己村子。他纳闷的是，这写书的不是村里人，咋知道村里这么多事呢。”我说：“山里的村子都差不多，不过再差不多也是不一样的。”林成富说：“他看出来了。所以他老念叨，这书上没写这棵树那口井呢。又念叨，下次遇到这写书的人，有些事得问问他。”我省悟了说：“原来你今天准备拿些你父亲的问号塞给我。”林成富说：“不这么说……我当然知道小说是假的。”他扭一下身子，说：“今天我见你，一是说我父亲的事，再是想请你去看一眼他，跟他说说村里的事。”我瞧着林成富，不吭声。林成富慌一下脸说：“我知道我的要求实在过分。”我说：“刚才你说小说是假的，可你又让我把假的东西当作真的说给你父亲。这不有些搞笑吗？”林成富说：“在父亲脑子里，你的村子是真的。”我说：“小说就是小说，我不能糊弄他。再说了，我又不是村里人，连二分之一都不是，一说事便露馅了。”

林成富低了头，不说话了。我只好取了茶杯，一口一口呷着。过一会儿，林成富慢慢抬起脑袋，眼里竟浮着一层泪水。他说：“我父亲病了。”又抖一抖嘴唇说：“摊上了肺癌，已是晚期。医生说，他撑不了太久了。”我身子一紧，匆忙把一口茶水饮下去，空出来的嘴巴动一动，一时不知说点什么好。林成富说：“我想让父亲高兴——请你一定要帮我这个忙。”

我去了林成富家。他家房子不大，属于老式的那种套间，家里唯一一间朝南见阳光的屋子住了林父。我见到林父时，心里暗了一下。这是一位头发花白的老人，脸面布着深刻的皱纹，这些皱纹原本应该很硬的，现在耷拉下来，像是一条条多余的肉挂在脸上。听林成富讲，老人在医院住了两个月便死活不肯住了，说是医院耗钱又耗命，待在家里还能多得些日子。现在看，老人的日子不会太多了。

林成富把我介绍给林父。林父一下子从藤椅里站起来，吃惊地说："稀客哩稀客哩。"又说，"富儿，泡茶泡茶。"我说："老伯你坐着，我来是跟你说说话呢。"林父把藤椅让出来，说："你坐你坐。"自己走到床边坐下。我不好意思坐那藤椅，也挨着床沿坐下。我这一动作显然获得了林父的好感。他认真地瞧着我，说："钟作家是哪里人？"我明白他的意思，说："算是城里人吧，可我去过不少村子。"林父说："你去过我们村？"我笑一下，绕过去说："我知道你们村叫林上村。"林父松了脸说："原来你知道我们村叫林上村。看书的时候，我还纳闷村子为啥叫林心村，问富儿，说这是艺术，允许改名号的。"站在旁边的林成富赶紧点头。林父转一下身子，从枕头下面摸出一本书，正是我的《零年代》。林父说："咱村子里的事搁到书上，还真有趣着呢。你在书上说，村子前有一条溪水。"我接上去说："溪水里坐着一块大石头。"林父点点头说："打我记事起，那大石块儿坐在那儿就没挪过窝。"我说："村子里有一棵大樟树，树下摆着石头凳子。"林父说："只要不是冷天，吃过晚饭我都往石凳上坐一坐，那儿说话的人多。”我说：“村子里有座小教堂，教堂头顶上站着一只十字。”林父说：“造这教堂我花过力气，不得钱出过十几工哩。造好了我不去，村里女人去得多，还唱唱哼哼的。”我说：“村子的墙上还留着一条标语，是‘毛主席万岁’。”林父欢着脸说：“这标语呀是我年轻时看着写上去的，后来毛主席活不到一百岁就死了，可谁也不敢把这几个字儿擦去。”我禁不住咧嘴笑了。林父说：“不过水井你没有说对，村里的井是圆口的，你是说八角井。”想一下又说：“墙上的树也说得不对，那是棵歪脖子树，长在墙的肩上，不是腰上。”林成富说：“爸，我跟你说过的，这是艺术。”林父说：“我没怪钟作家，钟作家是城里人，能把咱村子的事懂成这样，不简单哩。”我说：“我知道，村里还有好些事我没写出来，我是说让人高兴的事。”林父点着脑袋说：“高兴事多哩，比方说我家那只黑狗，跟书上那只黑狗算是堂房兄弟，随我有七八个年头了，不光看门挡场面，还老做善事。有一回邻居家木桶掉井里了，我让它下去，它二话没说，咬住绳子跳下井去，又搂着木桶让我们提上来。”我同意地说：“村子里的狗跟城里的不一样，城里的狗就爱躺在女人怀里撒撒娇什么的。”林父说：“城里的狗个儿也小，好吃好喝就是长不开，要是一打上架，准吃亏哩。”我说：“这城里呀，别说地上的，就是天空也长不开，整日憋着，灰蒙蒙的。”林父眯起眼睛，眼缝里慢慢泛出一层亮光。他说：“你这话对着。咱村子一到晚上，天上满满的星子装不下哩，哪像在这城里，一晚上找不着一颗星子。”我说：“我书里说，用弹弓打星子，能把星子打得一晃一晃的，你信吗？”林父说：“我信哩，那些星子近得很，水珠似的一不小心要掉下来。有一次一颗星子真掉下来，掉到了村外，好多人去追，我也跟着跑，跑得鞋子丢了一只，没追上呢。”我呵呵笑了说：“那是流星。”林父也不好意思地一乐，说：“那会儿年纪不够，不明白事哩。”林成富说：“爸，你把小时候的事都掏出来啦？”

正说得快活，林成富女人携着儿子回来了。儿子手里拎着书包，女人手里拎着肉菜。我知道自己该走了，站起身要道别。林成富赶紧说留吃饭的话，我摇了头。林成富女人补上几句客气的话，我又摇了头。林父说：“真留不住呀？”我说：“时候还早，就不等饭了，下次我再来看您。”林父迟疑着说：“我有话没说完……”我说：“你说你说。”林父看一眼儿子，扇扇手说：“你们忙着去，我跟钟作家再说几句话。”

屋子里剩下我和林父。林父搓了搓手，要说什么，脖子一伸，先发出咳嗽声；大约又觉得在我跟前这么咳着不好，使了劲收住，脸顿时憋得通红。我瞧着他，心里突然难过起来。林父顺过气把脸稳住，说：“钟作家，有件事我明白着呢。”我说：“啥事？”林父说：“其实我知道你书上的村子不是我们家的村子。”我看着他，不吱声。林父嘿嘿笑了，说：“在书上往细里找，能找出不一样来。不光水井和歪脖子树，其他不一样的地方也不少哩。你书上说，村子里有一片土坡，土坡上埋着好几只坟，每只坟前还种着两棵树——我们村没有呢。”我也慢慢笑了，说：“是不一样，书上的村子也许没你们村子好。”林父摇摇头，说：“我们家的村子跟你的村子不差上下。”我说：“可惜你们村子我没去过。”林父说：“去不了啦，再也去不了啦。我们家村子没了，在水底下待着呢。”说着他的眼睛停了活动，两颊的皱纹顺下来，一张脸便显得很累。我心里一酸，说：“老伯，以前这城里的自来水又浊又涩，有时睁大眼还能捉出虫子来，你能让儿子儿媳还有孙子老吃那样的水呀？！”林父说：“这个理儿我懂！”我说：“山上的村子挪下来，再不用走那山路，总也是好事。”林父说：“这个理儿我也懂！只是，一个村子怎么能说没就没了呢。”他又说：“族谱上写着，林上村始于明初永乐，有六百个年头哩。”这么说过，他又咳嗽起来，一声跟着一声。

咳声歇了，林父望着我说：“钟作家，有件事我还想问个新鲜。”我说：“你问。”林父说：“你村子里的那几只坟堆，坟前种的两棵树是啥树？”我说：“我写的是竹柏。”林父说：“竹柏是啥？我不懂哩。”我想一想说：“竹柏是大名，俗名叫山杉。”林父“噢”了一声说：“山杉我知道，明明不是竹子，瞧上去又有点像竹子。”我说：“那种树样子好看。”林父想了一下，说：“样子是好看哩。”

从林成富家出来，我心里有些飘。

按理说，给别人尤其是老人送去一点安慰，自己身上免不了也会产生愉快的，可我没有。那天晚上我记起老人的话，站在阳台上看天空，想找几颗星子。天空有云影，有地面映上去的红光，可真的没有一颗星子。

第二天林成富打来电话，说了感谢的话。他说好久没见过父亲这么开心了。我说："这就好，你父亲开心等于大家开心。"我又说："什么时候有了空，我再去看你父亲。"

这话说过，便被我撇到了一边。也不是忘了，只是又写文字又赶笔会，让时间赶着走，一时就起不了再去看他的念头。说到底，安慰一位老人不是我最重要的事。

转眼过了中秋，又过了深秋，天气渐渐往冷里走。

这天傍晚，我的手机铃声响起。一听声音，是林成富。林成富急急地说："你现在有空吗？"我说："怎么啦？"林成富说："我父亲想见你，特别想见你。"我忽然不安起来，一个暗淡的念头跳进我的脑子。我小着心问："他……还好吗？"果然，林成富说："不好，正不好着呢。"

我匆匆赶到林家，林成富已站在门口。未等我开口，他先说了几声谢谢，然后说："父亲快不行了，只是惦记身后坟地的事。"我说："这事你还没安顿好？"林成富说："早给他买了公墓，还给他看过发票。先前他没吱声，以为他默认了，现在突然就不肯了。"我说："为啥？"林成富摇一摇头，脸上沾着糊涂。

进了屋子，见林父躺在床上，眼睛半眯着，脸上枯瘦得像是小了很多。林成富女人搂了儿子，静静地站在旁边。林父听到声响，嘟囔一句。林成富听懂了，用一只枕头把父亲脑袋垫高一些。林父眼皮弹一弹，目光捉住我的脸，无力地说：“钟作家来啦？”我赶紧点点头。林父说：“又招呼你来，过意不去。”我说：“老伯……”林父说：“我不怕。毛主席都活不过百岁，我算个啥。”又说：“就是有件事……得求着你。”我说：“老伯，我听着。”林父说：“我走了后，不能待在城里。我的身子得去你的村子，就搁在那土坡上。”我恍惚一下，心里明白了。原来林父认定书上的村子跟自己的村子不一样，它是个幸运的村子，没被水淹掉，还好好地活着。我瞥一眼林成富，他的脸飘忽着，有些诧异又有些不安。林父收一口气，又说：“那村子跟咱村子最像，又是林家的，把我搁在那里我放心。”说完了亮着眼睛，静静地望着我。我心里摇晃几下，说不出什么，只好点了头。林父把目光移向儿子，说：“那村子钟作家最知道，你随着他把这事办了。”林成富说不出什么，也点了头。林父收了目光，疲累地合上眼睛，合上了又慌慌地弹开，轻声说：“我差点忘了，你们要在我身子前栽上两棵树。那树的大名叫什么？”我说：“竹柏。”林父脸上出现一抹羞涩似的浅笑，说：“对，叫竹柏。”

过了两个小时，晚上八点钟光景，林父吐一口长气，去了。

这是一件做不到的事情，但我点了头。

随后几天，我心里会时不时出现虚暗的感觉。正做着什么事，脑子一拐弯，就遇上一位满脸皱纹的干瘦老人。或者正看着电视，画面上走出一位上年纪的演员，他的身影会在我眼里切换似的隐去，变成另一位老者。

晚上靠在床头，我脑子飘飘的不肯静下来。这是失眠的预告。为了凝住神儿，我拿来《零年代》，开始阅读书中关于小村的部分。此时的小村更像是一种回忆，在我脑子里徐徐展开——教堂，以及教堂里的歌声；水井，以及水井旁的淘洗；樟树，以及樟树下的闲话；小巷，以及小巷内的黑狗。它们的清晰和它们的生动，将我的心情拖进无奈，又慢慢地拖进难过。

这样过了数日，我收到一张邀请函，招呼去外地参加一个笔会。临走的前一晚上，我突然接到林成富的电话。他用有些嘶哑的声音告诉我，父亲的后事已办好，可以把骨灰盒放进公墓了，但入公墓前，还是想带父亲去看一眼老家的村子。我说："哪儿的老家村子？"林成富说："我说的是水库，我要让父亲看一眼水下的村子。"又说："我准备明天上午去，我想了想还是跟你说一声好。"我"噢"了一声，告诉他这样做是对的，不管怎样，总是对老人的一种安慰。然后我没忘了补充一句，明天我将外出一些日子。

但第二天醒来，我改变了主意。我向外地发了短信，表示迟一天赶去。又打进林成富的手机，说今天我跟你一块儿去。林成富吃惊了两秒钟，嘿嘿笑了。

吃过早饭，我和林成富带着老人的骨灰盒踏上了回村子之路。

车子是林成富单位给派的。我和林成富坐在后排，黑色的骨灰盒摆在两个人之间。开车的是一个染着黄头发的小伙子，他把流行音乐开得很响。我让他把声音小下来。低旋的乐声中，我和林成富偶尔搭几句话，大多时间沉默着。

车子先走一段高速，从高速下来后，又跑了一个多小时的省道。正感到有些疲累时，前方出现了一片湖水，这就是四溪水库了。水库甩得挺开，很绵长的样子。绕着水库开一会儿，拐进一条新鲜的柏油路。柏油路伸进去十来分钟，尽头是一个小的旅游码头。

码头虽小，也有十多条游船。天气已冷，又不是周末，码头上几乎没有游人。一间简易的木屋内坐着一位工作人员。他回答了我们的问话，然后收钱开了发票。

车子停在码头上，我和林成富携着骨灰盒上了一只游船。船舱不大，因为人少，仍显得虚空。船老大坐在船头，把船开得飞快。风有些猛，把呼呼的声音灌进耳朵。我缩缩脖子，坐进船舱，林成富则固执地站在舱外。他微眯着眼睛，头发被风吹得乱动，但身子一动不动。我不知道他在干什么，是突然陷入了回想，还是在卖力地辨认回家的路。

游船滑过一片开阔的水域后，驶进一条稍窄的水路。水的两旁是山。山上起起伏伏，尽管已是初冬，仍显着厚厚的青绿。林成富忽然发出了声音。他说："就是这里！"又说，"停了吧！"船老大停了船，但很不明白。他说："你们怎么啦？你们在这儿钓鱼吗？你们不像呀！"我把骨灰盒子捧出来，交到林成富手里。船老大见着骨灰盒，还是一脸的不明白，可不吭声了。

林成富把骨灰盒搁在甲板上，身子一矮坐到旁边。我也跟着坐下。两个人都不说话。周围很静，静得如同梦里一般。水面平滑宽广，泛着镜光。往水里望进去，净明得似要见底，见着的却终于是绿的一片。

林成富慢慢吐一口气，说："这水下先有一条山路，是石阶路。石阶路爬两百多级，便是咱村子。村子原先有五百多人，前些年年轻些的外出讨生活，剩下的还有三百多号人，也算不小的村子了。"林成富说："你到咱村子一看就知道，大多是木房子，样子不难看，只是有些旧损。我结婚生下孩子不久，父亲开始修房子，一有空闲就敲敲补补。他不愿到城里来，可特别愿意我带着老婆孩子回村子多住几天。他就这么时不时地修呀补呀，一直到村子被水埋掉……"

林成富抚摸一下骨灰盒，又说："母亲去世得早，父亲一个人过日子就容易寂寞，村里人有啥红白喜事要帮手的，他最喜欢去添个数。村里人都说他好。有一回他得意地对我说，自己要是过去了，一村子的人都会来送葬，那送丧队伍呀保准撒出去很长一溜儿。说这话的时候，村子还活着，父亲还没有得病。"

我心里难过起来，也想说点儿什么。我说："昨天夜里，我做了个梦。我梦见自己掉进水里，沉到了你们家的村子。我在村子里走来走去，想替你父亲找到那片可以放骨灰的土坡，可还没找到，我就喘不过气浮了上来……”林成富说：“我们村子没有那块土坡。”我静一下，说：“我知道。土坡在我小说的村子里，我没办法把你父亲送进小说。”林成富点点头说：“我们谁都没办法。”

这么说着，我们又沉默了。沉默一会儿，林成富抬起头对船老大说：“在这儿绕一圈吧，轻慢些。”他的手指了指前边的水面。

船老大启动游船。游船在水面上缓缓漂移。水的下面，一个村子安静着。我眼眶一热，有泪水慢慢漫上来。我把模糊的视线挪向旁边——我看不清林成富的脸，但能觉出他紧着身子，两只肩膀一抖一抖的。

愿望清单

你不缺空气。

你享受寂静。

这种枯燥，就是你的古典风格。

——爱德华·勒维

一

对苏颐来说，厦门这趟差像是一次排队加塞。依着原计划，她在这个周末应该去郊外遛车。刚买了一辆蓝色小车，拴在家里比较憋屈，又是花草争宠的踏青日子，开出去撒个欢儿正是时候。为此她和几位玩友已约了出游地点，备好了放肆心情。

突然现身的一份差事挤进来，便乱了计划，不过她也不能不高兴。在公司做了四年，她已习惯临时加班、半路打劫的节奏，何况厦门不是个恶心地方，何况搭伴去的姐儿老徐先掏了暖语。老徐说：“别让自己揣着不乐意，这是一轻活儿，见几枚脸吃一顿饭便OK

了。”老徐又说，“你呀荒废的年头也不短了，趁着这趟闲差，我给你讲讲怎么捉住一个男人。”老徐是天秤座，喜欢把重的说轻。其实她们是去签一份艺术品展览合同，算得上硬事。

苏颐就这样坐上了杭州至厦门的高铁。这是三月下旬的周六，好天气加上放闲日，车厢里显得身影充足。苏颐的座位靠着走道，里侧挨着老徐。她坐下便知道，这一路上要听老徐讲许多话。老徐做人活络，嘴里存着不少公司消息和情爱道理，现在得了机会，自然要输送出去。不过因为周围都是耳朵，她只能轻了声音，开始深一脚浅一脚地往某个话题里走。苏颐则闲了心，支着耳朵一边听着，一边配合地点头摇头。

两个人正这么私语着，车厢里忽然出现了异样。随着一声招呼，前面几排站起好几只身子，其中两个人抖开一样东西，原来是一面蓝色旗子。他们走到车厢前头，将旗子铺在半边墙上，用胶带粘妥——旗面上明白地写着一行字：火车诗歌朗诵之旅。车厢里一阵惊讶，目光们离开手机或窗外，一齐给了前边。两位女乘务员出现了，她们走到那几只身子中间，听他们的解释。解释显然是有效的，没有太多的话，便把女乘务员说服了。她们退到旁边，当起了观者。

苏颐和老徐停了聊话。在那一刻，苏颐心里生出小小的愉快，因为她并不愿意一路上耳朵旁边只有老徐的声音。跟老徐的絮语相比，眼前的这段插曲会好玩一些。

一位戴眼镜的长脸男子站到走道中间，大着声音宣布诗歌朗诵会开始。他用手掌在空中划了一下，说：“这是三月二十六日的高铁，我们没有行李，我们只携带诗歌上路。诗人，请你打开嗓子，发出不愿意私藏的声音吧。”

一位黑皮肤的胖子首先亮相。他使劲眨几下不大的眼睛，朗诵了一首自己写的诗歌，题目叫《忧伤的铁轨》，不过他的脸上似乎没有忧伤，只有来路不明的生气。第二位是个长着半脸髯须的矮子，他跳上座椅，让自己高出周围一截，然后背诵了一首说是英国诗人写的作品。他的声音亢奋而模糊，只是在最后才出现清晰的诗句：

他从书页翻过站台
像是踏入白色的幸福时代
在朴素的宣告之后
获取了黑色的一束神秘

这几句诗虽然念明白了，但进入苏颐的耳朵，仍是不明白的。好在此时的朗诵内容并不重要，重要的是场面的有趣。接下来上场的是一位年轻姑娘，她明显有些害羞，所以手上的一本杂志成了掩护工具——她低着脑袋，拘谨地读着杂志上的诗句，只在段落的中间偶尔抬一抬眼睛，当看到好几只手机正在拍照时，赶紧又低下头去。

与姑娘的紧张相反，之后是一幕大胆的演出。一位坐在母亲旁边的小学生男孩本做着听众，这时显然被逗起了情绪，身子不安分地扭摆，表示着一种冲动。当姑娘一结束朗诵，他伸手抢过杂志，争取地说："我来一首我来一首。"这是意外的插入，但能促进气氛，戴眼镜的长脸男子点了点头。男孩高兴地捧起杂志，在上面随意挑了一首诗，举着脑袋大声朗读起来。他的嗓音纤细明亮，脸上也因为兴奋而变得鲜亮。不过周围的耳朵稍微留点神，便能听出这首诗的调子是悲凉的，其间不乏"雨水在蓄谋一场泪水""皱纹被时间卷起"一类的诗句。但男孩并不自知，一半得意一半认真的神情一直伴着阅读声，直到遇着一个陌生的字儿，才猛地刹住，抬手慌慌地挠一挠头。他的滑稽样子引起旁边一些笑声。他的母亲探过脑袋，帮助儿子读出拦路的字儿。

随后出场的是一位留着盖耳长发的小伙子。他似乎有点偷懒，未从靠窗座位移步走道，而是站起来将身子倚在玻璃上，然后从兜里掏出一张白纸，宣布说这首诗是自己早上刚写的，题目还没想好，或者叫《无语》，或者叫《那一天，我从你身上碾过》。他笑了一下说："我本来想叫《无语》的，但叫了《无语》，现在我就不应该朗诵而是沉默，所以想想还得叫后一个题目。"这样说过，他扬一下那张白纸又放下，平静着脸开始背诵：

假如那一天我买了车票，
我在车上你在车下，
双方相遇只需要春天的一条轨道。

自由的逻辑像一尾鱼游向你，
你挑选了一种彻底的仰躺姿势。
谈笑中我在你的姿势之上轰然碾过，
仿佛沸点的茶壶突然鸣响……

长发小伙子的嗓子有点沙哑，于是声音里像是沾了某种伤感。苏颐知道自己是不懂诗的，但再不懂诗也能听出诗句里的爱情，或者说情爱。她想，这个人刚从爱情的失败里逛出来吗？她又想，不过也不一定，写诗的人动不动就会装愁。正这么分了点神，火车驶入一个隧洞，车厢里忽地暗下来。长发小伙子仍然靠着玻璃，窗外的照灯在游动中一闪一闪，他的脸也跟着一闪一闪——这是一张清瘦的脸，即使在朗诵中也显得有些落寞，似乎挺累的样子。不过在暗淡的隧洞里，他的声音变得醒耳起来：

春天的火车开往冬天，
黑色的重量覆盖了你，
你与某种心念保持着默契，
我是千分之一的刽子手。
死亡是一种回家，
还是庞大的周游世界？
既然抓不住问号的重心，

我更等待放马南山。

一首诗念完，火车刚好跑出隧洞，亮光重入车厢。长发小伙子没有马上坐下，而是做了一个意外的收尾动作——他一下一下撕碎手中的稿纸，然后向上一扔，在空中形成纸片飞舞。那两位站着的女乘务员回过神来，嘴巴和手脚一并上去制止，已然慢了半拍，纸片们飘飘摇摇落了下来。一位女乘务员气急地说："你……你这是干什么？"长发小伙子耸一下肩说："我在完成自己的纪念。"这一幕让老徐乐了："不懂，不懂这种人。"又侧过脑袋说："你能听懂这种诗吗？"苏颐一边掸掉落在身上的纸片一边摇了头，听这首诗像是被蒙上一块黑布往前走，先以为双手探到的是爱情，很快又碰到了"冬天""黑色"和"刽子手"。她不喜欢这样的文字。

不喜欢的还有别人。一位黑壮男子突然站起来，朝长发小伙子勾勾手。长发小伙子不太明白，靠着窗户没有响应。黑壮男子又勾勾手，很坚决的样子。长发小伙子只好走出座位，站到走道上。黑壮男子一抬胳膊，亮出手指上的小纸片，说："啥字呀这是？"长发小伙子没吭声，他看到的是"死亡"两个字。黑壮男子说："我得大奖了，好好地坐在火车上，天上掉下俩字砸我身上。"周围响起一些零星的笑声。长发小伙子将双手一摊，说："这是一种意外，我道歉。"黑壮男子说："怎么道歉？"长发小伙子说："对不起！我替自己也替诗歌向你说声对不起！"黑壮男子叹口气说："你们这帮人呀，玩什么不好偏玩这个！”说着丢掉手上的小纸片，猛地一挥拳，砸在长发小伙子脸上。这一拳太突然了，长发小伙子趔趄两步，歪身摔向旁边座位。苏颐惊叫一声紧了身子，腿上已多出一颗脑袋。这时黑壮男子才真正开始了咆哮：“干吗把这纸片扔我身上呀！他妈的凭什么这么咒我！你这是往我心里添一个大堵知道吧？！”好几个人使劲拦住他，说没必要这样没必要这样，你看人家脸上都出血了。

长发小伙子的脑袋在苏颐大腿上愣了几秒钟，挣扎着爬起，鼻孔早淌出一条血水。血水让他的脸变得难看，也让他从理亏者变成悲壮者。他往前两步，似乎要与对方撕扯一起，但到底收住了，说：“好吧，我让你沾了‘死亡’，你打了我一拳，咱们扯平了！”对面的黑壮男子怒道：“沾了死亡？他妈的你说什么屁话！”长发小伙子说：“你给我听着，我诗里的死亡是一种光荣，还轮不到你！你再给我听着，我的手能写诗也能打架！”说着抬手擦一下血水，脸上立时红了一片。正紧张着，一位乘警大步赶到，嘴里发出一串勒令声。此时的他因为一身警服成为一个重要的人，只几句话便拆分了两个人的对峙，又叫停了诗歌的朗诵。几位诗人不甘收兵，说朗诵才进行一小半呢。乘警说：“别玩了别玩了，稳定压倒一切！”又一指蓝色旗子说：“你们跟这旗儿一起拍个照，就算是玩过啦。”

车厢静下来后，苏颐才发现裤腿上留着两滴血迹。因裤子色浅，血滴便有些鲜明，仿佛绣了两颗葡萄。苏颐指给老徐看，老徐就嚷起来，说这不是殃及池鱼嘛。不少眼光看过来，不光看她的腿，还看她的脸。苏颐赶紧止住老徐，轻声说算了算了。不算了又能怎样呢？总不能又扯出一个争吵场面让对方赔偿精神损失费什么的吧？苏颐看了一眼那长发小伙子，他已坐在座位上“休养生息”，脑袋仰着，鼻孔里塞了一块不知哪里弄来的药棉。

苏颐取了椅袋里一本杂志，翻一翻便放下搁在腿上，算是遮一下血迹；为了暂时不与老徐聊话，又懒了脸闭上眼睛。眼睛一闭上，脑子里跳出一颗男人脑袋，那脑袋携着长发从一米之外奔来，紧急停留在她的大腿上。她不知道那一秒钟自己脸上是啥表情。吃惊？气急？难堪？也许什么也没有，只是吓一跳后的肌肉收缩。这样想着，她忍不住在心里嘻嘻一笑，这些写几句诗文的人，这些脑袋随便乱放的人，要玩点有趣却讨了个无趣。

火车经过一个小站，停靠一下又匆匆启动。苏颐需要解放一下，便起身往后走过通道进了洗手间，轻松过后站起来，又看见了裤子上的血滴。这血滴若盯着看，挺醒目的。她撕了纸巾要擦洗，又怕洗出更难看的一块湿，只好放弃了。打开门出来，一眼瞧见那长发小伙子站在门口。苏颐未做搭理，要从旁边过去，被对方拦住了：“我在等你。”苏颐给出一眼，他的鼻孔长出一块白里透红的棉花，有点怪趣。对方又说：“一分钟前，我决定在这里等你。”苏颐说：“有事吗？”他说：“我得道歉，下一站就下车了，我不能什么都不说。”苏颐说：“那你说吧。”他说：“对不起，我替自己也替诗歌向你说声对不起。”苏颐说：“词儿不新鲜，这样的话在一个时间段里说了两遍。”他笑了一下，说：“同样的话，在不同耳朵里意义是不一样的。”苏颐说：“好吧，道歉我收下了。不过我顺便说一句，你刚才朗诵的诗歌我听不懂。”他说：“一下子让别人听懂不一定好，别人听不懂也不一定坏。”这有点要贫嘴了，苏颐不觉得有趣，侧了身要走，一眼又瞥见对方脸上的药棉，便刹一下脚步：“我再顺便说一句，你的同伙不少，他们怎么不支援点拳头？”他说：“他们不太会打架，他们的力气在嘴上。”苏颐说：“那你呢？”他一指自己的脸，说：“你看见了，我虚张声势还可以，真打起架来也不行。”苏颐乐了一下，说：“下一站你们下车？”他点点头说：“下了车我们会去海边做第二场朗诵，车上没玩好，得补上。”下一站是一傍海小城，那里有著名的沙滩。苏颐想，站在沙滩上一边吃进海风一边吐出诗句，倒也有趣。

到下一站，那帮诗人站起身呼啦啦下车了。虽然在车厢里遭遇意外，他们的气似乎没泄掉，那面蓝色旗子举在一群脑袋之上。

车厢里稍稍宽松了一些。

火车继续向南，到厦门已近傍晚。苏颐老徐下了车，先找到住处，再电话约好第二天事宜，然后去吃简单的晚餐。所谓简单，是指没有上酒，吃程不拖沓，但海鲜并不省略的。厦门海鲜比杭州的好吃。

用过晚餐回到宾馆，老徐靠在床上追一电视剧，苏颐换了睡衣，准备去卫生间泡洗裤子的血迹。拿起裤子时，她发现裤兜里收着半张白纸，打开一看，竟是陌生的笔迹。她“咦”了一声，定睛去看纸上的字：

我的血有蓝色的冷静

溅到你身上演变成了红色

两行诗句下面是手机号码和一个叫“树井”的名字。苏颐净了脸，在脑子里细细巡找两遍，仍未发现那个名为树井的小伙子是怎样将纸片塞入自己裤兜的。又看那两行诗，让人懂又让人不懂，总之少了道歉的意思。苏颐迟疑一下，将纸片示给老徐看。老徐研究了片刻，说：“这手机号码应该是杭州的。”又说：“树井基本是一笔名。”苏颐心想这两点我也能猜出，嘴里便说：“这两句诗又是什么情况呢？”老徐说：“这个小鲜肉挑逗你呗。”苏颐说：“怎么个挑逗？我看不出来。”老徐说：“他的意思是见到你激动了，血都成了红色。”苏颐说：“真扯！血滴在裤子上本来就是红色的，他讲了一个事实。”老徐说：“你呀疏于这方面的练习，感觉缺失呢。”苏颐就笑了：“不说我先说他——脸上挨了一拳，不去沮丧还趁机去泡妞，他能一下子凑起这种感觉？”老徐说：“诗人不一样，这帮人看上去就不怎么靠谱！写几句诗就大声嚷嚷，还不让别人听懂，像一群装逼犯。”苏颐说：“说他们装倒不如说他们二，在公众场合做私人陶醉，玩过家家似的。”

如此说着，电视里的剧情告一段落，开始播出广告。老徐取了香烟，示意苏颐到阳台上去抽。在公司女人帮里，老徐是老资格的烟手，苏颐熏陶其间，也培养了一点烟瘾。到了阳台放眼望去，灯光成群高楼结队，一时见不出海滨的姿色。两个人点了烟，将刚才的话题接上。老徐说："那小子留了手机号码，你会打吗？"苏颐说："我又不要赔裤子的钱，打他干吗？！"老徐说："我也不建议你打，这种男人我不看好。"苏颐说："是因为他写些不让别人听懂的破诗，显酸了？"老徐吐出一口烟雾，说："倒不是因为这个，主要是他的脸瘦而苍白，显着颓势。"苏颐说："他的脸又不是股票图，怎么就显着颓势了？"老徐说："我不说自己会看相，但我现在脑子里捉住了他的脸：耳朵有些单薄，说明福分不足；印堂不够明亮，气神就攒不住；山根似乎低了，心情容易败坏……"苏颐乐了说："徐姐你对男人懂得真多，还印堂山根什么的。"徐姐说："我的话你不信吗？"苏颐说："我信，山根不就是鼻子上方那部位嘛。他挨了一拳，山根受震鼻子流血，正好支持了你的话。"这么一说，两个人一齐哈哈笑起来。

二

以后一些日子里，苏颐一直以为那张白纸的作用只是逗了一次趣，最多证明一趟无聊的出差也可以留下异样的记忆。

出差回来后，照例扎进公司的展览庆典业务里，起草方案、布置场地、联络人员等，反正是一日追着一日的忙碌，忙碌里又脱不掉古板。等稍稍松一口气，已到了五一假期。

五一假期苏颐是有一个打算的，即撮合父母一起吃个饭。父亲以前在一家印刷厂做事，上班相当拘谨，回家则松开脾气，对母亲不是暴言就是冷语，后来有几次甚至动了手掌。在高中阶段，苏颐能时时感出家里的东磕西碰，场面没有崩塌，只是因为她有个高考。到了大学二年级，她终于接到父母分裂的消息，这个消息似乎没让她太难过，但一学期下来，身子足足瘦了七八斤。学校毕业后，她跟母亲住了两年，住得有些憋气，就借口离公司太远不方便，搬了出去。之后遇到周末节日，她会穿过大半个城市去看母亲或父亲，这也是她提起劲儿买下一辆小车的理由之一。眼下以她的判断，父母俩人重新归好已不可能，但既然均未另组家庭，那么凑一块儿像朋友或熟人说说话儿总可以的，至少可消灭一些寂寞。这个想法一起，她心里甚至有些暗喜。节前两天，她推掉两位玩友外出旅游的怂恿，提前把三人聚餐的时间地点分别告知父母，由头是共议自己的婚恋之事，这正是他们俩平日最愿意念叨的。

五一晚上，苏颐开车提前到达餐馆，点好菜在包厢里等着。不一会儿，母亲准时现身。母女俩聊了几句碎语，父亲也兴冲冲赶到。苏颐注意到，今天俩人穿戴都挺整齐，见了面也没忸怩。苏颐串了几句导言，又替父亲叫了两瓶啤酒，三个人平静吃起来。吃了几口，母亲探问："你找到对象啦？"苏颐说："没呢，找你们来就是策划策划嘛。"父亲说："人都没有怎么策划？"苏颐嬉笑着说："我在公司干的活儿，就是把没影儿的事策划成一个事儿。"这样搭过一些话，父母俩便明白今天聚餐与女儿的婚恋无关，是务虚的。苏颐又抻开话题，说起以前家里的一些趣事，把气氛说柔了。父亲起了兴致，伸出酒瓶给苏颐倒了一杯，又给母亲倒了一杯。苏颐因为开车，将酒挡了。父亲和母亲碰了杯子。

苏颐心里溜出一个念头，形势如此平和，何不让父母单独说说话儿。她做方便状，起身走了出去。她在洗手间拖沓好一会儿，又掏出手机看了几段微信文字，才慢慢踱回包厢。推门一看，却吃了一惊。父亲气呼呼地直着脖子，一只啤酒瓶在地上溅开，碎片们难看地躺着，母亲则木着脸一动不动。苏颐说："怎么啦怎么啦？你们这是怎么啦？"父亲握拳一砸自己额头，说："不吃了，我不吃了。"说着猛地脱开椅子走出门去，中途还划了一下苏颐拦阻的手。苏颐走到母亲旁边坐下，迷茫地说："这也就上个洗手间的时间呀。"母亲丢口气没有搭腔。过了片刻，她站起来将手中的筷子慢慢搁在桌上，说："我也不吃了……这里太闷，我到街上透口气。"

包厢里剩下苏颐一个人。服务员打扫了碎瓶，仍然将菜一个一个端上。苏颐盯着桌子，觉得嘴巴里渗出一种苦味。她掏出一支烟点上，一口一口吸着，又一口一口将烟喷到菜盘上。抽完了烟，她打开手机找玩友，未拨出号码已想起她们在外地。

摁了拼音的通信录还捎带显示另一个名字：树井。她恍惚一下，想起了那张白纸和白纸上的诗句。她不记得白纸丢哪儿了，但记得当时存了这个号码。

苏颐迟疑了几秒钟，将手机里的名字送出，耳朵边很快响起有点沙哑的声音。她只说了两句，对方便知道她是谁了。之后她告诉对方："我也不是没有朋友玩，可她们今晚不在杭州。"对方的声音说："今晚我在杭州，跟红酒在一起。"

树井用餐地点在南山路的一家海鲜楼。跟他在一起的不仅有红酒，还有六七位年轻男女。苏颐进去时，一群目光涌过来裹住了她。局促之下，她有点担心自己认不准人，但稳一稳神，便一眼逮住了长发的树井，也认出了戴眼镜的长脸、黑皮肤的胖子、髯须脸的矮子和害羞读诗的那位姑娘。看来这伙人是经常团在一起的。

苏颐在树井旁边的空位坐下，心里备好的见面语还没说出，一只红酒瓶子已伸过来，往她前面的杯子添酒。她的酒量并不好，但此时不打算拒绝。树井正一正脸，提议为新来的朋友干一个，一群杯子便举向她。她拿起酒杯先呷一口，再将杯中的酒倒入嘴里。树井研究地看她，说："你的酒量看来不错。"苏颐说："你的判断错了，不过今晚我想喝点酒。"她的态度似乎兴奋了周围，一只杯子接着一只杯子伸过来，轮流跟她碰杯。她没有抵挡，每次都扎实地喝上一口。

一巡下来，才有人提醒说：“树井，你还没介绍这位美女呢。”树井耸耸肩说：“如果我说这位美女的名字我还不知道，你们信吗？”一个声音说：“信与不信，在于你的后续解释。”树井就简单说了一个多月前车厢里的事，并配合做一个淌鼻血的动作。好几张脸顿时明白过来，有人还乐了一下。戴眼镜的长脸突然说：“树井，今天是倒数多少天？”树井说：“四十四天。”戴眼镜的长脸说：“我有一个预感，今天是个重要的日子，对你来说。”树井说：“对我来说，现在的每一天都是重要的日子。”黑皮肤的胖子“嘿嘿”了一声说：“你真的打算将游戏进行到底吗？”树井说：“为什么不……我会遵守游戏规则的。”苏颐说：“你们又讲些我听不懂的话，你们stop。”树井说：“那我说一句你听懂的话。你叫什么名字？”苏颐说：“苏颐，颐和园的颐。”树井说：“好吧，现在不说别的，只关心苏颐。”苏颐说：“准了，你关心我一下吧。”树井瞧着苏颐说：“我知道，今晚你一定遇到了什么特别的事。”苏颐说：“一个姑娘允许自己贪杯喝点酒，这算不算特别的事？”树井说：“这个可以不算！”苏颐说：“我突然给你打一个电话，又屁颠屁颠地跑过来，这算不算特别的事？”树井说：“这个也可以不算！”苏颐举起杯子，说：“回答得大气，我敬你一杯。”树井咧嘴一乐，拿起杯子跟苏颐碰了一下。黑皮肤的胖子借势追问：“我有一个问题，你为什么突然给树井打一个电话？”苏颐想一想说：“一个多月前的车厢里，还有我一同事徐姐，她善于给人看相打分，那天对树井的脸有过点评。掉链子的是，当时我跟树井照了好一会儿面，却什么也没看出来，这让我对自己不满意。这么说吧，今天我跟树井见面的一个动力，就是想验证一下她的点评。”树井说：“嘿，我倒想听听别人的点评，对一张被揍了一拳的脸。”苏颐说：“她忽略了你的鼻血，她说你耳朵有些单薄，说你印堂不够明亮，说你山根比较低矮……她还说你脸色苍白。”树井说：“那你验证一下，她说对了吗？”苏颐盯着树井的脸说：“她说得没有全对。”树井说：“不对在哪儿？”苏颐认真伸一伸脖子，打出一个酒嗝：“现在你的脸被红酒占领，暂时没了苍白。”树井摸一摸自己的脸，笑了说：“看来我还没有一衰到底，再说既然红酒可以占领苍白，也可以占领耳朵，占领印堂。”戴眼镜的长脸似乎想引开话题，插进来说：“我喜欢占领这个词，被红酒占领是一件愉快的事。”他拍一下手说：“来来，让红酒占领我们身体的一个一个阵地吧。”一群声音响应而起，黑皮肤的胖子说：“让红酒占领脖子！”髯须脸的矮子说：“让红酒占领乳房！”然后传递下去是：

“让红酒占领心窝！”

“让红酒占领肚脐！”

“让红酒占领腹部！”

“让红酒占领腹部的那一亩玫瑰！”

苏颐朦胧记得，当晚餐桌上占领行动进行得挺晚，待从包厢里出来，自己的双脚已抓不住地面，只好把身体搭在树井的身上。到了餐馆门口，身旁响起高高低低的告别声，然后耳边出现树井的问话，意思是你怎么回家。她让自己指了一下手，说：“我有……车子。”树井说：“那我给你叫个代驾吧，你先给个地址。”她说：“你说的是什么情况？”树井说：“我是问你家住哪儿？”

苏颐听明白了，舌头滚动几下，声音却哑在嘴巴里——不是说不出来，而是那地址有点虚飘，一时竟捉不住。她觉得这很可笑，也有些不好意思，然后就使劲地想。想了不知多少时间，反正是好一会儿，她的脑子里跑出原先一家人住着眼下父亲住着的地址，接着又跑出她曾经住过眼下母亲住着的地址。她嘟囔了一声，连自己也没有听懂。她认为自己应该难过，因为有了两个地址却不能说给树井，这好像进不了道理。她让自己的身体离开树井，说：“你不要管我了，我去一个地方静一静。”树井说：“什么地方呀？”她说：“嘁，我有车子……我去车里……”话未说完，她发觉自己像一块布又挂在树井身上。之后呢，树井的身体一移动，她的身体也跟着移动，树井停下来，她也停下来。完了她快活地发现，自己嗅到了车子里的香水味儿。

在香水味儿中，她看见自己的手脚灵活起来，开始在一条马路上跑步。跑了一会儿，遇到一扇门，进去是一个院子。院子里有雾，雾里有许多东西。教室。黑板。一条短信。离婚消息。考试试卷。一个男人在楼下站着，站了很久。寝室里的笑声。泪水掉在地上的声音。排队等待面试。一米高的文案纸。一个男人站得很近，嘴里有口臭。

香烟在暗色里一亮一亮。加班的闹钟响起。她从床上爬起来，从院子里奔出，继续在马路上跑。她看见一个女人躺在路边草坪上睡觉。她靠近了去看女人的脸，原来是自己。她坐在旁边，守着睡觉的自己。

不知过了多久，苏颐弹弹眼皮醒来了。凌晨的微光侵入车里，她瞧见自己躺在后排沙发上，脑袋枕着别人的腿。她慌了一下，坐了起来。她的动作带动树井，他也醒来了。苏颐说："我怎么在这里？"树井说："你不在这里在哪里？"苏颐静一静脑子，记起了昨晚的一些片断。她说："你陪了我一夜，还做了我枕头？"树井说："瞧你昨晚的丑态，抱着我的腿不放，好在我不是坏人。"苏颐不好意思地笑了："我从不这么喝酒的，昨晚算是特例。"树井说："我也从不这么和女人同居，你的特例给了我一机会。"苏颐警觉地缩缩身子："怎么是……同居？"树井一乐说："我说的是车马炮的'车'（jū），同车。"苏颐也笑了，说："看来你还是个心存歹念的坏人。"

说话间，窗外的晨光又亮了一些。树井提议一起去吃个早饭，说被酒泡了一夜的胃需要一碗热粥。苏颐说："时候还有点早，再聊一会儿话吧。"树井说："聊什么呢，这个大清早？"苏颐说："那就再聊聊昨晚……昨晚酒桌上说你在做游戏，什么游戏？"树井说："一个挺大的游戏，不过没啥娱乐性，你最好别知道。"苏颐说："没趣没趣，这种遮遮挡挡的话我不爱听。"树井说："这个游戏说出来怕你不相信。"苏颐说："你还没说怎么知道我不相信。"树井说："好吧，我先说一个小故事。我以前有一小学同学，不知怎么揣着一副异类心思，别人是巴望着长大，他呢给自己画了八十岁的线，整天在算术本上计算离死亡还有多少天。”苏颐说：“那一定是一种奇怪的感觉，往后他至少得长成一个悲观主义者。”树井说：“小学毕业就散了，我不知道他后来成了怎样的人，不过他的这种倒计时躲入我的记忆，然后在一个多月前的车厢里重新冒头。”苏颐说：“嘁，又是那个车厢……”树井说：“你当然记得那场纠纷是由一张写着‘死亡’的纸片引起的，我虽然挨了一拳，可也看到了对方怕沾上死亡的那种恐惧。就是在那一刻，我产生了好奇，好奇又逼出一个重口味的想法。下车以后，我向诗友们宣布自己要做一个死亡倒计时的游戏，用时是八十一天。在这八十一天里，我要认真品尝一步一步走近生命终点的滋味。”苏颐说：“这种滋味又不是没人尝过，那些癌症患者不就是……”树井打断说：“不一样！你闭上眼睛想一秒钟便知道，一个健康人像等待约会的钟点一样等待死亡日的到来，那心境跟绝症病人是不一样的。”苏颐说：“那为什么是八十一天？有讲究吗？”树井摇摇头说：“没有讲究，既然是游戏，就得有个日期，我觉得九九八十一天做时间长度挺合适。”

苏颐不能不承认，眼前这个清瘦男人的想法虽然离谱却也有趣，不过她马上觉得游戏里躲着一个缺陷。她说：“这个游戏好像是个伪游戏，因为你到底是安全的，怎么去体验死亡心情？”树井点点头说：“这是个问题，所以我得用最逼真的行动去接近事实，譬如我辞掉了工作，本来我在一家报社做编辑。”苏颐吃了一惊：“为了一个游戏，扔掉一份工作？”树井说：“呵呵，一个进入生命倒计时的人，还会不舍一份谋饭的差事？”苏颐说：“算你狠！那你还有哪些逼真的行动呢？”树井说：“假如是你，某一天有了世纪末情绪，会想着做些啥？”苏颐说：“无非吃喝玩乐呗，或者到哪个村子找一屋子安静等待，顺便思考宇宙。”树井轻笑一声说：“你说得不算错，到了这个时候，想做的事儿很多，又觉得做了也没意思。我发呆一夜，给自己列了一份愿望清单。”他掏出手机，示意互加微信。过了片刻，苏颐手机“嘟”的一声，出现了一块文字：

读二十本书

写二十首诗

吃二十次美食

走一趟有意义的旅行

谈一回有味道的恋爱

做一次重要往事的清理

干一件让父母开心的娱事

找一处让自己安心的坟墓

苏颐研究着文字说：“这一堆事还挺费劲的，等这些列项一行一行划去，最后可以留下来的是诗歌，这就是你做这个游戏的目的吗？”树井说：“这个问题别人也给过我，我的回答是，过程产生目的。”苏颐说：“感觉这个回答有点装……好吧，八十一天的时间已过了小一半，这份清单的完成度呢？”树井说：“我不着急也不拖沓，譬如昨晚的聚餐就被我视为第九份美食。你要知道，在我宣布游戏开始起，这一帮诗友哥们就成了天然的监督者。”苏颐一笑说：“那么现在去知味观喝一碗清粥吃一根油条，要是很合胃口，算不算第十份美食？”树井耸耸肩说：“还是觉得我离谱是吗？我开始就说了，这件事你不会相信，因为不符合生活逻辑。”

苏颐不吭声了，眼睛看向车外。天已大亮，行人多了起来。她忍不住想，自己和这个叫树井的男人见面才跨一夜，却说了这么多话。

她从包里掏出小镜照一照自己，然后起身换到前座，发动车子去吃早餐。

开一小截路，遇到第一个红绿灯时，她刹住车扭头对树井说：“不就是一个号称诗人的男人的游戏吗？为什么不能相信？我相信了！”顿一顿又说：“监督者里添上我一个吧。”

三

苏颐出演监督者是在三日之后。这天下午，树井来了微信，约晚上喝茶。苏颐问什么情况，怎么突然有了闲心？树井打出一句话：不仅你我，还有别人。苏颐问别人是谁？树井送来三个字：前女友。

苏颐愣一下，摁出一只不高兴的表情：你跟女友叙旧，让我做一只灯泡？树井：不是女友是前女友，不是灯泡是见证人。苏颐：见证什么？树井：先打个埋伏，来了便知。苏颐只好妥协：好吧，说是喝茶，其实你在消费我的好奇心。

见面地点在西湖边一家还算闲静的茶馆。苏颐到时，树井已等在包厢里。包厢不大，但有一扇能望见一角湖水的窗户，树井就站在窗边看外面的晚景，样子有些落寞。苏颐"嗨"了一声说："不错的地方，挺适合与前情人会晤的。"树井说："你迟到了十分钟。"苏颐说："又不是上班签到，你那位前情人还没来呢。"树井说："我跟你早约了半小时，现在只剩下二十分钟了。"苏颐说："什么意思？你想先酝酿酝酿情感？"树井耸耸肩说："我总得交代背景吧，不然你怎么看懂接下来的剧情。"

两个人坐到桌子前。树井给两只杯子斟了茶水，开始介绍自己的这段男女故事。故事里倒也没什么狗血桥段，无非是从大学校园起步，一路走过四五个年头，其间少不了看电影泡酒吧赴诗会等日常细事，并无特别之处。直到开始谈论婚娶时，女方改了主意，收下另一男人递出的鲜花和房子，很快嫁为他人妇。这个转折的出现，让故事掉进庸俗的收尾中。苏颐说："是第三者挤入吗？失败的情事一般都会有这一情节。"树井摇摇头说："主要是我的问题，因为到了后面阶段，我盘点一下自己，什么也给不了她。"苏颐问："你是指鲜花还是房子？房子一时没有，鲜花多送她几回嘛。对了，你还可以送她诗歌什么的。”树井说：“对一个浪漫够了的女人，鲜花和诗歌已经送不出手啦。”苏颐不吭声了。

树井喝了一口茶，继续往下说。他承认分手是件让人不安的事儿，毕竟两个人共同消费了重要的年轻时光，许多记忆已粘在一起。确定分开那天，他和女友无语并且伤感。沉默中女友取了一张纸，先写“承诺书”三个字，又写了不长的一行字，然后将这张纸认真搁在他手上。

树井记得，那天他很想写一些文字，但看着这一行字，自己什么也写不出了。“这句话太重了，把我脑子里的诗句比下去了。”树井说着，从衣兜里掏出一张折叠的白纸。白纸打开，在“承诺书”三个字之下，写着一句话：我承诺，一到来世就嫁给你！下面署名小米。

苏颐眨了眨眼睛，有点稀奇又有点迷离。她问：“她叫小米？”树井点点头。她又问：“你真的相信人有来世？”树井说：“这是眼下不能肯定也不能否定的事情，所以我相信50%。”苏颐说：“呵呵，这就是说，你的前情人有50%的概率会成为你的后夫人。”树井说：“你觉得有点虚幻是吗？即使沾着虚幻，这张承诺书也让我感到不适。你想呀，我是个即将从现世踏进来世的人。”苏颐禁不住一笑：“你的确有很强的游戏精神。”树井说：“我想了很久，决定将承诺书交还本人，就在今天。”苏颐说：“你不乐意来世娶她？”树井将白纸收起，慢了声音说：“来世一定有来世的规则，现在谁也不知道。我马上要去那边，她在这边还待很久。在很久的时间里，让她扛着这样的承诺，连个反悔的机会都没有，这对她不公平。”苏颐说：“我只问你一句，你此刻心里还有她吗？”树井说：“没有了，我觉得已经没有了，但我疼过她，那种疼过的感觉还在。”苏颐说：“可你把承诺书还给她，等于把以前残留的感觉也删除了，而这么做，仅仅是为了完成你所谓的游戏……”树井打断说：“虽说是利用游戏，但也是顺势做一个了结。现在她已有稳当的家庭，不愿意节外生枝，今天如果不是你来作陪，她都不肯赴这个茶会。那么在以后的日子里，有这张纸潜伏着，只怕她心里不能安生，至少心里不能清爽。”

正这么说着，木门被推开一半，一位穿着蓝色长裙的女子站在门口。她探望一下，轻着身子走进来，目光给了苏颐一秒钟，马上转向树井。树井起身拉开旁边椅子引座，一边将两位女人介绍给对方。苏颐朝这位叫小米的女人点点头。

小米看上去是个有点傲冷的人，不过此时她的脸上浮着一些不安。苏颐想，这是因为她不明白前情人突然约见的意图，一边又坐着不认识的女人。树井抬手给小米倒了茶，歪过头打量说：“你好像有点胖了。”这句话显然不讨好，小米说：“有啥要紧的事吗？我在这里只能待半个小时。”树井说：“我们有两年没见面了吧？”小米说：“三年了……我的孩子已经两岁。”苏颐插进去问：“男孩女孩？”小米说：“女儿。”树井说：“时间快得没道理呀……女儿像你吗？”小米说：“比较像吧，别人都这么说。”苏颐笑了说：“我也是别人，让我看看。”小米看苏颐一眼，掏出手机点开，屏幕上待着一个卖萌的女孩，她的嘴巴向前嘟起，在做一个调皮的吻状。苏颐说：“漂亮漂亮，的确比较像你。”这话把小米的脸说柔了。树井则不吭声，过了半晌才“嘿嘿”笑了。小米说：“你笑什么？”树井说：“我想起一个典故，咱们文学社一次聚餐时的典故。”小米的脸微微一红：“今天找我来，是和这位美女一起回忆往事吗？你别忘了，我已不是文学青年，我是孩子她妈。”苏颐赶紧说：“我提示一句，我今天来只是蹭一口茶喝，你们可以无视我。”树井端起茶杯说：“好吧，咱们先喝几口茶。”

包厢里出现了暂时的安静。苏颐突然觉得自己应该避开一下，就掏出香烟和打火机，示意要出去抽烟。小米伸手拦了，说：“可以不走，我不在乎旁边多一个人。”又转向树井说：“诗人，能像诗一样简练吗？我真的没有太多的时间。”树井说：“那说一句诗一样的话吧，今晚我不是来回忆往事而是来结束往事的。”小米说：“我不懂！”树井不再拖沓，从兜里掏出那张白纸递给小米，说：“还给你！”小米迟疑一下，伸手接了。

打开白纸之时，小米的脸没有稳住，惊讶和疑问几乎同时出现。她说：“你……这是什么意思？”树井说：“放在我这里，我怕保管不好。”又一笑说，“我不想让这张纸变成一张欠条。”小米似乎不知道怎么应对，眼睛迷茫了几秒钟，瞥见苏颐桌前的烟盒。她伸手取了一支，自己给自己点上。也许是久不练习，她抽了两口，便猛烈呛咳起来，脸使劲朝向一边。苏颐发现，伴着咳嗽，小米的眼里有泪水渗出。

咳完了，小米平静下来。她将长长的烟头在烟灰缸里摁灭，又将那张白纸在手里一卷，另一只手拿着打火机凑过去，啪嗒一声，形成一朵火团。火团从小米手中移至烟灰缸内，蹿升一下，很快熄灭。

在燃烧过程中，树井一声不吭地严肃着，仿佛面对的是一次祭祀仪式。等到那朵火团矮下去，他才重重丢了口气。

小米说："我可以走了吗？"树井点点头。小米拿起茶杯喝一口放下，礼节性地摇摇手，取了挎包往外走去。

以苏颐的好奇，这场承诺书移交的戏略显简单，同时她觉得树井没有把自己的好意表达清楚，为什么归还的问号也许留在了小米心里。这么想着，她起身说："我送送吧。"便随着小米出了包厢，一直走到茶馆门口的小桥边。小米说："我看出来啦，你好像还有什么话要说。"苏颐说："知道树井为啥把那张纸还你吗？他是为了你好！"小米说："我懂！虽然是虚幻的事，但他挺较真。"苏颐说："我怕你有错觉，以为他还掉这张纸是为了他自己，譬如为以后的恋情减去心理负担。"小米摇摇头说："他不是这样的人，我知道。"苏颐说："嗯，这就好……我还有一个问题，不过有点冒昧。"小米说："我们第一次见面，我不知道你是谁，但感觉告诉我，我可以不躲你的问题。"苏颐说："你来世肯嫁给他，那为什么今世要离开他？"小米沉默一下说："你的问题也有点像诗人。"苏颐说："是因为他给不了结婚所需要的东西吗？"小米吸一口气说："不光是这样……你了解他吗？”苏颐摇摇头说：“不算很了解。”小米说：“他表面随和，最多看上去有点另类，但实际呢，他心里装着不少荒凉的或者叫绝望的东西，这让人……”苏颐说：“能举一例子吗？”小米说：“譬如，他在杭州生活了这么久，仍说自己没有故乡感。”苏颐说：“这是诗人的矫情。”小米说：“也不完全是，他是被人抱养的……反正你跟他走近了，会发现他心里堵着东西。”苏颐说：“那你没试着把他堵着的东西捅开？”小米黯然一笑说：“问题在于那些堵着的东西太虚飘了，我摸不透。”苏颐一时接不上话了。她想小米也许说得没错，因为只有心里塞了堵物的人，才能想到去做死亡倒计时的体验游戏。愣神之间，她扭头去看，见小米已经走开，一只背影往暗色中移去。

苏颐回到包厢，树井又站在了窗边。夜的湖水平静幽隐，相伴的是岸边淡淡的照灯。苏颐看着湖水说：“刚才我向她问了几句傻话。”树井说：“我知道你是拎着好奇心跟出去的。”苏颐坦白地说：“她说你没有故乡感，她说你是父母的养子……”树井截然说：“在我的清单里，父母的事下一次才办，今天是清理往事。”苏颐一笑说：“好吧，今晚只谈你的往事。你说你们有一次聚餐出了一个典故，什么剧情？挺好玩是吗？”树井说：“称为典故，是因为那是我们俩第一次情感交集。当时我们学校文学社集合了一群人，周末时常搞些活动。有一回活动后聚餐，十来个人坐了一桌，其中男生居多，吃着说着气氛起来了，小米主动端起酒杯绕桌子敬酒索吻，她每敬一人，对方在喝掉杯中酒之后获得在她脸上一吻的权利。这激动了不少人，场面挺闹的。走了大半圈她来到我跟前，杯子一碰我喝了酒，然后她侧了脸闭上眼睛噘起嘴巴，那样子有点可爱。”苏颐说：“你不会吻她的嘴巴吧？”树井说：“哪里敢呀，我只用嘴唇在她脸上点了一下。事后她告诉我，她那天绕桌子拼了一圈，为的是得到我的一吻。”苏颐说：“嘁，这不仅好玩还有点疯狂呀！”

几天后，苏颐知道了树井的身世出处。他的出生地是一个村子，那村子属于离杭州八十多公里的诸暨，诸暨是个出美人的地方，以西施故里自称。但树井根据自己的样貌，不认为母亲会是位美女。三十年前，可能不是美女的母亲生下了他，可是没有一个男人来出任父亲的角色。当时在村子里，这是一件让人费解又让人嚼舌的事情，不过暂时没影响到幼小的他。他在懵懂中长到两岁多，母亲得出嫁了，男方勉强要下女人，却不乐意将孩子一并接手。经一位远房亲戚的牵线，又借一根棒棒糖的相陪，他被送到了杭州一户人家。依着口头协议，这户人家补偿给母亲一笔钱，母亲带着这笔钱嫁到他村，从此不通消息。树井很快顺应了修改后的生活，与新父母相处挺好，脑子里留存的村子记忆也像错别字一样被橡皮擦擦去。这样过了一年，或许是因为心情的宽松，多年不孕的养母怀孕了，她的肚子在他眼中神奇地隆起来，又神奇地瘪下去。父母中年得子，一边加倍喜欢一边小心爱护，把注意力一股脑儿给了幼子。当树井对此表示不满时，父母就给他讲一堆似通非通的道理。之后的日子过得平淡，每日总是一会儿白天一会儿夜晚，他也习惯了处处让着弟弟。十三岁那年，他偶然获知自己被抱养的信息，就气呼呼地向父母求证。父母没法躲闪，便说了诸暨两字，别的就一脸真实的茫然。在那段沉默的日子里，树井脑子里不时出现一棵大树，大树又将根须挂入旁边的方口水井——这是他对幼时追捕到的唯一记忆。

那年暑假，树井毅然离家去了诸暨。他在凶猛的阳光和嘹亮的蝉声中走过一些村庄，见到了许多大树，又见到了不少水井，但没有一棵大树的根须刚好垂到水井里。十多天后，他以黑瘦的面目回到杭州家中，让父母吃惊加上恼怒。此后他息了冲动想法，将心思搁在课本里。上大学后，他开始写诗，自赐“树井”笔名，且时不时把故乡、远方一类的词儿嵌在文字里。大三寒假的一天，已是退休工人的父亲将他带到一处工地旁边，默默站在那儿看垢面乱发的工人在寒风中劳作。他一时没猜透父亲的用意：是提示儿子，依其出身本也可能是农民工中的一员？还是提醒儿子要好好读书，父亲在用一生辛苦来供他上学？不论哪种意思，他都被弄得挺难过。

大学毕业树井幸运地找到一份差事，在一家报纸社会版做记者。他白天跑现场、写稿子，晚上要么与小米一块儿去看电影、逛西湖，要么独自找一家咖啡馆写诗和发呆，然后在夜色中踩着自己的影子回到父母家睡觉。后来，他与小米分手了。再后来，他发现弟弟进入恋爱模式，一阵子疲惫一阵子亢奋，原来是在两个女人之间做选择题。

大半年前，弟弟做妥了选择题，并认为得有一套房子来安放新的生活。这时的父母没有犹豫，让出了现住房子，迁入另一处狭小旧屋。树井在旧屋猫了一个月，便借口离单位太远搬了出去，在铁路边租下小套房子。

上述个人简史是树井在车上花半个小时告诉苏颐的。三十个年头半小时，相当于一年一分钟。他不会开车，嘴巴就卖力一些。

此时是周六午后，苏颐按约驾车到铁路边一个小区接上树井，然后去他父母家打麻将。当然，这也是树井愿望清单中的列项之一。树井认为，从倒计时的角度回看，尽管在家里时常憋屈，他从父母这儿还是取多还少，欠着一屁股债。这些天他一直琢磨着送父母一次开心，想来想去选择了麻将。

他打电话约苏颐时，苏颐问："为什么是麻将？又为什么是我？"树井就一一解释，父母俩不炒股不旅游，却是麻将爱好者，时常结伴去棋牌室过手瘾，前些天母亲崴了脚出门不便，俩人一腔的麻将热情被堵塞，正憋闷着呢。对苏颐的第二问，树井说："你的微信里有打牌记录呀，一看就是麻将高手，再说带一个女孩子去，老人瞧瞧你的脸就高兴。"苏颐说："这是什么破理由呀！"完了马上翻看自己以前的微信相册，果然有一个视频段子：激战正酣的麻将桌上，有人已杠掉四张"七万"，一位女子"八万九万"听叫，绝境中纤手一抓竟是张"十万"，和倒！苏颐就笑了，心想能抓到"十万"的人，不是高手是神手。

现在苏颐开着车子穿过中心区，向城北方向而去。路上她一边听树井说话，一边在心里攒起一些不安，这倒不是因为凑一场犒劳性质的麻将，而是马上要遇到别扭的场景：跟一个男人去见他的父母，这算什么级别的玩笑呀！不过听到树井搬出去租房时，她微笑一下，心里似乎有了同病相怜的轻松。她问："为啥要租在铁路边呀？"树井说："那儿房租便宜些，离单位也不远……我说的是当时。"她问："不嫌吵吗？"树井说："习惯就没事了。我住的是九楼，往下能看见铁轨。空闲时候，我会站在阳台上，等着火车轰隆隆地开过。"她说："嘁！轰隆隆的声音中，嘴巴闲不住还朗诵诗一首吧？"树井"嘿嘿"笑了。

这么聊着话，车子过了一座小桥，在一条小巷边停住。树井下了车，手里拎着一袋吃物。苏颐跟着他走进小巷——小巷依着小河，有点江南旧时的姿色，却无可挽回地衰老。一眼望去，两旁一溜儿木质矮房。

因为事先打过电话，俩人在一间屋子前刚按一下铃，门便开了。两位老人站在门内，嘴里说着欢迎的话，眼睛使劲往苏颐身上放。苏颐忸怩一下，赶紧稳住态度。那母亲一张胖脸，声音竟有些嫩，先问了苏颐名字，又拍着自己的腿说："我这脚出点差错，倒把你们招来了，只是屋子小，将就着玩吧。"

房子确实小，里头有一间卧室，旁侧为局促的厨房和厕所，进门这间便算是客厅兼饭厅，现在四方饭桌已清空碗盘，铺上了一张麻将毯。看来两位老人憋着牌瘾，有些迫不及待了。苏颐站在临时的麻将桌边，猜想着这屋子如何摆放两张床。她的心思似乎被树井捉住，他将吃物搁在茶几上，一指旁边的沙发说："我在家就睡这儿。"又说："你今天是客人，先坐一下喝口茶吧。"苏颐一笑说："我今天不是来做客的。"

她的口气挺合时宜，四个人便凑到方桌前。那母亲掷了骰子，排定座位。苏颐上家是母亲，下家是父亲，树井坐在对家。绿皮的麻将在"哗哗"声中被码好，只剩下母亲跟前还散着。母亲说："还没说好玩多大呢。我在外边玩的是三角，在家里也不能糊涂账。"父亲说："什么三角，怎么也得五角！"母亲说："你倒不怕大，输了可别跟我要。"树井说："老爸赢了归自己，输了算我的。"母亲说："哟，你挺大方，也不瞧瞧自己的脸瘦成怎样。"苏颐心里暗笑，看来这母亲是家里退休金的严格掌管者。

四人开始起打。走了几圈，苏颐便知道两位老人的牌风，父亲勇直，母亲谨慎，出牌均熟练但不精到。苏颐大学时代入的门，上班后偶尔练手，牌技并不扎实，但此时牌费薄轻，心情便松弛，好的牌张纷纷来报到，不一会儿她手一推，和了个七对。树井笑了说："麻将头和，到底吃苦，别以为是好的开张。"这话说得无赖，苏颐刚要回应，想起今日的慰问任务，便不吭声了。

依苏颐的判断，在这个家里让母亲高兴起来是很重要的。两三圈过后，她开始给母亲放小水，时不时打出可餐的生牌。可惜母亲手气不顺，吃下两摊三摊，仍未听叫的意思。倒是父亲连着和了两把，其中一把听牌时，杠牌杠出一张财神，他咕咕咕地笑。随后母亲似乎有些心急，出牌少了讲究，抓牌的手也仓促起来，别人的牌未打出，她的手已在抓牌的路上。有一次她抓了牌丢出，回一下神赶忙又捡回来。这是犯规动作，在牌桌上是不允许的，所以她心虚地扫一眼左右，见无人反对，才稳住了慌张。这一把她和了。

有了这一转机，母亲的手风顺起来。抢到庄后，她和了一把平牌，又和了一把暴头，到了第三把，她似乎上牌挺快，脸上却一点点发紧。苏颐一手衰牌，也不看住母亲，树井打出一张三万，她没有必要地碰了。母亲跟着探手抓牌，神色一松，嘴巴“呀”了一声。她和了个豪华七对。

房间里顿时春暖花开。只有父亲瞪了瞪桌上的牌，起身去上洗手间。母亲乐着脸说：“看来你爸不服气哩。”树井说：“你别光顾着高兴，这么坐着不疼脚吧？”母亲说：“麻将动手不动脚，没事的。”又说，“你这是第几次陪我们打牌？”树井说：“每年过年不是都陪着嘛。”母亲说：“除了过年，这是第几次？”树井说：“好像是第一次。”母亲扭头对苏颐说：“他说这是第一次。”苏颐安静着不吱声。母亲又问树井：“有第一次还会有第二次第三次吗？”树井说：“这话问得像贪嘴的孩子，吃了一只甜饼马上想着第二只。”母亲扭头对苏颐说：“你听听，他说我像个孩子。”苏颐脸上出现了微笑，仍不吱声。她想树井做完了体验游戏，只怕没有这种陪玩的兴致了。

父亲从洗手间回来，四个人继续打牌。母亲的手气在走弱，父亲的牌势起来了一些。苏颐看得出来，树井也在喂父亲的牌，但父亲不轻易吃牌，一副闷头做大局的样子，不过效果并不如意。几圈下来无风无浪，形势总的比较平淡。

意外出现在最后一圈。树井和了一把坐上庄家，然后很当回事地做起牌来。从打出的牌看，他应该在凑筒子一色。母亲也认了真，警惕着不放筒子。不过树井好像抓得挺顺，已经露出听叫的神态。父亲不管不顾，打出一张八筒。这是一张生牌，苏颐觉出了危险，等一等不见动静，才伸手抓牌，手还在半途，树井猛地推倒跟前的牌。母亲沮丧地嘟囔一声，低头去看树井的牌。她的眼力不差，一看竟看出问题："你怎么多了一张牌呢？"树井赶紧数牌张，数了两遍，真的多出一张。母亲脸上跳出转折的惊喜，父亲也跟着咕咕咕笑起来。

苏颐突然觉得没意思起来。坐了一个下午，她的烟瘾悄悄冒了出来。好在此时天色渐淡，已近晚餐时间。按事先商定，晚饭四个人一起吃，只将树井带来的吃食热一热，再做一碗面条便可以了。

麻将撤去，桌子又变回饭桌。树井推荐自己去烧面条，让母亲歇着。苏颐借口去车里取东西，躲出了门。她走到巷口小桥边点上一支烟，一边吸着一边看夕色中的河水。这是一截瘦窄的河水，水面平静且平庸，连轻轻的皱波都没有。不过因为两边是木质老房，看上去还有点旧时光的味道。苏颐想，城市里还残留着这样的角落，也算稀奇。又想，这种地方要么收拾一下化些妆，弄出点儿老街区的模样，要么等待一个好的拆迁机会，就像等待一把转机的好牌。

抽完了烟，苏颐慢慢往回走。走到那房子门口，觉得有树井母亲的声音传出，好像还有点小激动。她迟疑一下刹住脚步，从兜里掏出手机举在耳边，听的却是屋内说话声。母亲说：“别以为我老糊涂了！带着一个姑娘来，陪打麻将，哄我们俩高兴，这里头的小九九我一眼就瞧出来啦。”父亲说：“别说了。”母亲说：“不就是向我们俩丢压力嘛，弟弟得了房子，你也想要一份，可我们哪有法子呀。这屋子做婚房你不嫌小，我们搬出去好了。大不了我们住老人公寓去，那里也有麻将玩。”父亲说：“你别说了！”母亲说：“三十岁的人了，独自晃来晃去，我不高兴，领着一个姑娘来，我还是不高兴。这日子怎么这样那样都让人堵心呀？！”父亲说：“你他妈别说了！”

苏颐愣在那里，不知道该不该马上推门进去。她给树井发了一条微信：我在门外，里边什么情况？树井很快回复：老人不懂我，今天慰问行动失败。还附一个苦笑的表情。苏颐问：我能进来吗？树井回答：你先抽根烟吧，我缓一缓局势你再进来。

四

苏颐有时候会自问，参与到树井无厘头的日子里，为的是啥？自己是喜欢上了树井的游戏，还是游戏中的树井？若喜欢上了人，那离爱还有多远，是一尺还是一米？

苏颐将这些天回想一遍，自己对树井并无身热心跳的感觉，他对自己似乎也无发情动春的症状。但两个人显然又有着情感的默契，那种允许对方把木桶扔到自己心井里并拎走一桶水的默契。这种糊涂的情况面对面不好说，晚上闲静时在微信里倒是可以探讨的。譬如苏颐在手机上调皮打出一句：有个牛掰的问题请教一下。树井回复：准了，你请教吧。苏颐问：我们在一起看上去像一对恋人吗？树井沉默一下回来一句话：嘿嘿，还是不够像，除了我父母觉得像之外。苏颐：你父母为什么觉得像？树井：他们还生活在过去的经验里，他们有时候不懂。苏颐：我有时候也不懂。树井：不懂什么？苏颐：不懂你，不懂我自己。树井：这话有点诗意。苏颐：我也不懂诗意，就像不懂那天你在火车上朗诵的诗句。树井：你不懂的时候，也许已经懂了。苏颐点出一个出汗的表情：我懂了的时候，也许更加不懂。

到下一天晚上，苏颐又没事找事地发去微信：突然发现，我对你知道得那么多，你对我知道得那么少。树井回复：你是指什么？苏颐：譬如我的父母，我的前男友。树井：这些是你的私房菜，想让我知道吗？苏颐：不想！树井：你把菜谱递过来又收回去，这不厚道！苏颐：好吧，你可以点一个菜。树井：你有几位前男友？苏颐：马马虎虎算两位，一位在大学时，一位在工作后，他们跟你不一样。树井：有啥不一样？苏颐：他们只对我感兴趣，你只对自己感兴趣。树井：所以我还没资格成为你的男友。苏颐：他们对我感兴趣，双方已经分开了。你对自己感兴趣，我们还在一起。树井：能让我知道为什么吗？苏颐：因为我对你还保留着一点兴趣。

又过一天，苏颐下班后在住屋里吃简单的晚餐。她一边吃一边打开微信问树井：我在吃饭你在干什么？树井：我在阳台上喝啤酒呢，一颗花生一口啤酒。苏颐：此刻铁轨上有火车通过吗？树井：按我的计算，平均十分钟就有一列通过。苏颐：守着火车通过，你觉得挺有意思？树井：也谈不上有意思，但我的眼睛会跟上火车跑上一段，可惜只是九楼，跑不了多远就没啦。苏颐：跑得再远也不过是一个一个的站台，然后是终点站，就像一个人的一生。树井：嘿嘿，你也这么想。苏颐：我是学着你的思维懂吗？！对了，你的倒计时还有多少天？树井：十六天。苏颐：哈，还剩一些事没干完吧？加油吧兄弟！树井：眼下我得去找找坟墓，一处可以安心的坟墓。苏颐：这事儿好玩，需要我陪你去吗？树井：太阳沉落时永有赶路的人，痴望一席归享自己的卧榻。苏颐：嘁，又写上诗了。不过你找卧榻，总不能靠脚丫子去赶路吧！树井：我这是借别人的诗一用。好吧，到时候我也借你这个司机一用。

树井给自己坟墓设定的落脚点是诸暨。按他的解释，死亡就是一种回家，魂念故土嘛，坟墓自然要卧在家的附近。

诸暨不是个小地方，百度一下地图，密密麻麻布着太多的村子。哪个村子曾有过他当年的家，这是个问题。树井年少时携着委屈在诸暨行走了好些天，既没找到跟自己有关的村子，也没遇到传说中西施模样的村姑，脑子里存下的只是饥渴的滋味和阳光里的蝉叫声。

这回寻找不能复制上次的乱窜，至少得备些可用的线索。他在微信圈里发布了一个求助，问：谁在诸暨乡下见过一口树根悬在水里的水井？这种求问有点奇葩，很容易被人认为是一个叫树井的诗人对田野小村的向往。

不知是因为微信的繁殖能力，还是因为诗人圈里闲人较多，他的求助很快有了回应。有像模像样的信息，也有飘飘忽忽的指点。梳理一下，竟拣出五条靠点谱的线索，且有具体的方位或村名。当树井把这些情况告诉苏颐时，她能感觉到，树井没有太高兴，因为他不相信自己的运气这么好；当然他也有些高兴，因为这使得黑色游戏挺像一次寻根之旅。

去诸暨是在一个微热的周末。不用说，苏颐仍做着司机的角色。

上高速后，八九十公里的路程让人松心，听几首歌再聊些闲话，便看到了出口，然后依照设计好的线路，先向一个叫棠里的村子开去。已是春夏交接的日子，阳光照下来有些晃眼，不过进入一条小路后，两旁的树枝挡住视线，似乎有了乡村的幽静味道。

幽静是暂时的，小路的尽头出现一个房屋相挤、打扮鲜亮的村子。村委会是一幢新楼，周边刷着不少标语口号。不远处还有几根烟囱，冒着婀娜摆动的白烟。苏颐将车子停在路旁，两个人边走边向村人打问，然后拐过两条细道，便望见一棵挺拔的樟树。走近了看，旁边果然有一口方井。把眼睛伸进去，里面的水仍活着，能照出两颗男女脑袋。

苏颐说："是这口井吗？"树井绕着水井走一圈，一边摇着头说："不会是，这树离井十几米，树根儿没法悬在水里。"苏颐说："树根儿顽强着呢，十几米算什么，使劲伸一伸就够着了。"树井说："存在我脑子里的画面，是一条树根儿从井边斜出来，像鞭子一样挂在了水里。"苏颐说："那会儿你才两岁多，也许记忆走样了呢？"树井咧嘴笑说："两岁的我记忆走不走样，得由现在的我说了算，现在的我不认可这口井。"他走到旁边一块凸起的石台上，抬眼望向前方的烟囱，说："这个村子的味道跟我对不上，我以后怎么能把自己身子交到这个地方呢！"

这么说过，两个人便不耽搁，顺着原路返回车子，设好导航，向下一个村子开去。下一个村子名儿好听，叫入甜。入甜在导航地图上显着只有十多公里，但因为渐入山地，车子在窄路上拐来拐去，竟花了不少时间。

到达目的地已近中午。与前一个村子相比，这个村子似乎一点也不甜，屋子陈旧，村人也不多。两个人在村子里走来走去，很快找到一口水井。井旁确有一棵大树，树冠张开像一把伞护住水井，但井口是圆的。树井瞧了一眼便说："不对不对，我要找的是一口方井。"苏颐又提醒："两三岁的小屁孩，真记那么准？"树井说："再屁孩也能分清方的和圆的吧？"苏颐说："那先不说方井圆井，你看看这村子背靠的山峰，往两边走得很远，没准儿就连着你要找的村子。”树井说：“这话什么意思？”苏颐一笑说：“既然这座山连着你出生的村子，那么把自己葬在这里也算得上魂归故里。”树井说：“噢，这么说也有点道理。”顿一顿又说：“不行不行，我跟这个村子有什么关系？我为什么要葬在这里？”苏颐手臂往前一指：“这座山树多叶绿，那边还有个风口，你将来在此待着，每天都能听到树叶哗哗的声音，就跟诗歌朗诵一样，难道不好吗？”这话说得树井松了身子。他拍拍苏颐的肩膀，呵呵笑了。

两个人肚子饿了，往村子里找吃店，兜了一圈，没有点心店只有一家杂货店。杂货店也有吃的，只是保质期有些可疑。这时候计较不得，俩人胡乱买些糕饼将就着吃了，便回到车上研究下一站的线路。按方位顺序，下一个村子叫走山沿，也有十几公里的路程。

车子再次出发。正是午后的慵懒时间，树井怕苏颐犯困，扭开了音乐CD。这是一盘城市民谣，一个声音在一点点爬高，到了高处又缓缓下滑，恰似车外的路况。车外是山路，不时遇到有坡度的山地，车子一会儿爬上去，一会儿又滑下去。

开了大约四十分钟，车子抵达这个叫走山沿的村子。村子以木屋为多，基本傍着山脚边沿而筑，有些蜿蜒的样子，一看就有不短的年头。要找的水井在村子腰部，井旁不仅有树，且是左右两棵大树，一眼望去有些好看。歇了车走近，是口方井，井台上有两个妇人在洗一摞叠高的蒸屉。两个人正口渴着，取过木桶打上水。苏颐先喝几口，树井再凑上嘴巴，发出咕噜咕噜的声响。那两个妇人一胖一瘦，脸上同时浮起一些好奇。胖的妇人问：“你们从哪儿来？”瘦的妇人问：“你们来干什么？”苏颐说：“我们是无所事事，找个村子随便逛逛。”胖的妇人问：“啥叫无所事事？”苏颐说：“就是吃饱了撑的。”两个妇人咯咯笑起来。

蒸屉洗好了，两个妇人用扁担抬起，走了几步停住。胖的妇人说：“村子里做白喜事，你们无所事事嘛就来看看。”瘦的妇人说：“白喜事有流水饭，你们可以来吃饱了撑的。”苏颐看树井，树井在看水井。苏颐说：“是这口吗？”树井摇摇头。苏颐说：“那别站这儿了，咱们跟着去凑个热闹吧。”

树井苏颐随了两个妇人走，走了一截路，先听到一群喧哗声，然后进入一个大院子，见到一片散杂的繁忙。左边走廊坐着一些人在念经，右边走廊聚着一些人在打扑克，天井里摆着两溜儿餐桌，几张桌已经散去，另几张桌仍在吃喝。两个妇人指导地说：“你们随便坐，多喝几口杯酒。”说着不停步地去了厨间。

两个人穿过天井，先走到堂厅的灵堂前。几只花圈之间，摆放一张黑白遗像。逝者是位长须老人，活了九十加八。这样的享年岁数，确是引不起悲伤的。两个人对着遗像鞠了一躬，然后来到天井，拣了一张餐桌的空位坐下。桌上的人正在兴高采烈地边吃边聊，见了生人来，停歇一下。树井给大家打了招呼，说明只是路过坐一坐。有人就说：“来的都是客，倒上倒上。”树井苏颐的杯子里便升起啤酒。苏颐驾车不敢沾口，树井端起酒杯与桌上的人干了。

餐桌恢复了热闹，嘴巴们说出高高低低的声音。同时制造热闹的还有几个小孩。他们在餐桌间跑来跑去，其中最小的一个也就两三岁的样子，一边跑一边乐着，撞在了一位黑胖喝酒者身上。黑胖一把捉住小小孩，搁在自己腿上，说："跑渴了吧？伯伯给你点饮料喝。"就取了一只杯子塞在小小孩手里，小小孩饮了一口，摇头说不好喝。黑胖说："你傻呀，怎么不好喝？这一杯喝完，伯伯给你钱买棒棒糖吃。"小小孩一听有棒棒糖，嘴巴便勇敢了，一口一口将杯子喝完。周围好几个人哈哈笑起来。黑胖说："还来一杯吗？再喝一杯多一支棒棒糖。"小小孩不乐意了，从黑胖腿上滑下，加入孩子们的嬉闹。不一会儿，有小孩叫起来："小宝脸红了小宝脸红了！"另有小孩喊道："小宝不会走路了小宝不会走路了！"苏颐扭头去看，见那小小孩摇晃着脚步走来，红红的脸上有些惊恐。这时孩子们又喊："叫小宝爸爸叫小宝爸爸！"大概听到爸爸这个词儿，小小孩嘴巴一扁哭了。苏颐这才省悟，黑胖给小小孩喝的是啤酒。

小宝爸爸正在走廊里打扑克，大概到了一把牌的紧要关口，听到叫声仍不回头，坚持把手中的牌打完，才起身过来看个究竟。一瞧儿子红光满面又害怕难受的样子，他一下子火了，嚷嚷道："他妈的谁给灌的酒？"好多双目光看向黑胖，黑胖承认地说："我只给他喝一杯啤酒。"小宝爸爸说："这么小的孩子，一杯啤酒相当于大人四五瓶！"有人插嘴说："你怎么算出来的？"小宝爸爸说："这还用算吗？用半个脑子想想就差不多。”黑胖一挥手说：“四五瓶啤酒有什么，我现在已经喝了十几瓶。”小宝爸爸说：“你十几瓶没事儿，我四五瓶就晕头，你他妈不知道吗？”黑胖站起来说：“娘的，你酒量差还好意思咋呼！”小宝爸爸说：“老子酒量差关你屁事！我告诉你，老子酒量差不等于力气差！”黑胖说：“娘的！我好心给你儿子喝杯啤酒解解渴，你不知好歹还想动手？”小宝爸爸说：“你敢动我儿子老子就敢动你！”黑胖说：“娘的！你要这么说我的拳头也不高兴了！”两个人越说越激昂，身子不断靠近。那小小孩被两张嘴巴的争斗所吸引，已经忘了泣哭，现在一见真要打起来，“哇”地又哭了。几位吃者站起身拉开两只恼怒的身子。小宝爸爸说：“这事儿不能这样过去，你至少得向我儿子说一句话。”劝架的人问：“什么话？”小宝爸爸说：“我犯浑，对不起！”黑胖说：“你说这话是跟我认错吗？”小宝爸爸说：“不是老子向你认错，是你得向我儿子认错！”黑胖说：“娘的！我会向你儿子认错吗？我肯定不会！”小宝爸爸又逼上去，黑胖也不后退，缠斗双方再次被众人隔开。

苏颐觉得不能再待下去了，看树井一眼，从对方脸上获得同样的意思。俩人悄没声儿地离开桌子，往院子外面走。一出大门，喧闹便丢在了身后。正松一口气，见路旁站着一位拄拐杖的老人，似一个人在默想。俩人不在意地走过去，被老人抬起的拐杖拦住。俩人纳闷地瞧老人，老人说：“年轻人哪，你们从外乡来的吧？我要给你们讲一讲道理。”苏颐说：“阿公，你要讲什么道理？”老人说：“阿文是我表哥呢，大我十一岁。”苏颐说：“您说的阿文是谁？”老人用拐杖指指前头院子，说：“阿文走了，两天前走了。”苏颐明白了，说：“他活了九十八岁，好福气哩。”老人说：“阿文活得太久啦，他大儿子活不过他，两年前没了，他二儿子硬朗不过他，一年前病了。”树井起了好奇，问：“阿公，你想说什么？”老人说：“做人要讲道理。这帮孙子不孝呀，嫌阿爷活得久，占了阿爸寿数又占着一间房子，就一天天拿气话喂他……阿文被孙子们气话喂得饱饱的。”树井说：“这丧事办得挺热闹的，看不出孙子们不孝嘛。”老人说：“这丧事算是阿文自己办的，他在枕头下留了钱。年轻人哪，这帮孙子吃着喝着还吵斗，不是阿文喜欢的热闹。”苏颐说：“阿公，你耳朵真好，站在这里都能听到里头的热闹。”老人说：“我手脚没力气了，耳朵还有点力气，我替阿文听着呢。我想让阿文知道他躺下后的事情。”树井说：“一个站着的人和一个躺下的人，真的还能说上话吗？”老人说：“谁说不能？我在心里一讲话，阿文能听个八九不离十呢。”他嚅动一下嘴巴，又说：“年轻人哪，我说这些你们不一定听得懂哩。”

离开村子的当儿，日光显著西斜，已凑不起时间找下一口井了，两个人开着车子往县城赶，正好在天色收暗时踏入住店。树井刷卡要了两个房间，又领着苏颐去吃传说中的次坞打面。这种面条是棍子打出来的，挺有筋道，咬在嘴里四处奔逃，两个人吃得额头冒烟。肚子喂饱了眼睛还有些饿，又在街上散散漫漫逛了一圈。回到住店，两个人说了晚安各自回屋。苏颐洗过澡，靠在床上看电视，看了半天捉不住剧情，原来脑子有点飘。正散着神儿，手机“嘟”了一声，打开一看是树井的微信短语：我过去跟你说句话，可以吗？苏颐胸口轻轻一跳，似乎一抬手接住了什么——本来嘛，这个晚上就这么简单过去是不对的。她回复了OK的手势。

不一会儿，树井穿着睡衣过来，将身子搁在椅子上。两个身裹睡衣的人凑在夜晚的房间里，感觉与白天便不一样，苏颐不让自己心慌，等着树井开口。树井说：“本来明天还有两个村子，可我不想找了。”苏颐说：“为什么？到了这里，总得再碰碰运气。”树井摇摇头说：“运气大不过命定，其实我早就知道，所谓故乡，于我是没有的。”停一停又说：“我的故乡是存在记忆里，眼下在现实里找，怎么能找得到呢。”他说着话儿，脸上有一种淡的寂寞，仿佛一天的倦意在此时渗透出来。苏颐说：“是因为下午吗？”树井说：“这个下午并没什么，日子里到处都是这样的下午……但我又怕明天还遇到差不多的下午。”苏颐说：“那你的坟墓呢？”树井说：“我的坟墓我做主，这是有故乡的人说的，我暂时没有资格。”苏颐说：“有点伤感嘛，看来这是你此次体验的结语了。”树井一耸肩笑了笑。

苏颐抿一下嘴说：“你洗了个澡过来，就是通知我这句话？”树井说：“嗯，不当面说怕说不明白。”苏颐说：“我现在突然记起一句话，也想当面跟你说。”树井“唔”了一声，表示听着。苏颐说：

“我的血有蓝色的冷静，溅到你身上演变成了红色。”树井静住脸，眼睛似乎去了远处又回来，说：“这句话很久了，你还能记下来。”苏颐说：“这句话啥意思？是挑逗吗？不是挑逗吗？”树井不语。苏颐叹口气说：“我不懂的事总是太多。”树井站起身子坐到床边，从身后搂住苏颐。苏颐紧着身子，觉出树井的呼气轻轻喷在脖子上——是的，那喷气柔细而伤感，没有激动的意思。她默着脸静了耳朵，听见树井轻着声音说：“对不起，很不巧你赶上了我的死亡倒计时，一个往终点赶路的人，没有理由拽住一个女人使劲爱在一起。”苏颐嘴巴动一动，在心里说：“跟你在一起，你总是在游戏中，你入戏太深。”树井又说：“那年我被送人的时候两三岁，跟今天下午被喝酒的小小孩一般大。”苏颐在心里说：“我也有两三岁的时候，知道那会儿我在干什么吗？那会儿我开始听到了父母的争吵声。”

五

诸暨回来不久，气温一天天爬高，出门走到街上，得躲着阳光了。

正是阳光灿烂的一天，苏颐发现树井失联了。拨号码不在服务区，短信不回应，微信打了几回招呼也无复语。苏颐想了几想，认为树井坏了手机或者丢了手机。这年月，人的日子是靠手机打理的，手机没了日子就哑了。可过了两日，树井仍没动响，仿佛不是丢了手机而是丢了人。苏颐眨一眨眼睛：这次树井玩的什么？

这天上班，苏颐在做一个汽车公司庆典策划，打电话、列议题、算场地，照例忙得无趣。到了茶歇时间，老徐走过来敲一下桌子，示意出门抽支烟。她跟着走到门外的休息区，与老徐对坐着抽起烟来。老徐说："最近忙什么呢？"苏颐说："不是做汽车公司庆典嘛，一地鸡毛。"老徐说："我是说你的周末。"苏颐说："周末嘛就是变着法子玩儿，上班这么干燥，周末总得湿润一下日子。"言语里她绕过了树井。老徐将烟从唇间拔出来，问："你恋爱了吗？"苏颐一撇嘴说："没有呀。"老徐说："你好像。"苏颐挺一挺脖子说："你再看看。"老徐研究地看苏颐的脸："好像又不像。"苏颐笑了说："恋爱得有对象，你送我一个。"老徐说："你若真闲着，我就真送你一个。"便把一位青年男子的年龄身高单位家庭说了一遍，苏颐这才明白老徐今天聊话的立意确是牵线。苏颐退缩地说："算了吧，这些日子我过得没有不好，不想见一次面让自己心里添堵。"老徐说："怎么会添堵呢？你瞧瞧这张脸，一整个足斤足两的小鲜肉。"一边说着一边在手机里调出照片，一张端正光亮的脸自得地微笑着。老徐说："怎么样？"苏颐说："看着挺屌的。"老徐说："见不见？"苏颐说："我好像还是不想见。"老徐说："你不着急我着急。这样吧，我替你做回主，正面去见反面不见。"她从兜里摸出一枚一元钢镚，在手里掂一掂然后往上一扔，钢镚在空中挣扎一下跌落在地，"1"字朝上——这是她们做决定时常玩的把戏。苏颐说："徐姐你这是设我的局。”老徐说：“局里也许有缘分呢。”

傍晚下班，苏颐依着徐姐的安排去见那位小鲜肉。两个人在一家小咖啡馆碰面，那小鲜肉不光脸长得白净，嘴巴也顺滑，从中学说到大学，又从电子游戏说到NBA球星，然后在马尔代夫沙滩停下来。他说：“你怎么不接话？”苏颐说：“我耳朵听着呢。”他说：“我在找你感兴趣的点，一路过来没找到。”苏颐说：“我对马尔代夫沙滩感兴趣。”他说：“你去过吗？”苏颐说：“没去过。”他说：“好吧，那我就说说上次我们家去马尔代夫旅游的事儿……”

就是在这时，苏颐的手机叫了一声。她低头一看，微信上出现了树井的头像，并且打着一行字：我在德令哈，一个人的旅游。苏颐吸一口气慢慢吐出，问对面：“德令哈，你知道德令哈吗？”对面想了想说：“没听说马尔代夫有一个叫德令哈的地方。”苏颐说：“你是对的，我也不知道德令哈，但肯定与马尔代夫没有相干。”她将“德令哈”送入百度，跳出有关青海和海子的一堆文字。对面说：“奇怪，我说着马尔代夫，你为什么一下子丢出这个德令哈？”苏颐说：“因为我一个朋友现在到了德令哈。”对面说：“什么朋友？很重要吗？”苏颐说：“很重要，这几天没联络到他，我有些纳闷。原来一个人在旅行……我应该想到的。”对面说：“德令哈到底在哪里？”苏颐说：“青海。”对面松一口气说：“青海我旅游过，看看寺庙瞧瞧青海湖，也没啥大稀奇。”苏颐说：“旅游和旅行是不一样的。”对面说：“有啥不一样？”苏颐说：“旅行至少比旅游多一些无厘头。”

其后几天，树井的手机时开时断，仿佛嗜眠的婴儿一会儿醒着一会儿又睡去。苏颐在微信里问为什么会这样？树井回复：手机里太闹了，只要一打开，就不是一个人的旅行了。苏颐说：我算闹吗？树井给一个笑的脸谱：你不算。苏颐说：那为啥不通知我一声？为啥非得一个人旅行？树井：这趟旅行有些远，我不能老拉上你，你有你的事情。苏颐：我的事情不如你的事情有趣，总是打打电话做做文案，偶尔还搭一次相亲。树井：你最近相亲啦？苏颐：在咖啡馆见了一位小鲜肉，听他说一箩筐的碎话。树井：有感觉吗？苏颐打出一个调皮的表情：你希望我有还是没有？树井：有时候坐得很近，你觉得很远，有时候离得很远，你觉得很近。苏颐：你认为我在惦记你？树井：至少你会惦记我的游戏。苏颐送出一个捂嘴窃笑的图案。

下一日树井手机醒来已是夜晚，苏颐又发微信：还在德令哈吗？在玩什么？过了片刻，树井回复两个字：挨饿。苏颐：什么意思？被丢在路上找不到饭啦？树井：一种体验！我已经一天半没吃东西了，我在品尝饥饿的味道。苏颐：不懂！饥饿的味道不就是肚子空虚吗？拽什么酷呀！树井：我现在坐一空地上看天空。饭饱酒足看天空和肚子空虚看天空，我认为感觉是不一样的。苏颐做一个流汗的表情：饿着肚子举起脑袋，即使天空没有星星，眼前也会冒出许多星星吗？树井：此时天空的星星是确实的，坐在星星之下，身体好像披上了一种不错的感觉。苏颐：什么感觉？树井：心里安静，这一刻我真的不想关心人类。苏颐：我知道了，你在用这种方式向那位死去的海子致敬。树井：你会觉得我这种方式有点装×吗？苏颐：一个体验死亡的人，再装×也不是装。树井送出一个小孩大笑的图案。苏颐补上一句：在海拔那么高的地方看天空，一定觉得星星很近，替我看上一眼。树井：好吧，我替你看一会儿。

第二天趁树井手机醒着时，苏颐问他吃东西了吗？树井回复：遇到一位外省诗人，他拉我吃了羊肉、血肠还有啤酒。苏颐：在那里，经常遇到外省诗人吗？树井：当地人说六月往后，来的诗人会多起来。苏颐：我查了百度，海子并没有真正到过德令哈，他只是火车路过。树井：那有什么关系呢？这是遥远的一座城，在此能找到孤独和陌生，这就够了。苏颐：你那么需要孤独和陌生吗？树井：孤独是对喧闹的背叛，陌生是对日常的反动，没有一个写诗的人愿意靠近喧闹和日常。苏颐给一个嬉笑表情：诗人们喜欢聚在一起吃喝，这不是混入日常吗？你们在火车上聚众朗诵，这不是制造喧闹吗？树井：这就是诗人们的内心分裂之处，一边约在日常的喧闹里，一边希望自己走开。苏颐：呵呵，你们写诗的人好复杂呀，捉迷藏似的心思。树井无语，贴出一个搞笑图案，仿佛他的耸肩动作。苏颐：对了，百度还让我知道，你们那天在火车上的诗歌之旅，正是海子卧轨的忌日。树井：是的，那天是三月二十六日。苏颐：就是从那天起，你试图去深度理解海子，我可以这么说吗？树井：嘿嘿，也是从那时候起，你试图来深度研究我，我这样说对吗？苏颐扮一个笑脸：是你把我扯进了游戏——你在时间里看别人，我在日子里看你。

六

之后两天，树井手机仍是睡睡醒醒，不过昏睡的时间居多。他似乎跟日子玩起了躲猫猫。

周六上午，苏颐在床上正懒着，抓来手机点开微信朋友圈，竟跳出树井推送的一张照片：他盘腿坐在戈壁上，飘乱的长发被风送到脸上，一只手伸出镜头之外。苏颐有点诧异，因为树井平常很少玩朋友圈，这趟旅行又不希望被人打扰。

苏颐点了赞，又写上一句：玩嗨了，啥时回来？几分钟后，树井回复：已经回来了。苏颐惊喜地坐起身眨眨眼，觉得这一天的活动内容有了方向。她撇开那张照片直接发了私微：回来了就见见我呗。见无回音，又补上一句：我想听你挨饿看星星的故事，我想听你坐在戈壁上的故事。过了片刻，获得回复：我累了，太想睡觉，明天联系你吧。苏颐：你会睡多少时间？树井：睡到醒来为止。

苏颐稍稍有点失意。几天不见，她心里冒出跟树井见面说话的冲动。树井的旅行见闻如果摆放出来，应该有长长的一溜儿，这会让闲懒的一天变得活碌一些。可他要睡觉，把一堆枯燥的时间丢给她，苏颐往后倒下身子，让脑袋撞击一下枕头，然后嘟囔了一声。她在说："好在明天也不远。"

第二天上午，苏颐果然收到树井的微信，是一个有点匆忙的通知：中午在我家集体聚餐，你过来吧。苏颐问：算是接风吗？树井：我请大家。苏颐：可以在餐馆呀，为什么在家里？树井解释：诗人们混在一起喜欢放开了玩，譬如在我家阳台朗诵诗歌。苏颐想想也对，星期天在家里玩，可以更随便一些。

苏颐洗漱过了，将自己周身简单打理一遍，然后出门启动红色小车。周日的街道有点疏松，不到半小时便到了树井租住的小区。苏颐进入大门把车停好，又怕自己来得太早，就打开CD听一会儿歌。她边听边看窗外，楼房有些旧色，车子们占领了地面各个部位。她记起之前自己在小区门口接送树井数次，却一次也未进来上楼过，好像每次都有一个匆忙离开的理由。或许进入一个男人住处逗留，需要一个恰到好处的机会。

现在，她仍未觉得恰到好处，因为跟一堆人聚饭相比，自己更愿意一个人进入树井的屋子。这个想法让她在歌声中暗自一笑，伸手闭掉开关从车里出来。

她找了一找，很快找到楼门，然后坐电梯上到九楼。一扇门微开，里边传出说笑的声音。她推门进去，见里边已有一群人，那几位认识的诗人基本都在。树井迎出来，很家常地说："来啦？"又说："屋子有点小，不过比包厢要大一些。"几天不见，树井显黑了，脸上多出一些粗糙。她不便多看树井，眼睛移开打量屋子。屋子一室一厅，厅子的确不大，一张沙发加上一张长条桌子组成主要内容。当然还有个小厨房，里边两个身影在忙碌，其中有那位容易害羞的女诗人。苏颐说："我能帮着做点儿什么？"树井说："厨房挤，你就帮着倒点水吧。"苏颐就拎着水壶给几只茶杯续水。

现在她仍叫不出这几位诗人的全名，只知道他们叫老何、小巫和坐夫什么的。诗人们似乎在谈论一个涉及情杀的电影故事，黑皮肤胖子小巫说了句什么，髯须脸矮子坐夫便反驳，戴眼镜的长脸老何随后加进来分析。一具尸体和一把手枪在他们嘴里变得扑朔迷离，仿佛一个连电影导演也想不到的阴谋正在形成。

苏颐无法参与他们的讨论，便踱到了阳台上。阳台挺清爽，没有挂晒的衣服，只有一盆未开花的君子兰。往下看，是白色的水泥地，几辆黑色轿车懒散地停着。往左边看，是几条平行的铁轨，铁轨在阳光中晃着亮光，一头扎进绿色树墙，另一头伸向前方的拐弯处。正这么闲望着，旁边一声轻咳，已多出树井的身子。树井说："这个阳台不错吧？当初我肯租下这套房子，就看上了这阳台。"苏颐说："站在同一个地方看风景，再好的风景也会看腻的，何况这里也没啥好风景。"树井说："对我来说，好的风景不一定是好山水，譬如铁轨，譬如戈壁……"苏颐说："说说你这次的戈壁吧，我想听。青海、德令哈、戈壁，这些词儿总得带出一些特别的事儿。"树井说："你还记着我发朋友圈里的那张照片吗？"苏颐点点头说："坐在戈壁滩上……怎么啦？"树井说："没见到什么异样？"苏颐想一想说："没有呀，好像就是装酷。"树井说："我的身体没有影子。在太阳底下，我的身体居然没有影子。”苏颐吃了一惊，掏出手机摁开——果然，照片中树井坐在那里，身后的地上没有影子。苏颐傻了一下，目光离开手机往旁边看，此时的地上有树井的影子。苏颐说：“你逗我吧？”树井说：“后来我又发现，我看别人时，从对方的瞳孔里看不见自己的影子。”苏颐侧过身子，盯着树井的眼睛，树井也瞧着她的眼睛。明亮的阳光中，她看见自己的脸映在对方的眼眸里，对方一眨眼，自己的脸也跟着晃动一下。她一时忘了初意，只觉得此时的对视是树井使出的一个小小阴谋。这个阴谋有点调皮也有点调情，像是分别数日后的一次亲近，她心里蠕动着，几乎要响应地伸出双手搂住对方的腰。但在这时，一列火车出现了，在轰隆隆的声响中很有气势地驶过。火车声响里，树井说：“我找不到我的影子，你的眼睛里没有我的影子。”苏颐说：“我才不信呢。”树井说：“我的影子丢了，丢在你的眼睛里，我倒也愿意。”苏颐乐了说：“树井，这也是你的死亡体验吗？还是一种抒情表达？”

屋里传来开饭的招呼，树井苏颐回到房内。一帮人在长桌前坐下。桌子上摆满了颜色不一样的肉鱼蔬菜，各种香味相互渗透。一瓶红酒被打开，伸向几只杯子；一瓶饮料也被打开，伸向另几只杯子。随后一声吆喝，一群杯子升到空中，集体碰撞一下。

大家边吃边聊。黑皮肤胖子小巫问树井：“你的八十一天倒计时差不多了吧？”髯须脸矮子坐夫抢先回答：“这事得认真，我替他攒着日子呢，今天刚好攒够了。”戴眼镜的长脸老何说：“从理论上说，今天是你的死亡日，发表一下体验结束语呗。”树井摇摇头说：“可以不着急，在死亡到来之前，一切都还是体验。”黑皮肤胖子小巫说：“体验得融入角色，一个人临死时应该紧张、恐惧或者茫然，你似乎过于冷静了。”髯须脸矮子坐夫说：“那也不一定，当死亡真的逼近时，激烈的情绪会撤退下去，宗教的想法会悄悄按摩你，让你安静下来。”戴眼镜的长脸老何呵呵笑了：“你们讲这么多，好像你们是体验人似的……得让树井说！”树井笑一笑说：“我只能说这八十一天，时间很长又很短。”容易害羞的女诗人插了一句：“我不相信八十一天是随随便便的数字。”树井说：“你的不相信是对的，我把体验死亡的终点定在今日，是为了一个简单的理由。”容易害羞的女诗人说：“什么理由？”树井说：“许多年前的今天，我从诸暨小村被送到这个城市，从此丢掉了故乡。”黑皮肤胖子小巫说：“你来的时候那么小，这个城市为什么不能成为你的故乡？”髯须脸矮子坐夫说：“你回诸暨找来找去，就没找到记忆中的东西？”树井说：“故乡其实是一种感觉，我没找到那种感觉。”戴眼镜的长脸老何说：“这句话不稀奇，但也算是一句体验结语，还有吗？”树井说：“那天晚上在德令哈，天上有许多星子，我抬着头看，旁边有个小孩也抬着头看。我就问小孩，你干吗要看星星？他瞧我一眼说，这是秘密。然后他又问，你干吗也看星星？我说，这是秘密。”容易害羞的女诗人说：“什么意思吗？”树井说：“我当时忽然有点明白，从小孩到死亡，一个人的一生其实就是一场秘密的战争。”戴眼镜的长脸老何说："这也像体验结语，我给你算上。还有吗？"髯须脸矮子坐夫说："还有该是关于女人的了——德令哈的晚上，你不关心人类，但总得想想哪位姐姐吧？"树井不言语，端起酒杯呷了一口。黑皮肤胖子小巫说："在那个边远地方，那天晚上树井应该在想：姐姐，我穿过大半个中国去体验你！"一群声音哄笑起来。

笑声回落后，诗人们认真起来，开始讨论树井以后的日子。他们的意思是，玩也玩了体验也体验了，树井接下来得找份像样的差事。戴眼镜的长脸老何说："你丢掉一份工作，肯定赚回一些诗作，算是扯平了，然后呢，然后还得回到往常的日子。"髯须脸矮子坐夫说："生活就是一个局，我们拳打脚踢一下，或者天马行空一下，然后拐过一角，又被生活绑架了。"黑皮肤胖子小巫说："很多时候，对于生活我们只能取得嘴巴上的胜利，譬如诵诗，譬如议论，譬如饮酒。"他拿起酒杯狠狠喝了一口，脸上调动出胜利者的表情。大家呵呵笑起来。树井沉默一下，扭头问苏颐："你怎么老不说话？"苏颐说："我嘴巴也没闲着……东西好吃。"树井说："我想听你说点儿什么。"苏颐想一想说："我记得你说过要吃二十顿美餐，在倒计时的时间段里。今天这是第二十顿吗？"树井说："美餐不美餐其实是相对的，譬如在青海饿上一两天，一块牦牛肉就是一顿妙食……我是说在二十顿美餐这件事上，的确有些模糊。"苏颐说："那么恋爱呢？你还说过要谈一回有味道的恋爱，谈了吗？"树井愣了一下，轻笑一声说："恋爱这件事……也是模糊。"苏颐说："其实同样模糊的还有死亡和生活，当我们老是谈论死亡和生活时，我们到底想谈论些什么？”苏颐的话似乎有点突兀，众人静了静。戴眼镜的长脸老何说：“是呀，我们说了这么多我们到底想谈些什么，其实还是模糊。”髯须脸矮子坐夫说：“既然模糊，咱们就不谈论了。”黑皮肤胖子小巫说：“既然不谈论了，咱们朗诵诗吧，朗诵比谈论好。”

黑皮肤胖子小巫第一个走向阳台。阳台双门被拉开，像个小的舞台，只是显得平视。黑皮肤胖子小巫拎过去两捆废报纸扔到地上，站上去高出地面一截。他清一清嗓子，煞有介事地说了几句开场感言，然后朗诵了一首自己的诗。由于一边朗诵一边回忆诗句，过程有点磕绊。接下来是戴眼镜的长脸老何，他比较快地进入严肃语境，背诵了里尔克的一首《豹》。在他的声音里，一只豹在铁笼内走来走去，“强韧的脚步迈着柔软的步容，步容在这极小的圈中旋转”。之后出场的是髯须脸矮子坐夫，他端着玻璃杯走到阳台踏上报纸，仿佛真的登上一个隆重的舞台。他用温柔的语调朗诵了一首爱情诗，中间情浓之时，还呷了一口红酒，似乎表示女人跟红酒一样可口。

苏颐瞟一眼树井，他明显有点走神，目光定定的像在脑子里挑拣哪一首诗。髯须脸矮子坐夫返回座位时，树井才定下主意似的抬起眼睛，取了酒杯喝一口放下，然后走到阳台站在报纸上。他没有开场白，直接朗诵自己的一首诗，题目叫《最后的知道》：

在城市的瞳孔里，

我看不见自己的身体，
仿佛乳房是记忆中的故乡，
我找不到小时候的水井。
命运和我，
相互不向对方敬礼，
把我葬在诗里吧，
就算这是一次和解。
太阳底下，
丢掉最近的影子，
那是有了新事，
我听到远方的通知。
用死来思考死亡，
不失为一种可靠的方法，
就像不愿醒来，
是为了梦想在梦中兑现。

朗诵过程中，树井的脸一直显着安定，仿佛诗句里的激动已被提前过滤掉，剩下了冷静的表达。倒是一阵风吹进阳台，将他的部分头发撩起，也让他静淡的脸有了动感。

朗诵完毕，树井没有马上走下报纸。他轻轻松一口气，眼睛望向屋子里的人，脸上浮起一丝微笑，同时身子往后挪动一下。在此一刹那，苏颐脑子里闪过一道惊恐的电光。可是显然晚了，树井的身体使劲向后仰去，以一个并不优雅的姿势跌向天空。

天空留不住内容，仍是空的。

苏颐胸腔内爆出一个声音，卡在了嗓子里。她带着这道搁浅的声音扑到阳台上往下看，在两辆黑色轿车之间，一只身影一动不动躺在白色水泥地上，像一个字写在了一张白纸上。

在几秒钟的空寂之后，苏颐终于发出了长长的尖叫。

七

树井是和一些玻璃碴子一起躺在地上的。他向后坠下去时，身子盲目而准确地砸中了一辆小车的挡风玻璃，然后甩到水泥地上。也许是冲击力太大，钢化玻璃竟溅出少许碎粒。

救护车到来时，树井手脚打开静卧着，脸色苍白，嘴角渗血，只有睫毛还在微微颤动。这微微的颤动让苏颐没有完全掉入绝望。

苏颐一脸虚汗追着救护车到了医院，候在手术室外。等在那儿的还有一群诗友和匆匆赶来的树井父母。树井母亲坐在椅子上抖着身子，不停地问："摔得重吗摔得重吗？"

差不多五个小时后，一位白大褂医生从手术室出来，用节约的口气介绍了树井伤情。随后，苏颐看到病历上的文字：脑部未受明显损伤，意识基本清晰；脊椎骨第五节与第六节、第九节与第十节之间发生脱离，神经束断裂；前胸以下躯体完全失去知觉，肌力降至零级；发声器官未见异样，但出现暂时性失声。

树井没有轻易死去，不过他的躯体和嘴巴一起，在这一天熄了火。

树井在医院待了两个月，因抵挡不住昂贵的医疗费，只好拉回父母家。其间几位诗人同伴曾计划在文学圈发起捐款或众筹，被树井拒绝。树井的拒绝方式是定定盯住他们的脸，一下一下地摇头，摇了许多次。大家只好放弃行动，自己几个凑了些钱，添到树井已不多的余钱里。树井的租住房刚好到期，也已退掉。

树井的回来让父母陷入困境。他们将客厅的茶几撤走，摆上一张床。问题是床上的儿子需要太多的照料，他们的体力已难以应付了。苏颐每天都来一下，但也无法担任服务的角色。过几日，苏颐自己掏钱从介绍所带来了一位保姆。保姆是个山村农妇，看样子能吃苦肯出力，并说自己是诸暨人。苏颐听着心里一动，便挑定了她。

保姆的到来并未让情况变得晴朗。她能够解决树井的大小便失禁、翻身擦洗等要事，但让狭小的屋子更显拥挤——她就睡在旁边沙发上。同时，她也带来了山村的不卫生习惯。没有多久，与树井有关的脏物在屋子里随处可见。更不好的是，树井的皮肤难以避免地出现了溃烂，接着又出现腐臭。苏颐每次来，都能接收到不好闻的气味。

树井父母的心情几乎崩塌。树井父亲整天一言不发。树井母亲则喜欢用碎语指责保姆，常常弄得保姆不知所措。一日，保姆接了一个方言电话，然后提出要走。这个要求来得突然，树井父母有些着慌，马上通知给苏颐。苏颐下了班赶紧过来，问保姆怎么回事。保姆说："儿子来电话催了，要我回去照顾孙子。"苏颐说："以前怎么没听说你要照顾孙子？"保姆说："儿子在外打工，现在想把孙子送回家了。"树井母亲低了声调说："你走了我们怎么办呀？"保姆没听出这话的幼稚，想一想说："我看你们也是好人，有一个办法不知行不行？你们给我工钱，再加一份饭钱，我把病人拉回去照顾。反正在这儿是照顾，回家里也是照顾。"

保姆的话让苏颐和树井父母同时发愣，但不能说话的树井有了态度，他嗓子里不断发出呼呼声响，大约是说一声："好！"显然，保姆的这个主意将树井的暗色日子捅开一个口子，射入了一点亮光。

苏颐开着车再一次将树井拉到诸暨。此时已是初秋，风景有点好。不过树井只能躺在后座上，无法打量一路上的山色和溪流。

在保姆的提示下，车子花了不少时间到达一个叫天岭村的地方。村子不大，散散落落的显得有些旧败。汽车的喇叭声招来了一些村民，他们的脸上装满了兴趣。当树井特殊的形体从车内卸下时，他们的表情转变为惊奇。他们一时不明白这辆车子为什么带回如此一位城里人。保姆也不急着解释，但她的凯旋态度让村里人相信捎回的是一件战利品。

保姆把树井安置在一间低矮的木屋里。这间木屋显然已有些年头，光线暗淡，屋角堆着杂物，房门甩来甩去的。保姆有些腼腆地说明，她家房子不太争脸，这间屋子是眼下还算拿得出手的。她说话的当儿，没注意到苏颐正认真地盯着屋顶看，那里有一张硕大的蛛网。

苏颐离开时放不了心，对保姆说："有啥事你随时打我手机。"保姆说："我每顿把他喂饱，没啥事的。"苏颐看看树井的眼睛，又用手摸一下他的脑袋，说："过些天我再来看你。"

回到杭州的苏颐照常上班，做各种无趣的杂事。但她心里是没法踏实的，忙碌中得了闲，就主动拨保姆的那只简易手机。

第一次通话，保姆告诉她，一切都好，就是昨天夜里出了点小意外。她问："什么小意外？"保姆说："他的小腿和脚趾被老鼠咬了。夜里老鼠出来找东西吃，吃到他身上了，他不知道赶。"

第二次通话，保姆说："他身上有几块腐肉，都变紫色了，不去掉会越来越大。"苏颐问："怎么个去掉？"保姆说："这事儿也不能叫别人干，我自己把刀磨快了，试着割几下，挺顺手的。他看着我的刀，也不叫痛。"

又一次，保姆在手机里说："现在最不好的是我不懂他的意思。饭够不够，菜淡了还是咸了，啥时出大便，这些他都不想让我知道……当然也不怪他，他不会说话了嘛。"苏颐说："那他平时咋样？老在睡觉吗？"保姆说："不爱睡觉，他喜欢睁着眼睛想事儿，我看他老在想事儿。"

保姆的口气每一次都挺轻松，但每一次都让她难过，并催动她脑子里的许多猜想。

为了稳住心神，白天她时不时地抽烟，她的烟瘾明显见长了。晚上回到住处，她就让自己看电视，什么七头八脑的节目都不躲，不求内容，只求看累。

有一天苏颐看一个休闲节目，电视里的人在玩一个娱乐游戏。她看着看着脑子暗去，竟睡着了。很快，一个梦来到了她的眼前：树井躺在木屋的床上，苏颐坐在旁边。屋子里挺安静，他们眼睛看着眼睛。苏颐说："你的身子被老鼠咬了还被刀子割了，知道吗？"树井眨一眨眼。苏颐说："我明白，你是说你活在两次死亡之间，肉身已经不重要了。"树井又眨一眨眼。苏颐说："我懂的，你想瞧瞧一个丢了身体的诗人到底还有怎样的思想，你在等待自己的谜底。"苏颐叹了一口气，说："可是你这样太苦了，而且这世界没一个人真正懂你，我也只是懂你一部分。"树井轻动一下嘴巴。苏颐说："你想让我离开你，对吗？这个我不会答应。"苏颐又说："我会继续赚钱给保姆，让她好好待你。既然是多余的日子，那就一直多余下去好了。"树井脸上出现了一丝笑意。苏颐也轻笑一声说："现在我知道，从咱们相遇的那一天起，我的日子和你的日子已绑在了一起。"

梦醒了。屋子里的气息有些恍惚。

苏颐愣一会儿，感到口渴，便起身去桌子边倒了一杯开水。开水有点烫，她就站在那里，端着杯子静静地等。寂寞中，她突然想：刚才，我看见了他的笑，百分之一浓度的笑。

两 个 人 的 电 影

一

我是个平淡的人，周围的人都这么认为。记得儿子刚上高中时在作文里说过这样的话：跟许多过气的人一样，爸爸对日子没有狼子野心，每天所干的都是对昨天的重复，他身上几乎没有故事。时间过得快，现在离儿子说这句话已经有不少年头了。我知道，儿子可能忘了自己的话，但他对我的看法没啥改变。

如今，儿子已到了拎着野心到处晃荡的年龄，而我不仅过气，还一天天往老里走了。有时静下心来想一想，自己这大半辈子的确过得粗糙，既没有攒下可以说得出口的产业，也没能把自己的身份弄得有派头一些。我的所有经历往履历表上一放，只能变成简单的两行，一行是小学教师，一行是报亭店主。小学教师是五十岁以前干的事，到了五十岁，我已拿不出精力去对付一教室的孩子，就提前退了休。我找了份不费心思的活儿，卖起了报纸和杂志。我整天安静地坐在一间小屋子里，看着周围摆着的报纸杂志被别人一份一份取走。我觉得，过去教书也好，眼下守着报亭也好，都算是跟书本文字打着交道。因为这个，我好歹给自己拣回一点安慰。

不过，再没出息的人也是攒着年头的，有了年头就有了历史。用书上的一句话说：每个人的心中都收藏着一部自己的历史。有时我坐在报亭里，看着某个路人平静地买走一份报纸或者一份杂志，正常得什么事儿也没有。可我偏偏想，别看这个人一声不吭，也许心里装着许多事呢，只是不说出来而已。

现在我攒了一大把的年头，不需要一声不吭了，我愿意把有些话说出来。这些话不是说给儿子或者别的什么人，而是掏给自己听的。我挺乐意对自己说：老昆生呀，你知道你并不像儿子说的那样，身上找不到一点儿故事的。我还乐意对自己说：老昆生呀，你的事一截一截地接起来，得往前伸出去很远呢。

我的意思是，我的事儿不大，可也够自己跟自己说上一阵子的。

我想了想，得从三十六年前说起。三十六年前，我拿着二十二岁的年龄，生活在一个叫昆城的镇子里。镇子不小也不大，往街上一走，很难遇到什么稀奇事儿，容易遇到的倒是一些不认识的熟脸。那时候我在镇子上的一所小学做代课老师，教孩子们认字儿。每天上午，我得在上课铃声响起之前赶到学校。到了下午，我的脚步会闲下来，松着身子慢慢回家。

我家住在镇子西门外的一个院子里。院子上了点年纪，搁着一堆还算干净的木瓦房，住了十多户人家。因为近着郊区，住在院子里的人物就比较杂，拎开我不算，有做工的，有干农活的，还有当兵的，拿当时好听的话说，工农兵全齐了。

当兵的是大奎。大奎曾是院子里令人头疼的小子，喜欢到处串门蹭东西吃，还喜欢梗着脖子骂人。他初中毕业晃了两年，因为捏着贫农的成分，被送到了部队上。以后遇着过年什么的，都会有人上门跟大奎他爸妈握手，再把光荣之家的红纸贴在木门上方。这样过了好几年，突然传来消息说，大奎踩到大运了，提干当了排长。排长显然是个了不起的角色，《奇袭白虎团》里的严伟才是排长，《智取威虎山》里的杨子荣也是排长，他们背着驳壳枪，脑袋里尽是智慧。大奎的智慧全扒拉出来，可能还不够他们的零头，但拿别的一比，大奎却多了一样东西，那便是女人。杨子荣、严伟才到电影结束还没娶上媳妇，大奎在一年半前便拿着假条回家迎了亲。

大奎结婚那天是个星期日，院子里摆满了宴桌，大人小孩发出的各种声音停不下来。中午时分，一群姑娘伴着新娘过来了，院子门口响起鞭炮，又燃起一堆稻草。按着习俗，新娘从稻火上跨过，算是踏进了红火的日子。然后新娘往空中撒了两把糖果花生，那些糖果花生落下来，引得孩子们在地上扑来扑去，闹成一团。在新娘就要走进新房时，她的衣角被一个小孩紧紧攥住了。那小孩挺小，没抢到地上的吃物比较苦恼。新娘回过脸轻轻笑一下，再次往空中扬了一把，又弯了身子把两颗糖果塞到那小孩手里。

我得承认，新娘的回脸一笑让我心里多跳了几下。这是我第一次见到若梅。很多年过去，每回我去想若梅时，第一个抢着跳出的总是这个镜头。那天她穿着粉红色的袄衣，脸上也是粉红色的。就在这粉红色中，她咧嘴轻轻乐了一下。

结过婚，大奎在家没待几天，又回了部队。新娘新郎有啥话没说够，只能在信纸上说了。接下来的日子，若梅除了学着如何跟公公婆婆相处外，常做的一件要紧事儿便是琢磨写信。看得出来，若梅是个念过几年书还喜欢讲究的人，她很想把信写好，或者说，她很想把日常话儿变成好听的词句放到信纸上。这样一来，隔上几天若梅就会走到我跟前，拿一些疑难的词儿来问我。

若梅看中我，不是因为我有啥学问。我的学问全掏出来赶在一起，也就是一小堆儿。我跟别人不同的是，我有一张纸物，就是镇图书馆的借书证。过个十天半月，我会从图书馆借回两本书来看。我说的书是小说，《金光大道》《大刀记》《矿山风云》什么的。那会儿我家人丁多，屋子不够用，我的睡床被升到了楼阁上。楼阁虽有一只小窗户，但不是宽敞地方，待久了会觉得憋，所以只要不是大冷天，得了空儿我喜欢拎一把竹椅坐到院子的砖墙旁看书。我看书的样子不光进入邻居们的眼睛，有时也会进入他们的嘴里。邻居们说，你瞧瞧，外头那么乱，咱这院子还是好的。邻居们又说，毕竟是当老师的，总还知道读书的好处。

现在，新邻居若梅用着了我。好些次我刚在竹椅上捧起书，她就轻着脚步走过来，把脑子里恍惚的词儿拣出来问我怎么写，譬如说

“尴尬”啦、春意盎然的“盎”呀、吃二遍苦受二茬罪的“茬”啦。我也没有谦虚，合上书本，把封面当作黑板，用手指在上面划来划去。开始时若梅还有些不好意思，问了几回，慢慢就随便了。随便了以后，她问的词儿似乎浪漫起来，譬如“邂逅”“憧憬”什么的，有时还会要去一句毛主席的语录。

说实在的，我喜欢若梅的出现，喜欢她站在我的跟前看我写字儿。当我手指准备在书本上走动时，若梅的脑袋会近过来，脸上沾着认真。待我一撇一捺写明白了，她就发出“噢”的一声，然后给我一个表扬的目光。有时我写完一个词儿，顺便送出一句解释，那解释要是幼稚或者有趣，若梅会开心地“咯咯”笑起来。在笑声中，我能闻到她身上跑出来的淡淡香气。这香气不仅让我鼻子受用，也让我心里快活。

又过些日子，若梅向我提出借本书看。若梅是另一个镇子上的人，嫁过来后暂时没地方上班，平常除了做家务、织毛衣，就是半个月写一封信，一个月去邮局领一笔大奎寄回来的汇款。这样一算，她空余的时间还是不少。我反正每回借两本书，一本看着另一本就闲着。我把闲着的那本匀给若梅，不过定了归还的时间。两天后，若梅按时把书还给我，说看了一小半，不好看。那是一本《向阳院的故事》，的确不好看。

我对自己有些不满意。那时候我的楼阁上除了一张床，还有一只小木箱。木箱里躲着几本私家书，一般不肯也不能出去见人的。我想了一想，又想了一想，决定这回破个例。第二天，我拿出一本《林海雪原》借给了若梅。我想大奎是部队里的人，《林海雪原》讲的是部队里的事，若梅应该不会说不好看的。只是这本书比较宝贝，离开了自己，我心里不太踏实。

几天后的傍晚，我坐在竹椅上一边翻书，一边在心里猜想若梅会不会过来还书。这时若梅的家突然热闹了起来，那门里先出来一团声音，再出来一团人——原来是大奎他爸和大奎他妈一边叫骂着一边扭打在了一起。大奎他爸虽出身贫农，个子却比较小，平常受大奎他妈管理。有时大奎他爸喝了点酒，就不服管理。不服管理便容易拌嘴，拌嘴多了，免不了也会打个架摔点东西。若梅有一次跟我提起过公公婆婆，意思是他们人还不错，就是力气太多了没地方用。

现在大奎他爸又把多出的力气用来捶打大奎他妈的身体，大奎他妈也不甘示弱，拿两只手揪住大奎他爸的头发。若梅站在旁边使劲拉扯，哪里拉扯得动。吵闹声引来了好几位邻居，我也赶紧凑上去，大家用一用劲，分开了俩人。不想大奎他爸一见这么多邻居，觉得不应该马上歇下来，又往前蹿了几次，同时把拳头胡乱送出去。当时我正站在大奎他妈跟前，突然脸上一热，已挨了一拳。我用手摸一摸鼻子，摸到一巴掌的血。我这个人有点怕血，见手掌全湿了，身子一矮，软到了地上。周围的邻居一下子愣住，大奎他爸大奎他妈也傻了。若梅先反应过来，急忙蹲下身抱住我的脑袋，用手一下一下拍打我的额头。接着有人取了水来，用嘴吸一口喷到我脸上。我流的只是鼻血，被水一惊，很快止住了。

这天晚上，我躺在楼阁的小床上，鼻子里塞着一块棉花，脑子里却使劲去回想若梅抱住我脑袋的情景。要知道，她是把我的脑袋抱在她胸前呀，就是说，我的脑袋是靠在她身体最突出、最柔软的地方呀。此时我觉得，自己全身最幸运的地方便是后脑勺了。我闭上眼睛，在回想中一点点还原后脑勺和那胸部接触的感觉，那感觉慢慢由虚到实，变成了电影里的近镜头。在近镜头里，后脑勺贴着的是一件碎花衬衣，衬衣里边是一件背心，背心里边是雪白的乳房。这么想着，我身子抖一下，鼻息变粗了。又因为一只鼻子堵着棉花，我不得不张开了嘴巴。

我的脑子停不下来，东拐西弯又想到了《林海雪原》。《林海雪原》里人物不少，但最重要的是少剑波、杨子荣和白茹三个人。如果把这三个人搁在眼下日子里做个落实，不用说，若梅最靠着白茹；大奎跟杨子荣不像，可因为都是排长，可以沾点边；至于少剑波嘛是团参谋长，自己够不着，可我现在愿意把他安在自己身上。一想到若梅是白茹，自己是少剑波，我的鼻息又粗了。

那个晚上，我伴着楼阁里那只昏黄的电灯，乱乱地想了很多。

第二天起床，我突然有点害怕见到若梅了。我担心对着若梅时，自己说话做不到镇定。说话一不镇定，心里藏着的不好念头便容易被瞧出来。接下来的几天，我不再拎着竹椅到院子里看书。进出院子遇着若梅时，也只是潦草地打个招呼。我为自己的匆忙样子做了个借口——马上期末考试了，当老师的当然不能闲着。

又过几日，期末考试结束，学校放了假。刚放假的日子，最躲不过的是热天气。每天吃过晚饭，最有耐性的人在屋子里也待不住，于是院子里乘凉的木凳竹椅多了起来，大家一边晃着蒲扇一边闲话。有人还搬出竹床，躺在上面跷着腿听收音机。收音机的主人喜欢听样板戏，尤其喜欢听李铁梅，所以调出的唱词经常是《我家的表叔数不清》《打不尽豺狼决不下战场》什么的。我对样板戏沾不住兴趣，但我愿意坐在那儿摆出爱听的样子，其实是让耳朵替眼睛打掩护。就是说，我耳朵听的是铁梅，眼睛瞧的是若梅。这时的若梅一般坐在自己家门口，因为没有灯光，她的脸面并不清晰，但我能觉出她的动作和她的神情。她的动作是不停地织着毛衣，她的神情则闲闲的，像是安静中又有些懒散。

当然，日子不会老这么淡着，有时会插进来一点事儿。一天晚上，我照常来到院子里坐下，眼睛里却少了好几个人，若梅也迟迟不肯出现。拐着弯儿一打听，原来邻近的一个村子今晚放电影，若梅伴着两个邻居女人一块儿去看了。那时候近郊一些村子的晒谷场时常放露天电影，但放来放去都是那几部打仗的老片子，算不上稀奇。我心里奇怪一下，问什么电影，有人说是朝鲜电影《卖花姑娘》。《卖花姑娘》我听说过，知道是哭哭啼啼的电影，挺适合女人看的，怪不得若梅肯去钻黑夜凑这份热闹。我坐在那儿想稳住自己，没有稳住。我起身回屋拿上手电筒，出了院子往放电影的村子奔去。村子不算远，也不怕找不着，因为路上遇到不少赶电影的男女，他们中的一些人肩上还扛着凳子。到了那村子的晒谷场，电影还没放，一只灯泡亮着，满满一场子人一边喧闹着一边听一个人大声说话。那个人在说明为啥放这场电影，还讲了阶级斗争一抓就灵什么的。我提一口气，使劲往人堆里挤，同时让眼睛跑来跑去想捉住若梅的脸。但场子里的脸太多了，若梅的脸搁在里头，就像一本书塞到图书室的哪个书架上，一时不容易找到。这时那讲话的人把话刹住，电影开始了。

我站在人群中静了心看银幕上的故事。故事里的歌声很好听，可卖花姑娘花妮太苦了，她妈妈生着病在地主家做工，妹妹被地主家的药汤烫瞎了，哥哥也让警察抓去蹲了牢狱。当妹妹抚着烫伤的眼睛大哭时，我的身边响起一些抽泣声。接着哥哥被警察带走，花妮和妹妹跑过去扑到哥哥身上，我周围的哭泣声更多了。正伤心着，我脸上凉了一下，用手一摸，摸到一滴水。我以为自己也哭了，刚悄悄擦去，脸上又凉了几下，这才知道是下雨了。雨滴先是疏的，一粒一粒散着下。人群里一阵晃动，但还能扎住。再过一会儿，雨忽地变猛了，带着“唰唰”的声响，下得又密又冲。

其实那只是夏天的浪雨，下一阵便会收住。往日一般在傍晚时下，这天拖后了。再说大热天里浇浇雨水也没啥关系，起码还能赚个凉快。但人呀养着一习惯，遇上雨就想躲。有人发一声喊，场子便炸了营，所有的人都跑动起来，都不想让雨打着。可晒谷场周边是空旷的稻田，哪有躲雨的地方。场面一下子大乱，有人往回去的路上奔，有人跑向远处的一棵树，还有人在田埂上乱窜。

我就是在这时候担心起若梅的。我怕她迷路怕她跌跤怕她一不留神跑进稻田，我冲到场子中间，用电筒的光柱朝四周溃散的人群画了几下，然后大喊一声“若梅”，觉得不够，又连着喊了两声“若梅若梅”。但混乱中我的声音没有劲，飘出去几米便被雨水打趴在地上了。我没了办法，只好傻乎乎地站在那儿，站了好一会儿。

那天晚上湿着身子回到家，我冲个澡就上了楼阁。睡过一夜我弹开眼睛，竟觉得昨晚的情形有些虚。站在雨中大声喊叫一个女人的名字，这对我来说真的有点不真实。这种不真实又让我相信，至少若梅不会知道这事儿。

这样忐忑着到了下午，我挑着两只木桶去院子后面的水井，却见若梅蹲在井台上洗衣裳。我没吱声，把水打满了准备把扁担放在肩上。若梅叫住我，让我帮她打桶水，我只好把木桶里的水倒进若梅的木盆里。若梅翘起头看着我说：“昨晚去看电影啦？”我点点头。若梅说：“我也去看了，看不到一半天就下雨了。”我又点点头。若梅说：“你说卖花姑娘后来会怎么样？老那么苦着？”我摇摇头，表示不知道。若梅见我不怎么接话，就收回脑袋开始搓衣裳，搓了几下突然说：“昨天下雨的时候，我听到有人喊我的名字。”我慌一下，脸上的肉一阵挪动。若梅顾自说：“也许不是喊我，我听错了。雨那么大，谁这么傻站在那儿练嗓子呀。”若梅还说了几句什么，我乱乱的没听进去。好在这时又来了一位挑水的人，把若梅的话止住了。

接下来的两天，我使劲让自己的心静着，但静着的时候，我仍有一个预感，好像要出点什么事儿。这天傍晚，我喝过一碗稀粥，便坐到院子砖墙旁看书。这时若梅从屋里出来，一步步走到我跟前，递给我一样东西，是《林海雪原》。我收了书，没有吱声。若梅也不说话，却指了指书。我翻开《林海雪原》，见里面夹着一张纸条。我大了眼睛，看上面的一行字：我想去一个远的地方看电影，你肯陪姐去吗？

我身子一热，觉得脸上渗出了一层汗。我合上书本，在封面划了两个字：哪里？若梅弯下身子，用手指写道：温州城。我又写：啥时？她写：明天。我刚要点头，她在我耳朵边悄声说了一句："我打听过了，那里的电影院在放《卖花姑娘》。"

二

很多个年头过去，我仍要说一句话，若梅那天向我掏出的是个勇敢的主意。那时候一个女人出远门去看一场电影本来就不平常，而让一个不是丈夫的小伙子陪着去显然是件危险的事儿。

当天夜里，我躺在楼阁上又睡不好觉了。我远远近近地想，想明白了一点，若梅去看电影不光是为了看电影，她还乐意跟我待一块儿说说话。从这一点想开来，我又肯定了两点，一是我平日里藏着的心思若梅早就瞧出来了，二是她跟家里的那位排长找不着话。这后一点我心里早有些明白。大奎如果脱掉军装，其实是个粗心又粗俗的人，身上没有太多若梅喜欢的东西。结婚一年半中，大奎回来探亲过一次，若梅似乎也没显出特别的高兴。对平常的通信，若梅的兴致也渐渐地淡下去。有一次她跟我说，自己花心思写了很长的文字，大奎寄回来的却是没香没味的几句话。我心想这不是大奎不肯说好话，而是肚子里缺着墨水，但这层意思我没说出来。

那晚在楼阁上我还一遍遍翻开《林海雪原》，看那张只有一行字的纸条。我一个字一个字看过去，又一个字一个字看回来。后来我注意到“姐”字。那年若梅二十四岁，大我两岁，不过平时她在我跟前从不自称姐的。我想，她在纸条上用了这个字，是想事先定下姐弟的关系，这样能让两个人心里都轻松些。

依着约定，第二天我起个早一个人先出院子，直奔北门轮船码头。那时候昆城通向外界有汽车和轮船，坐轮船比坐汽车省钱，但花时间。从镇子到温州城，得先坐两个小时的河船，下船后乘江轮渡过一条江，再换一条河船坐三个小时，也就是说，从早饭的时间出发，到城里得是下午了。

我上了船等着，不一会儿船舱里的人多起来。人一多，声音也跟着多了。大家好像都在动嘴巴，一些人讲着话，一些人吃着东西，一些人吐着烟圈，还有一个小孩在哇哇大哭。嘈杂声中，我看到若梅走进来坐在船舱的那一头。今天她穿着白色短袖衬衫和碎花裙子，显得挺素静。我知道我不能走过去跟她坐在一起。一堆人装在船舱里，免不了有眼熟的脸，我们不能不小心些。

船开动了，船舱里慢慢静下来。一个戴着墨镜的瞎子词师敲一通琴鼓，拉开嗓子唱起鼓词。他在唱一个明朝故事，故事里有男女情爱。唱到调皮处，瞎子的声音里透出一些快乐。我远远望一眼若梅，发现她正扭头看着窗外，样子挺安定。我转过身，也开始靠在船窗边看河岸。河岸上有树，有刚插上禾苗的稻田，还有挑着担子或拎着篮子的人。他们的身子慢慢向后退去，越退越远，越退越小。我心里有了逃奔成功似的轻快。

那一刻我哪里知道，自己的轻快是不可靠的。我离镇子越来越远，可离灾难却越来越近了。

到达温州城已是下午两点多，这是个阳光挺猛的时辰，街上的人却不少，自行车的铃声和三轮车的喇叭声响成一片。我和若梅一路上一同上船又下船，下船又上船，不敢挨在一起。现在往陌生又热闹的地方一钻，才凑在了一块儿。我们先进一间饮食店吃阳春面，吃完了顺便向服务员问电影院。服务员说前边就有一家，叫五马电影院。走过去一瞧，那电影院挺气派，一块很大的宣传画躺在墙上，正是《卖花姑娘》。不好的是买票的队伍特别长，像草绳一样扭摆出去。我们站在队伍里一点点往前挪，挪了大半个小时才挨近售票窗口。买了票一看，两张中竟搭着一张站票，时间是晚上六时整。

此时离晚上看电影还差着一截时间。说实话，我对温州城一点儿不熟，小时候跟大人来过一次，早忘没了。现在既然拿着时间，就想到街上逛逛，只是太阳烤人，又怕被什么熟人撞见，一时有些茫然。若梅以前也只来过一次，不过挨得近，对城里还存着记忆。她使劲想一想，想到了一个去处，说："咱们去中山公园吧。"

我们拦下一辆三轮车，说好价钱坐了上去。三轮车的座位比较窄，两只身子放进去便贴在了一起。先前吃面条、走路、排队买票，似乎都在忙碌之中，不觉得有什么。现在静着身子靠在一块儿，我手脚便有些硬，心里压不住地多跳了许多下。好在三轮车夫比较有趣，嘴里吹着口哨，又不时按下怪叫似的喇叭，分走了我和若梅的注意力。

到了中山公园，我们走一圈，看到一些树木、游船和长椅。长椅都不空着，有的坐着人，有的躺着呼呼酣睡的汉子。当然，空气中还少不了蝉叫声和卖冰棍的吆喝声。吆喝声提醒了我们的口渴，我们买了冰棍，一边吃着一边去爬公园里的小山。小山真是小，沿着石阶走上去，冰棍还没吃尽，已到了山脖子。正要歇一下脚，忽然听到一声招呼，扭头去看，见树荫里坐着一位戴墨镜的瞎子，模样跟轮船上的瞎子词师差不多。我们走近了一瞧，瞎子并非瞎子，墨镜里面有一双打量别人的眼睛，原来是算命先生。那年头到处踢开迷信，街面上已见不着算命先生，想不到这里倒躲着一位。算命先生说："你们两位，嘿嘿，撞见我是缘分也是福分。"未等我们开口，算命先生又说："你们两位很快会遇着一件难事，若信，坐下来听，若不信，请随便。"不用说，这是算命先生并不高明的开场白，若梅拽一下我的衣角，我们俩撤回石阶继续往上爬。爬了一截，便瞧见山顶的一个亭子。

我们在亭子里坐下。从这里望下去，能看见城里一片接着一片的房子，一眼都到不了边。西落的阳光变得有些黄，铺在所有的房子上面。我心里豪迈起来，很想做点儿什么，譬如将若梅的手抓在自己手里。正走着神儿，听见若梅讲了句什么。我没听明白，拿追问的眼睛看若梅。若梅说："我是觉得，那算命先生说的其实没错，咱们接下来马上会遇着一件困难的事。"我说："什么困难的事？"若梅说："睡觉的地方。咱们不一定能找到睡觉的地方。"我赶紧从豪迈中出来，慌一慌脸说："咱们住旅馆，开……开两间房。"若梅扭捏一下说："我说的不是这个，我是说咱们没有介绍信，只怕不让住呢。"若梅这么一提，我才记起衣兜里确实少了介绍信，事先没有想到哩。即使想到了，因学校放了假，一时也开不出来。我想一想说："咱们就说介绍信丢了。丢钱是常事，介绍信为什么就不能丢？"若梅说："如果我是服务员，我才不信呢。"我说："那咱们多给点钱，钱是纸，介绍信也是纸，没准儿能顶上的。"若梅说："这话只有不出门的人才说得出来，幼稚呢。"我说："我就不信，人家卖花姑娘那么苦都能挺过去，咱们有钱还找不到办法。"这话把若梅说乐了。她点点头说："大不了睡澡堂，我知道澡堂不用介绍信的。"

时间差不多了，我们出了公园去看电影。那电影厅挺好，不仅干净，屋顶还挂下来许多吊扇，吹得满场子都是风。不好的是我们，只有一张票有座位。我让若梅坐了座位，自己站在旁边的走道上。过了一会儿，我才知道自己用不着沮丧的，因为卖出去的站票真是不少，站着的人差不多把两旁走道占满了。

灯光暗下来，电影开始了。随着银幕上苦难的展开，周围响起一些抽泣声，有人还用手帕使劲擤鼻子。看来这部电影在哪儿都是招人泪水的，只不过不包括眼下的我。我看过电影的前半部分，注意力就有些散。我的目光时不时从银幕上挪开，跑到若梅的座位上。淡光中若梅的脸一会儿暗一会儿亮，亮着时能依稀看见她专注盯着前方的样子。有那么一刻，我脑子里长出一个想法——走过去将她旁边的人一把拎开，让自己坐进去，然后悄悄捏住她的手直到把电影看完。这想法让我高兴又不高兴。我不高兴是因为这想法虽像电影里的镜头，却只能在脑子里放映。

电影快过去一半，我松闲的脑子才慢慢收拢，银幕上开始出现我还未看过的情节。就在这时，座位上站起一只身子走出来，近了一看是若梅。我以为她上厕所，刚要让身，却被她拽一下衣服，说："你去坐。"我悟过来，摇摇头表示不用。若梅说："你得去坐。"我还想摇头，旁边有人不满地嘟囔了一句。我只好横着身子走过一排大腿，坐到若梅刚才的座位上。

坐下后我马上觉得，这不是我喜欢的情形。我怎么能自己坐着而让若梅站着。即使若梅为了我愿意站着，那我也应该走过去待在她的身边。两个人站在一起看电影，比一个人坐着一个人站着要好许多。这么想着，我真的让自己离开座位，重新走过一排大腿来到若梅跟前。若梅在暗色中奇怪地瞧着我。我没吭声，迈一步站在她的身后。若梅明白了，也不吭声。过一会儿，她一只手往后伸过来，攥住了我的手。

这是我和若梅第一次拉手。先前我好些次在脑子里握过她的手，但只有现在这一次才是真的。我还知道，她的手一旦到了我手里，我会久久不放的。

那天晚上，我和若梅握着手看完了电影。

电影散场后，我们赶紧去找旅馆，还准备了要两个房间的话。我们先走进一家有点派头的国营旅馆，那服务员一听没有介绍信，脸立即懒了，像一块用了很久的手帕。第二家旅馆显得老旧，服务员的态度倒不错，笑眯眯地跟我们聊了几句，又笑眯眯地拒绝了我们。到了第三家旅馆，我们抢先说介绍信丢了，那服务员便怀疑着脸，问没有介绍信有结婚证吗？介绍信丢了结婚证也丢了吗？两句问话便让我们紧着身子逃出了门。

接着我们去找澡堂。澡堂也是要介绍信的，只是似乎可以商量。商量了一会儿，服务员勉强同意了，让我们每人领一张草席去睡觉的地方。所谓睡觉的地方便是歇了夜的洗澡堂子，一片水泥地上铺着两长溜儿草席，草席上坐着或躺着一批赤裸上身的男人。见我们进来，许多目光扑过来，落在若梅身上。一个穿着裤衩的矮胖男子大约刚方便回来，一边提着裤子一边扭过头瞪着若梅看。若梅愣了几秒钟，给我一个眼色，我们转身走了出去。

我们到了街上，茫然着不知该往哪儿走。若梅突然说：“要不咱们去中山公园吧，那儿的长椅可以睡人。”我愣一下，马上觉得这是个不错的主意，至少比睡澡堂子好。我说：“其实公园小山上的亭子也挺好，能睡觉还能看城里的灯光。”若梅就笑了：“你这时候还想着掏些诗意。”我说：“掏什么诗意呀，我琢磨着公园晚上到点儿肯定清人，待在山上就能躲过去了。”又说：“只是山上那么黑，怕你害怕呢。”若梅说：“不怕，在澡堂一堆男人中躺着才慌心哩。”

定了主意，我们急忙往公园方向走。到了公园门口买票，售票窗口里的女人提示说，再过半个多小时就关门了。她的话让我们加快了动作。我们走进公园按白天的记忆靠近小山，找着石阶往上爬。夜色暗淡着，但石阶仍是清晰的，爬了一刻钟便抵达山顶的亭子。

这时看看亭子还真是不错，围成一圈的木椅是有背靠的，躺下会觉着踏实。山上蚊子自然不少，但被风一吹，在我们身上应该停不住的。我们松了心，站在那儿看城里的夜色。白天一片片的房子现在变成了散乱的点点灯光，灯光里躲着看不见的内容，造出混沌的安静。这种安静到了天上，就显了干净，一眼望去，都是水洗过似的星星，还有半只月亮。我心里软软的，又跳跳的，像有什么东西要溢出胸口。轻轻看若梅，在暗色中没一点儿声响。我走到她身后，双臂一绕箍住了她。

若梅静着，一动不动。这不动不是空白，而是一种准备，准备着拒绝或者接受。我鼻子不够用了，从嘴里跑出一股股热气，喷到她的脖子上。若梅猛地一转身，双手扒住我的肩膀，用嘴堵了我的嘴。我的身体抖一下稳住。我的舌头一阵没头没脑的忙碌，忙碌中只觉得嘴里的热气出不去了，灌回到了身体内。我的双手开始迷了路似的到处乱窜，从她的后背到她的腰部再到她的胸前。她的胸前虽然柔软，但隔着一层衬衫，这让我双手傻傻的不知所措。很快我的双手醒悟了，解开一只纽扣，再解开一只纽扣，怯怯地按住她的双乳。若梅轻哼一声，身子硬住，硬了几秒钟，身子软了，后退一步跌坐在木椅上。我被她的身体一带，双手脱离乳房，跪在了地上。

现在，我的脑袋停在她的前面，离她的胸部很近。她分开的衬衫回去一些，只露出半只圆溜溜的乳房。半只圆溜溜的乳房颤颤地起伏着，像是要从衣服里挣出来。我双手一捋，让她的衬衫从肩膀两旁滑下，两只乳房跑了出来。我的嘴巴愣了愣，像是在两只乳房之间犹豫一下，然后扑住了左边的那只。若梅身子向前一弓，双手抱紧了我的脑袋。很快我感觉到了她身子的扭动，她的手将我的嘴巴向右边的乳房推去，在那儿停留片刻，又缓缓向下推去。我的嘴巴经过她扁平的肚子，到达了腹部。虽说隔着裙子，但我能闻到湿润的青草气味。我被那特别的气味差不多弄晕了，就闭上了眼睛。眼睛一闭上，若梅的喘息声明显响了，急急乱乱的，还带点儿颤动。

突然，若梅惊叫一声，喘息声停住。

我奇怪一下，睁开眼睛往上看。我瞧见若梅双臂使劲护住胸部，几团光柱同时在她的脸上晃动。我的眼睛一下子变大，猛地掉过身子，见亭子外站着三四个人，他们的手里都拿着手电筒。

三

人是有命的，以前不信，现在我信。

许多年以后，我仍会记起公园小山上那位算命先生说的话。他挺直接，说我们很快会遇着一件难事。当时我和若梅都以为难事的“难”是指“困难”，不久才明白说的是“灾难”。那是个看上去有些窘迫的男人，眼睛躲在墨镜后面，不像是一位智者。但事后想想，他说得挺有准头。

遇着灾难的日子从此成了我一生中最特别的日子。把那个日子放在日历上，是一九七五年七月三十日。

七月三十日后的一些天，我们被许多人问来问去。先是堵住我们的公园查夜队，他们胳膊上箍着写有“纠察”的红袖套。他们问了一些话后，把我和若梅分别留在两间小屋子里。这样我们总算有了免费休息的地方，只是那一夜我们不敢好好合眼，连瞌睡都打得零零碎碎的。第二天，他们将我们俩转交了民兵指挥部。那些民兵胳膊上有红袖套，身上又背着手枪或者步枪。背着枪的人总是神气些，不光问我的话，还动不动朝我拍桌子。又过两天，镇子上来了一辆吉普车和两位穿公安制服的人。他们跟我说一会儿话后，就让我和若梅一块儿坐车回去。我们来时坐轮船，回去搭车子还不花钱，这是事先没想到的。

回到昆城后，我和若梅便分开了。我直接进了拘留所，在一间黑乎乎的房子待了不少天，其间好几次被叫出去问话，时不时的还能领到耳光。挨耳光不算什么，我只是担心若梅，怕她也被打了脸。不过还好，不久我知道若梅早回去了，在家待着。她是军属，在这件事里是受害人。不久我又知道大奎回来了。他让公安的人捎话给我，说我不是个东西，还说恨我。

天气转凉的时候，事情落了实，我拿到破坏军婚罪，得了三年徒刑。同时得到的是一次免费理发的机会，我的脑袋变成了发亮的光头。

很快，我被绑了胳膊去参加公判大会，地点就在人民广场。人民广场是昆城的热闹地方，平常镇上的人傍晚吃过饭到街上溜达，最容易去的便是人民广场，在那儿可以看篮球比赛可以散步扯闲话，如果遇上打架斗狠的，也能顺便瞧上一眼。当然，那地方因为能装很多人，比较适合开庆祝大会或者公判大会。我好几次参加过那样的大会，站在人堆里伸着脖子看主席台上的风景。

现在，轮到我站到台上被别人看风景了。不用猜也知道，观看我的少说也会有几千双眼睛。想到这一点我心里特别紧张，止也止不住。出发的那天早上，我吃下半份饭，却觉得肚子干燥、嗓子发紧，只好不停地讨水喝，惹得押送我的公安挺不高兴。公安说："人家马上吃枪子了都不知道怕，你捞了三年就吓成这样。"

我这才知道自己是陪衬，给枪毙的人凑一份热闹。到了人民广场往台上一站，我收起慌乱，慢慢稳住了神儿。我想反正跟我一样绑着胳膊挂着牌子的人有一长溜儿，我站在旁边也就是一配角。再说台下虽然有那么多的脑袋和眼睛，只要我不抬头看他们，他们就捉不住我的脸。人呀就是这样，不堪的事未来之前，容易魂不守舍，真扎进糟糕的场面，心里反而会放实，因为这时知道眼前已是最差，再坏不到哪儿去了。当然，我这么说不是指自己做到了平静——惊慌虽丢开了，换上的是伤心。我站在那儿，低头瞧着胸前牌子上自己的名字和罪名，心里是一阵阵的难过。我知道，台下黑压压的看客中，一准有我的同学同事，还可能有我的学生。他们此刻站在人群里，最兴奋的事就是一边指着远处挂下脑袋的我，一边惊喜地向旁边的同伴说，瞧见了吧，那个人我认识。

在我这么乱着脑子的时候，尿意出现了。我开始还有点傻，心想自己不紧张了怎么还来尿意，再一想才明白早上喝多了水。我心里马上有了着急，因为此时大会才起个头呢。为了分散注意力，我劝自己去想别的事情。一想别的事情我就想到了若梅，我不知道她现在怎么样了，但我知道她的日子也不会好过，因为她得应付邻居们的目光，更要应付大奎的恼怒甚至拳头。当然我还想到了父母，他们不光伤了心丢了脸，心里一定还揣着不明白。他们不明白儿子当着小学老师，又天天坐在那儿看书读字，怎么会做下这么出格的事儿。这么想了一圈，我的思维又不得不回到自己身体上，因为这时腹部的压迫明显加剧了。

主席台上的麦克风还在发出严正高昂的声音。声音数落着我们这一拨人的罪行，说完一个接着说下一个。我们的罪行实在是太多了，多得像膀胱里的尿水。我抬了抬头，想对旁边的公安说点什么。但显然我太愚蠢了，公安立即将我的脑袋压了下去。

我的额头慢慢渗出一层细汗，接着我的嘴巴慢慢往旁边扭动。我知道，我这是在跟自己的膀胱做斗争。斗争了一会儿，又斗争了一会儿，麦克风里的声音终于告一段落，随后响起的是占领整个广场的集体口号声。口号声中，我身子一松，一股温热的水流从裆部出发，淌过大腿和小腿，去了地上。

我的倒霉才刚刚开始。几天后，我被一辆囚车送到两百公里以外的一座监狱。住进号子的第一天，我便掉了一颗牙齿。收拾我的是一位鼻子很大、满脸胡子的男人。他见我一进来就默坐在墙角，有点不高兴。他和几个随伴凑到我跟前，踢踢脚让我起来，我那会儿刚坐了长途车，身子和心情都挺累，不愿意搭理人。大胡子男人就笑了，一把将我拎起来。我还没反应过来，已被升到空中转一圈，然后像一只破袋子飞到了地上。我甩一下脑袋醒醒神儿，发现地上多了一颗带血的牙齿。我想这颗牙齿是我的，就伸手去抓，还没抓到，已被大胡子男人捡在手里。他捏着牙齿细看一下，又拿到鼻子跟前闻了闻，然后一甩手扔到屋子铁栏外的走道上。接下来的时间，我傻乎乎地坐在那儿盯着走道上的牙齿，盯了很久。我没想起去叫看守帮我捡回那颗牙齿。

第二天大胡子又给我一个见面礼。他问我喜欢“看镜子”还是

“开飞机”，两样选一样。我下意识地觉得“开飞机”太危险，便选了“看镜子”。很快我知道所谓“看镜子”便是把鼻子放在便桶上方一尺的地方，往里看五分钟。我走到那只内容丰富的便桶跟前，改变了主意。我说我要开飞机。大胡子吼了一嗓子，说现在不行了。我只好咬了牙低下头去。我先瞧见一颗圆溜溜的脑袋，然后鼻子里塞满了怪异的气味儿。我赶紧闭上眼睛同时屏住呼吸。但眼睛可以不打开鼻子怎么守得住呀，不一会儿我的肚子便闹腾起来，一股东西爬上来被压下去，压下去又爬上来。当漫长的五分钟到达终点时，我晃着身子离开便桶，一头栽倒在地铺上。

第三天大胡子还要玩花样，他说自己是个感情细腻的人，心里喜欢被别人弄出点感动。他这样说的时候，屋子里的其他人不停地点头。大胡子说：“你给我唱首歌吧，革命歌曲也行。”他扬一扬手说：“唱得歪腻，我会送你巴掌，唱得好，你就是咱这儿的人了。”他这样说的时候，屋子里的其他人又不停地点头。我有点明白了，号子里的人平常活得太没味了，一有新人进来，自然要寻个新鲜，瞧个热闹。问题是我不会唱歌，我的嗓子要是搁到歌曲里，马上像患了小儿麻痹症，一脚高一脚低地走路。但不做点事显然是不行的，我缩缩脸说：“我不会唱歌，要不……要不我讲个故事吧？”大胡子眯一下眼说：“你他妈还讨价还价——行吧，反正用的都是嘴巴！”

我先想几分钟，然后讲了一个故事。因为心里放着紧张，讲得有点干巴，不过故事是从一本小说中取过来的，带着一些离奇，又夹着一点男女情爱，听着还算有趣。大胡子听完了，“哈哈哈”笑起来，说：“还行，有点意思，给你的巴掌省下了吧。”又说：“想不到你小子肚子里还存着干货！”

以后日子里，我们白天去干活儿，就是在工场里踩鞋帮。晚上在屋子里待着，遇到大胡子心里想“弄出点感动”时，我就得讲一个故事。很快我发现，大胡子们虽是从社会上混过来的，但脑子里的文化知识比小学生只少不多。我给他们讲故事，就像是在教室里给学生们说课外趣事。慢慢地他们对我佩服起来，因为我每次说的故事都不一样，从东北剿匪到武松鲁智深，从赤脚医生到朝鲜战斗，有时候还能讲到苏联去。大胡子为了奖励我，偶尔会拿出一点东西与我分享，譬如一片肉干一杯白酒什么的。我嚼着肉干呷着白酒，心里既难过又纳闷。我难过的是自己以前看的小说居然在这儿派上用场，还换来一杯白酒。我纳闷的是大胡子怎么能存着白酒，这显然是一件有难度的事。后来我才知道，白酒是大胡子的一位朋友来探视时借助罐头送进的——他在水果罐头铁盒上打了小孔，用针筒抽出汤汁再注入白酒。

我的心情渐渐平静下来。心情一平静，号子里的日子也不算太难挨，只是有些单调。单调中我除了讲讲故事，也拿许多时间用来回想。我想家里的事想学校里的事，当然想得最多的还是若梅。我一遍遍在脑子里寻找有关若梅的点点滴滴，包括她的笑，她说话的语气，她看别人和被别人看的神情。有时想久了，她的脸会模糊起来，好像要从我的脑子里逃开。这时我就赶紧晃晃头，把她重新找回来。

又过一段时间，我改了主意，决定不再去想若梅。我觉得再记着若梅显得太傻了。既然事情已走到这一步，最静心的办法是把她忘掉。我试着把若梅赶到脑子的某个角落，然后安上门贴了封条。好些次若梅悄悄地打开门要出来，都被我挡了回去。

不过我也知道，自己再有决心仍管不到睡眠的。睡眠里会跑出梦，梦里的若梅轻易就能溜出来站在我跟前。我们面对着面，有时不说话，有时说一些话。说的话应该是伤心的，或者疼人的，待醒来却记不得一句，只觉得心里攒了一堆难过。

在这种对若梅时近时远、时远时近的纠缠中，日子一天天地过去。其实我明白，无论近着若梅还是远着若梅，都只是让脑子受些累。到了脑子外，到了生活里，我和她不可以再接上一丁点关系了。

日子到了服刑最后一个年头的初秋，眼瞅着离出狱不远了。一天我正在工场里干活，突然被告之有人来探视。在此之前，我被人看过两回。一回是父亲，送来一些过冬的衣服，还送来一脸的失望和沉默。另一回是一位中学同学，他在运输公司开卡车，跑长途时顺便拐个弯跟我见面，半小时里说了一堆天南地北的碎事。我想这第三回该是母亲或者哥姐了。

我被狱管带到探监室。进了门，见桌子上放着两摞东西，后面的一张脸被挡住一半，只露出一双眼睛。我愣一下，边看着那双眼睛边慢慢走到桌前坐下。不用说，这双眼睛是属于若梅的——仿佛在突然之间，我和若梅面对面待在了一起，像梦中经常出现的那样。不同的是梦中没有其他东西，现在桌子上却搁着一摞书一摞吃食，无意中砌起了一条通道。透过通道，我们相互瞧着对方。

如果说若梅脸上有什么变化，那就是明显添了一些清瘦，也添了一些憔悴。她盯着我，嘴巴动了动没说出话。我想打声招呼，嘴巴动了动，也没发出声音。慢慢地，她眼睛里有了泪水，只是忍着不肯掉下来。过了半晌，她说："昆生，我对不住你！"她一开口，泪水也跟着掉了下来。

对我来说，这是一次没有准备的见面。若梅的泪水让我不知说啥好。也许我该掏出一两句安慰的话，也许我该问些她的近况，可我什么也没说。我们就这么不吭声地隔桌而坐，一边是无声泪水，一边是不知所措。差不多过去五六分钟，若梅才歇了泪，开始跟我搭话。她说："大前年那天，是七月三十日对吗？"我点点头，说："对。"若梅说："今年的这天，我又去了。"我说："去……去干什么？"若梅说："在中山公园的小山上坐一会儿，现在我知道了，那小山叫积谷山。"我说："噢。"若梅说："我又去电影院看了一场电影，那电影院叫五马电影院。"我又说："噢。"若梅说："那电影挺好，可我没看进去，想着你待在这地方，我坐在电影院里，我心里很难受。"我说："你这么做……会让大奎不高兴的。"若梅说："我不会让他知道了，再也不会。"我说："大奎对你还好吗？"若梅说："嗯。"我说："嗯是啥意思？"若梅说："就是还好，我对他也没啥不好。”我沉默一下，说：“这就好，我想过了，以后出去我不联系你了，这样对你对我都不再伤着。”若梅说：“我知道。”我说：“你心里别放着对不住啥的，你并不欠我什么，往后你好好过自己的日子。”若梅说：“我知道。”我说：“咱们没有缘分……”若梅说：“我知道我知道。”我想了想，说：“我要说的就是这些了。”若梅眼睛一红，泪水又淌了下来。

会完面回到工场，我心里空得要命。晚上归了屋子，我打开若梅送来的东西，书好像被狱管检查走几本，吃食倒留全了，有虾干糕点什么的。我问大胡子还有没有白酒。大胡子说干什么。我拿出些吃食，说跟你换点酒喝。大胡子不明白地看看我，找出酒给我倒了小半碗。我吸一吸气，几口把酒倒进嘴里。我酒量浅，还容易上脸，一喝完酒，我的脸热热的，脑子也跟着烫烫的。我把自己扔在了床铺上。

四

我从没有把自己的老事儿说给儿子。以前没有，是因为儿子还当着学生，怕他心里搁上一块石头，觉得家里凭空多出一个蹲过号子的爸爸。后来没有，是我不愿意拿过去的陈痛换取儿子的一乐，然后说，呀，原来老爸也是个有点故事的人。

说白了，我不相信儿子能弄懂我的老事儿。毕竟一代人有一代人的活法，一代人有一代人的甲乙丙丁。当眼下的年轻人把红薯看作甜口小吃、把饥饿视为减肥手段时，我便明白，自己的往事若端到他们跟前，只怕会变成一盘可笑的点心。

这种感觉也能用到眼下的昆城。昆城在温州的南边，我现在住的地方在温州的北部。早年往昆城去，得赶一天的路。如今有了高速公路，一个小时就够了。有时坐在车上抽空想一件事，还没想透，车子已经到站了。可下了车往镇子上一站，街道是新的，楼房是新的，路人也是新的，忆想中的河水、石桥和青砖路道再也回不来了。这时我知道，眼下的昆城不是我的昆城了。我的昆城只能像一张老照片，存在记忆的相册里了。

当初我离开昆城的时候，便不打算回去了。这就是说，我从牢狱里服完刑出来，没有再回老家镇子。我很清楚，我回去了得一天到晚在院子里待着，这对我一家子和若梅一家人都是难堪。我应付不了那样的日子。

我给父母写了一封信，表示自己的意思。父母在回信中说了些担心的话，但没有反对我的想法，还夹寄了三十斤粮票和二十元钱。我拿着这些钱和粮票开始了漂流。那时整个社会刚刚松动，很少有赚钱的岗位等着你，尤其像我这种从号子出来的人。我只能东蹿西走打些临时的短工，譬如在一个码头挑过担子，在一个街口卖过水果，还在一家糖厂满头大汗地搬过甘蔗。后来有一天，我在小旅馆里听别人扯闲话，一位戴眼镜的瘦男人说，现在读书的人多了，各个学校都使着劲扩大自己，缺教师哩。我听了心里一动，脑子里马上跑出一个念头。我问戴眼镜的瘦男人从哪里来。他说了一个地名。第二天我收拾行李，就奔那地名而去。那地名就是我现在待着的县级市，以前叫县城。

我果真在县城郊区的一所公社小学找到一份代课教师的工作。有了工作，日子稳住了，心也安定了。我开始把心思放到教室里。我的学生大都是农村孩子，知道的事情不多。我每次用一半的时间说课本，另一半时间用来讲故事。这时我的嘴巴也算攒了些功夫，能把一个故事说得起起伏伏，让学生们一会儿睁圆眼睛一会儿咯咯直笑。不久，别的班级也都知道新来了一位会讲故事的语文老师。有的学生放学后还凑到我跟前，从书包里摸出一个鸡蛋或者一只水果，想换取我嘴里的一段故事。有时我出了校门到附近转悠，那些在河边洗衣裳的学生家长会远远瞧着我说："那个上课爱说闲事的老师来了。"

又过些日子，天气热了，学校考完试放了假。我无处可去，便在学校待着。因住的小屋子太热，我到教室把书桌拼起来，做成一张很大的睡床。每天午后，我躺在大床上边摇蒲扇边翻闲书，翻着翻着便睡着了。这样的觉容易睡久，仿佛悠悠去了一趟远的地方。醒转后便有些发呆，发呆中听着满耳的蝉叫，觉得隐约有什么东西在招手。我知道，自己在惦记一个日子。

七月三十日这天，我起了个早，先徒步走到县城车站，再买票坐上一辆肥胖的旧客车，抵达江边码头后又转乘一艘木轮。这样倒腾几次，到温州城已是中午。我简单用点饭，随后上了一趟厕所。在厕所里照一下镜子，照出自己的白布衬衫旧得有些发黄。我找到商业小街，在几家店铺走进走出，最后换上了一件的确良衬衫。这让我看上去稍稍精神一些。

我来到中山公园，顺着小山石阶往上爬。四年前的记忆伴着一级级台阶伸进我的脑子。快到山顶时，我停住脚步往旁边看了看。我没看见戴墨镜的算命先生，他原来坐着的地方现在探出了两根竹枝。我又往上望一眼，看见了那座亭子的顶尖。我吸几口气，把呼吸调匀了，然后向前蹿了几步。亭子在我眼里猛地露了全身，里边空无一人。

我松了身子走进亭子，背靠柱子抱了双膝坐着。从这里看下去，城里街道没啥大变化，只不过觉着多了一些热闹。但城里的热闹不热闹跟我没有关系。我闭上眼睛，蝉叫声明显起来。我脑子里跑出去年若梅探监时的情景。她说她一个人在山上坐了很久，又一个人去看了电影。她还说这座小山叫积谷山。

我不知道若梅今年会不会来。也许会来，因为去年来了，今年干吗不来呢？也许不会来，去年已来一趟，算是把伤心的往事凭吊一次，事情便了结了。这了结的意思，那次在监狱我也告诉过她。我对她说，以后出去我不会联系你了。是的，我是这样说的。

但不联系不等于不惦记。即使见不着若梅的面，我也愿意在这儿待上一会儿，然后一个人去看一场电影。若梅去年做过的，今年由我来做一遍吧。

我脑子慢慢静下来，脑子一静，午睡的困意倒上来了。我的脑袋晃了两下，靠住柱子睡着了。睡眠中我没闲着，顺便做了个有关积谷山名儿的梦。梦中我躺在一堆稻谷上，谷堆越攒越大，越抬越高，我躺在谷堆上，就像是躺在一座小山上。

不知过了多久，我醒了。我弹开眼睛，看见亭子里多了一个人。我有些不相信，因为眼里的人是若梅。我使劲甩一下脑袋，想把自己甩醒——可跟前的若梅没有消失。

若梅见我醒了，坐着的身子往我近了近，说："你睡得真香。"我让自己笑一笑，说："你来多久了？"若梅说："不大一会儿。"又说："上午起身挺早，车子抛在路上了，修了很久。"我说："噢。"若梅说："本来没记着来的，突然想到你没准儿要来，我也就来了。"又说："所以上了山一眼瞧见你，我不奇怪。"我看若梅一眼又收回来，说："我来，也是因为猜着你要来。"若梅说："你猜了吗？"我说："猜了。"若梅说："可你方才弹眼看到我，好像挺吃惊的。"我说："我又猜了猜，觉得你不会来的。"若梅轻笑一下，说："你的话等于没说呢。"

那天的见面就这样平常地开了头。随后时间里，我们说一些话沉默一会儿，沉默一会儿又说一些话。在若梅口中，我知道她已在一家纺织厂上班，今天是请了假来的。又因为肚子几年没有动静，她刚刚领养了一个孩子，是个不满周岁的小男孩。若梅告诉说，这也是为了她自己的肚子，一个孩子能招来另一个孩子，她不信自己不会生。若梅又告诉说，大奎在部队待不住了，准备转业回家，因为老这么分开也不是个办法。

听着若梅的话，我没有不高兴。若梅有了工作有了孩子，接着又有大奎待在身边，日子便像日子了，我该替她松口气才是。只是提到大奎时，若梅的语气变得小心翼翼，这让我又记起了自己，记起了刚过去没多久的灰色日子。沉默中我好几回要叹口气，想一想，忍住了。

那天晚上，我和若梅去看了电影。仍是那家五马电影院，只不过这次买到了两张坐票。我坐在若梅旁边，心里准备起些感慨什么的。但等了一会儿，没有等到，我内心比想象的要平静，暗色中拿余光瞧若梅，她的脸上也放着安静。又过一会儿，我的心思被引到了银幕上。那天放的是《小花》，故事好看，歌也好听，里边几个演员长得挺养眼。

看完电影我们去找住处。这回我早开好学校的一张介绍信，问若梅，也准备了一张。我们走进一家不大的旧式旅馆，站到服务员跟前。服务员将介绍信瞧一遍，抬起头看看我们说："一起还是……"若梅轻着声音说："不一起。"我点点头说："分开的。"服务员便取出两把钥匙，引着我们往楼上走。屋子是木质的，踩在楼梯上咚咚地响。到了二楼，服务员指着一间屋子说："这是女的。"又指着隔壁屋子说："这是男的。"

我进了门，见屋子里摆着两张床，一个胖黑男人已坐在一张床上。我把背包搁在空着的床上，出去冲洗了身子，回来跟胖黑男人刚搭几句话，听到隔壁敲了一下壁板。我知道是若梅的招呼，便伸手在壁板上回应一声，然后走出房间。若梅已站在门口，手里拿着两把讨来的纸扇。我瞧一眼她身后的房间，也是两张床，一张床似乎空着，她的睡床挨着我房间的木壁。若梅分一把扇子给我，俩人一起往楼下走。

楼下有个小天井，几个住客坐在那儿乘凉闲扯，我们在旁边找了小板凳坐下。我们的样子像是听别人说话，其实只是两个人的默默相对。我从若梅的脸上读出了茫然和淡静，若梅一定也从我脸上看到了寂寞和淡静。就是说，在这样一个重逢的夜晚，我们两个人心里都装了淡静。淡静中我们慢慢摇着扇子，有时也看看天空，天空上有一些星子。

坐了一个多小时，住客们收起闲话散开。我和若梅也起身回了房间。

我的房间暗着灯，胖黑男人已睡下。我轻着手脚躺到床上，让自己闭上眼睛。眼睛闭上了，睡意却一点儿也找不着。我把这一天想一遍，心里有些高兴又有些不安。我高兴的是终于跟若梅见上面又一起看电影，不安的是两个人怎么可以这样平静，似乎缺了点什么。

我翻一下身子，靠在内侧的壁板上。我突然想到，我的床旁边正是若梅的床，两张床只有一板之隔。此时若梅的身子若也靠在壁板上，我们两个人的距离是一厘米。一厘米在很多时候是不起眼的数字，现在却把我们实实在在分开了。我和若梅，怕是再也迈不过这一厘米了。如此一想，我心里淌出了难过。

正这么伤着神儿，我依稀听到什么轻细的声音。声音好像出自隔壁。我把耳朵贴在壁板上，声音清晰了，是若梅的抽泣声。我愣了愣，赶紧敲一下壁板。壁板那边的声音停一下，马上变大了——抽泣声升级为放声的哭。

我把耳朵久久放在壁板上。那一刻我有些明白，原来今天缺的就是一场哭。

一九七九年的这次见面为我和若梅以后的关系定了调子：每年聚一次面，一起看一场电影，不做越界的事儿。

此后的一年中，我不跟若梅联系，既不打听，也不写信。有时忍不住记起若梅，我也会及时劝住自己，不让脑子跑出去太远。我把更多的时间花在学生身上，除了说故事，还开始讲作文，教他们如何把有趣的事情搬到纸上。不上课的时候，我在学校后面土坡上开出一块小园子，种上白菜和韭菜。傍晚吃过饭，我会沿着学校旁边的小河散步，有时也跟遇着的村民打声招呼。日子这样一天天地过着，我心里虽然有些萧条，但是比较安稳。同时我又知道，日子过去一天，便是往那个日子近着一天。

下一个七月三十日，我和若梅在温州城又见了面。这一次若梅的身条儿有变化，肚子凸出来一块。若梅有点得意地对我说："你瞧见了吧，用孩子引出孩子这一招挺管用吧。"我不吱声，心想这是大奎花了力气的。若梅似乎看出我的心思，轻声告诉说，大奎转业回来了，在打私办做事。她说："不管咋样，你不能恨他。"她用手摸一摸肚子，追了一句：“昆生你不恨他行吗？”我笑一下，然后告诉若梅，这几年不论在监狱内还是在监狱外，我脑子想的事不少，但就是没想到去记恨大奎。我这么说不是装谎，说到底，大奎在我入狱的事上也没做错什么。

那个晚上我们又坐进电影院，看的是一部男女恋爱的片子。看的中途，若梅凑过脑袋悄悄跟我说话。她说了好几句，因为被电影里的声音盖着，我听清楚了两句。一句是：“昆生你也该找一位了。”另一句是：“昆生你知道吗？你成了家我心里才会安生些。”暗黑中我扭头看看她的脸，看到一脸的认真。

若梅在电影院里的认真神情是我对那次见面的一个重要记忆。

接下来一年里，我的日子照进一点阳光。先是遇到一个新的政策，也因为我上课讨到一些称赞，我的身份从代课教师转为民办教师。又过一个学期，县城里的一个小学看中我，将我调了过去。我似乎摔了个跟头，现在慢慢从地上爬了起来。

那段时间给我说媒的人突然多了起来。我的眼光不敢太高，因为我在号子里待过，心里毕竟虚着。但我有一份固定的工作，又有若梅做比衬，底线就不愿掉下去。我看过两张照片，一张太胖，一张颧骨太高，反正都顺不了眼。遇到第三张时，我动了点心，原因是照片上的人有两三分像若梅。我跟她见了面，知道她的名字叫小秋。此后我与小秋开始一周碰面一次的交往。那些日子因刚换了学校，我上课挺用心，平常便容易忘了小秋，到周末才会记起她，赶去与她聊几句话加上吃一顿饭。那时吃饭并不真下馆子，只是去点心店吃碗面条或者粉干。有一回吃粉干，小秋坐在我对面，也许是因为太烫，她把筷子举得很高，然后张大嘴巴去接粉干。她脖子伸得那么长，下嘴唇使劲地兜出，鼻子还不停地扇动。在那一刻，我心里挤满了沮丧，我差一点马上站起来走开。我明白眼前这位女人压根儿不像若梅，别说两三分，百分之一都不像。

与小秋断掉不久，便到了跟若梅见面的日子。这次若梅剪了个短发，并带来了女儿的消息。她说女儿生下来七斤二两。她说女儿长得挺好看，眼睛大大的，整天装着好奇。她说女儿的名字挑了好几个，最后定下叫念念。

我给若梅带去的是转为民办、学校变换，还有相亲不成的消息。若梅该高兴的都替我高兴了，但只字不提相亲的事儿。我们照常度过平静而安慰的一天。只是第二天上午分手后，我发现衣兜里多了一张纸，上面写着若梅的字：昆生你快找到女人结婚吧，这样才能过上正常日子。你日子正常了比什么都好，我才会真正高兴。

自打跟若梅认识，这是她写给我的第二张纸条。

五

若梅的那张纸条我没有收好。她的第一张纸条我夹在《林海雪原》里，就那么安全地夹着。这第二张纸条不知啥时丢了，丢得没头没脑的，我细找过几遍没有找到。按说一张纸条算不上什么，若丢在风中只是张碎片。可随着时间的推移，我才知道自己遗失的是一份回忆凭证。我的意思是说，如果那张纸条还留着，我隔些日子便会拿出来复习一遍，我可在复习中一次次找到温暖的东西。

记得一年前的一天，我闲坐在报刊亭里想事儿，想着想着想到了那张纸条。我心念一动取出一张纸，开始在纸上回忆若梅当年送给我的字儿。我重复着写一句话，差不多把那张纸写满了。

下一天的上午，一位小伙子在我这儿买走一本杂志。到了下午，他拿着杂志回来了，站在书摊前欲言又止地看着我。我说怎么啦，是收错钱还是杂志缺页了？小伙子慢慢打开杂志，里边夹着一张纸条，上面写着好几行同样的字：你快找到女人结婚吧，这样才能过上正常日子。我愣了一下，才明白昨天的纸条跑到这本杂志里去了。这时小伙子腼腆着脸，说了一句话："我也知道结婚好，可我没有房子。"我瞧着他，忍不住嘿嘿笑了。

那次与若梅分开后，我知道自己真的需要搭一个家了，为了自己，也为了若梅。

我又拿出不少时间来识别各种女人。不过这种事呀，只要把心放低放定，倒也容易做成。过了不久，我遇到一个叫阿秀的大龄姑娘，处了几个月，便把婚结了。阿秀在一家制革公司做出纳，长相平常想法简单，属于不爱惹事、喜欢过踏实日子的那类女人。我觉得跟她能过到一块儿。

不过跟阿秀待在一起，有时还是躲不开若梅。刚结婚那阵子，我在床上做欢事喜欢熄灯。暗黑中搂着一只女人身子，自然就是搂了若梅。若梅的头发、胸部、腹部、手脚，样样都能让我摸个遍。我闭着眼睛、喷着粗气，把用给若梅的力气和热烈都投放到身下的女人躯体上。这样过了一段时间，自己都觉得不好。阿秀是我娶的女人，她不亏欠我，我不能在暗中这么对待她。有一天行欢，我把台灯打开。阿秀有些不好意思，说你这是干什么。我说又不是旧社会，干吗老在黑暗中做事儿！我的话没把阿秀说乐，但她还是顺了我。其实刚开始我也不习惯亮着灯闹腾身子，但灯光中我看着阿秀，脑子就不容易飘到若梅那儿去。我觉得这样做是对的。

我结婚第二年有了儿子。给儿子取名字挺费心思，我把《新华字典》翻来翻去，一时找不到合适的字儿。有一回我脑子一跳，忽然想到了若梅的女儿。既然若梅把女儿唤作“念念”，我何不把儿子命名为“不忘”。只是“不忘”这俩字太浅白，得演变为“部旺”“步望”什么的。我想了大半天，定下了“布望”。那年夏天跟若梅聚面，我把儿子名字说给她，她咯咯笑了。她说这个名字好，把咱们凑在一起了，看来你没白做语文老师。她又说，有了孩子心里就踏实了，好好过日子吧，每年见面你都给我带点儿开心的消息。

若梅的话我能听进去，我也的确想把日子过好。我先报考电大的中文专科班，成了一名半拉子大学生。在班上，我是年龄最大的学生之一，可我学得认真规矩，每个周末都跑去学校上课，考试也不做弊偷看。这样学了两年，得到一张专科文凭。这时学校怂恿我们说，现在上头下了文件，谁拿到本科文凭便可以从民办转为公办。我这辈子没啥豪迈的念头，就是想当个公办教师，于是只好接着去读书，去应付每个学期的考试。说实在的，我不怕课程考试，一些题目别人使劲去死记，我则会掏出一点自己的分析，把分析好好写在考卷上，分数就低不到哪儿去。当然要把书读下来不能总顺当的，譬如一次考试前的晚上，我正复着习，儿子感冒发烧了，那体温跳上跳下的让人一夜睡不安生，第二天一早还是去了医院。等开了药挂上点滴，我来不及撒尿先赶去考场，结果还是迟了，至少一半人已交上试卷出来。那门课我补考了一回。

本科文凭拿到后，又费了些时间让学校记起以前说过的话。学校最终没有食言，让我填了表格转了公办。那一年把所有的事加起来，也没有这件事让我如此开心。紧接着学校放暑假，准备组织教师外出旅游，周折了一些天，最后定下去苏州。我把时间算一下，觉得不会耽误与若梅的见面，就跟着去了。苏州地方不大，可周边地方挺大，玩着一个景点容易扯出别的景点，额外的景点一多，预定的时间竟不够用。大家合计一下，决定再留两天玩个尽兴。我对大家的意见投了反对票，但是很不管用。他们说，放假了还在乎多这两天？要回你先回去好了!他们这么说也只是玩笑话，可我偏偏真要一个人回去。他们拦住我说，为什么呀为什么呀，难道多离开老婆两天就不行？我故意说，老婆倒不要紧，我得回去见另一个女人。他们都哈哈笑了。

他们当然不会想到我真的去见另一个女人。他们就是每人多给一副脑子也不会想到。

我先坐火车到金华。因为临时买不到票，我添了些钱从票贩子手里拿到一个硬座位子，在半睡半醒中挨过一夜。抵达金华已是凌晨，赶紧又转到汽车站去坐客车。那时候金华至温州只有一条绕山公路，汽车使劲跑也得跑上近十个小时，就是说早上从金华出发，到温州该是傍晚了。我坐在车上，过一会儿便点一点时间，一见汽车速度慢下来心里就着急。过了中午，我脑子里开始出现若梅等在中山公园小山上的身影。不用猜我也知道，此时的她除了不明白，心里一定还塞满了担心和失望。

到达温州城已是晚饭时间，好在是夏日，天还大亮着。我顾不上吃点东西，也顾不上找个地方洗把脸，跳上一辆三轮车就催着快走。到了中山公园门口，我急着脚步往里闯，被工作人员挡住了。工作人员说干什么干什么，想逃票吗？我这才省悟还没买门票呢。

我买了门票进去往小山上奔爬。近着山顶，我一眼望见亭子里坐着一团身影。我心里一阵快活，刚想叫唤，眼睛眨一眨，已瞧出那团身影不属于一个人——原来是一对恋人搂在一起呢。我愣在那里，身上的力气一下子泄掉许多。我不知道是若梅等不住了先离开，让这对男女乘虚而入，还是这对男女占住亭子，逼得若梅无趣地走开。反正现在亭子里只有一对恋人，而这对恋人不是我和若梅。

我沿着石阶慢慢往下走，一边琢磨着若梅的去向。我知道若梅不会轻易放弃等待的，在这儿候不着人，也许跑到电影院了。这个念头让我调快了脚步。出了公园，我小跑着往电影院方向走。走一阵子，身上出了大汗，正想歇口气，已觉出不对，好像已经过了地方。我用手抹一把脸，反身往回走，走了数十米，停在一排高大的广告牌前。广告牌上贴着一张告示：五马电影院改建施工，造成不便敬请谅解。

我站在广告牌前有点傻。我想今天真是不一样呀，不光亭子被人占了去，电影院也玩起了消失。这么一个有交情的电影院，早不拆迟不拆，偏偏在我要紧的时候拆掉。我又想，偌大一个城市，若梅把自己搁进人群里，就像把一个字放在一本字典里，字典里的字可以按部首或者拼音索找，若梅没了亭子没了电影院，到哪儿去找她呢。

天色渐渐暗下来，我肚子响起提醒的声音，但我知道不能一个人去吃饭，因为即使进了饭馆，这顿饭准也吃不安定。要给自己安定，还得将自己的脚步动员起来。

我无奈地又向中山公园走去。此时除了中山公园，我想不出更好的去处。到了公园门口，这回我没忘记买票。我掏出钱刚要伸进售票口，突然听到背后一声叫唤。我手一哆嗦，纸票掉到了地上，但我没去捡钱，慢慢把身子转过来。我看见若梅站在几步之外，脸上挪动着焦急还有惊喜。我心里嗨了一声，咧开嘴嘿嘿笑了。

若梅的声音有点干。若梅说："昆生你怎么现在才来我等得眼都发暗了我以为你不来了。”若梅又说：“昆生你怎么这个模样是被打劫了还是刚从什么工地跑出来？”我这才低头瞧瞧自己。经过火车汽车和汗水的加工，我的样子看上去的确有些暗旧。

这天晚上我们没找别的电影院看电影，而是把时间花在了饭桌上。我点了好几个菜和一碗面条。面条本来是两个人的主食，却被我呼呼呼全吞了下去。我肚子太慌张，也顾不上吃相了。待肚子填了东西，我才稳住神儿，慢慢与若梅说话。我说了一路上的火车汽车，说了在亭子和电影院前的着急，然后把转为公办教师的事拿出来。我认为这是一年中最痛快的一件事。

若梅也有话要说。她先掏些细事儿，孩子上学成绩、哪位老邻居去世什么的，完了她说出一年中最重要的事——纺织厂撑不下去，她下岗了。

若梅带来的消息把我的开心压了下去。我说反正今天也看不成电影了，咱们喝点酒吧。若梅没有反对。我要了好几瓶啤酒，不停地往两只杯子里倒。若梅酒量不深，喝一会儿脸就上了色。我瞧着她想说些安慰的话，找了几找没找到。若梅说：“你想送我几句安慰的话对吧？”我嘿嘿笑了，说是。若梅说：“我可没你想的那样难过，现在倒掉的厂子到处都是，再说难过有啥用呀!”我问她以后有什么打算。若梅说：“不知道，还没想好呢。”停一停又说，“也许我会开一间小杂货店，让自己有个坐的地方。在厂子里我老站着，站腻了，我得找份能坐着的事儿做。”我说：“这个想法有趣，就是有些……安分。”若梅说：“安分有啥不好，日子不是电影，用不着变来变去的。”

我想起电影院，说：“可电影院也在变，拆了又建。”若梅就笑了，说：“这电影院算是欠着咱们一部电影了，下次坐进新电影院得看两部。”我也笑了，说：“咱们认着一家电影院看电影，够傻也够执着的。”若梅想起什么，说：“咱们那个院子也要拆建，墙上已刷了拆字。”我点点头说：“听说了，我父母给我来过信。”若梅说：“拆了那院子也好，以后你可以多回去看看父母了。”

我不吱声了。我知道若梅的意思。这些年我很少回昆城，即使偶尔回去一下，也不去父母住的老院子。我一般会在哥哥或姐姐家住一宿，跟父母见个面吃顿饭。父母知道我的心思，也不会责怪我。那老院子有许多我不愿再见到的人，包括大奎、大奎父母和众多邻居，甚至我也不愿意在那个地方见到若梅。当初我从牢狱里出来时心里就暗暗誓，决不再迈进那老院子一步。随着时间的推移，很多事情很多想法都松动了，可我就是不肯去碰那伤心之地。如今院子要拆了，聚在一个地方的邻居将四散，老日子真的翻过去了。可是拆也好散也好，人的记忆能拆掉吗？我心里的隐痛能散去吗？

这天的晚饭因为几瓶啤酒的加入而让我们多出一点伤感，当然也多出一点激动。用完菜酒，我们出了饭店去找住处，这次我们丢开平常旅馆，选择了一家有点派头的宾馆。当我们站到服务台前时，服务员耸耸肩，告诉没有双人床了，只有标准间。她问：“可以吗？”以前我们习惯分开睡散铺，这儿是宾馆，要省钱得同住一间呢。我愣了一下，看一眼若梅，点了点头。

进了房间，是两张干净的床铺。我没有多想，赶紧入卫生间冲澡。我太脏了，在水蓬头下站了好大一会儿才觉得把自己洗净。我把衣服穿整齐了出来，换了若梅进去洗漱。我躺靠在床上，看着另一张暂时无人的床铺，听着卫生间里传出的水声，心里有一种异样的感觉。但我又知道自己不能造次，不可以轻易去打破这些年我和若梅间的默契。这种提醒让我平静下来。也许是太累的原因，我竟然睡着了。

不知过了多久，或许只是小睡一会儿，我醒了。灯光暗着，若梅猫着身子睡在另一张床上。我身体不动，呼吸却慢慢乱了。乱了一会儿，我突然爬起来躺到若梅旁边，若梅似乎吃惊一下，又静在那里。我啥也不说，开始脱自己的衣服，接着又脱若梅的衣服。夏天的衣服很少，我虽然慌乱，还是很快完成了。我傻了几秒钟，才慢慢去抱若梅的身子。抱住她的时候，我心里像是有一张嘴唇抖动着要说话，说的是“天哪天哪”。然后我发现自己流泪了。这时候的泪水一旦开了头，就不容易停住，在接下来的时间里，我的泪水一波紧跟一波，随着身子的运动滴溅到若梅的脸上、胸脯上和肚皮上。那真是一场酣畅痛快地哭呀，只是没有声音。

那天夜里的事我不想讲得太多。我只记得自己没说一句话，若梅也没说一句话。如果说有声音，那是若梅的叫声。我得承认她的叫声很好听。

我和若梅说上话是在早上。天亮之后，我脑子也跟着醒了，此前我脑子一直迷迷糊糊的，好像老在做梦。我看一眼邻床，若梅已经醒着。

我们躺在两张床上，中间隔着一米的距离，开始安静地对话。若梅先开了口，她说："这次没看上电影，却睡在了一起，事先没想到呢。"我说："这样……好吗？"若梅说："又好又不好。"我说："好是什么？不好又是什么？"若梅说："好是你抱住了我，你的泪水滴在了我身上。"我说："不好呢？"若梅说："刚才我一直在想一件事，咱们这样做了，岂不是证明以前给你的判决是对的吗？"我愣一下，说："你知道的，那次咱们并没做什么。"若梅说："可现在做，等于把证据给补上了。我是指在咱们心里。"我说："这么说你后悔了？"若梅说："我不后悔!我怎么会后悔呢？"我说："可你口气里有不安呢。"若梅说："不是不安，是不踏实。"我说："不踏实就是不安。"若梅说："这么说也可以。"我说："那你说说怎么个不踏实？"

若梅想一会儿，说："我心里不踏实不是刚才说的什么证明，牢都坐了，还怕添啥证据。要是说这个，我反而早该把身子给你的。"若梅说："我是过平常日子的人，日子里掺着杂碎，这个烦那个恼太多了，隔一会儿就会遇着累人的事儿，可累人的事儿再多，也挡不住一个日子的到来。这个日子可以看电影，可以跟你待在一起说说话，这多么好呀，比过年还有味道。真的，一年中有这么一天在前头等着，我心里亮畅多了。”我插一句：“这种情况有个雅的说法，叫精神的透气孔。”若梅说：“你读过的书多，比喻得就好，是这个感觉。”若梅又说：“正因为你读过的书多，跟你坐在一起才有意思，跟你待在电影院里也才有意思。”我说：“有意思是一种好的感觉，怎么又变成不踏实呢？”若梅说：“要是以后一年中等着的不是看电影的日子，而是准备与一个男人上床的日子，我心里会别扭的。”我笑一笑说：“我是昆生，不是别的男人。”若梅说：“我说这些，就是要把昆生跟别的男人择开来。”我说：“咱们往后在一张床上待着，照样不会少了看电影，少了聊天。”若梅说：“那也不一样。”停一停，她又说：“我觉得还是不一样。”

我不吱声了。怎么说呢，若梅的想法虽然有点傻，可还是让我安慰。我是一个小学教师，读的书本和攒的学识都上不了大台面，但在若梅眼里，我已是一个沾着文化的人，或者说，应该跟别的男人不一样的人。她和我在一起，就是要让一年中的这一天变得脱俗一些，安静一些。这种对付生活的态度无疑有点特别——应该说，她在平淡日子里待着，心里那么地淡，可又比别的女人多了一点点东西。我想，这也是为什么她能吸引我的原因。

六

很多年后的现在，我仍清晰记得若梅的身体，她的皮肤她的乳房她的腰肢她的腹部，她闭上眼睛的样子，还有她好听的叫声。与若梅交往的那么多年里，我和她在床上只放开过这一次。一次也够了，它让我的记忆存入珍贵的情景，就像一只出远门的皮夹，若放一张照片，只需一张，已足矣。

这次以后的每回见面，我们保持着静心的状态。男女相处有时候就是这样，去了肉体的念头，心里反而变得轻松，有一种简单而干净的快乐。我们像情人，也像朋友，相互喂给对方淡静和舒服。如果说生活是重的，我们至少让这一天变轻了。

我们还守着一种古板的默契，不写信，不用电话，也不通过别的方式联系。BP机出现时，我们给了对方号码，但说好没急事不传呼。后来有了手机，我们一般也不通话。记得一次过年，那时还不兴发短信，鞭炮声中我特别想给若梅打个手机，后来想一想还是忍住了。我们心里有种感觉，要让两个人的见面长久保留下去，必须储存这一年的新鲜，而要储存新鲜，一个简单的办法便是不进入对方的日常生活。我们不知道这样的做法到底好不好，但就这么做了。

在之后的年月里，我免不了也回昆城。当然我不去见若梅，也不通过别人的嘴去打听她。但我喜欢到老院子的地界上走一走，那里已盖起鲜艳的楼房，楼房之间有小树和小道。我在小道上慢慢走着，同时也让脑子里幻灯片似的移过老院子的天井、围墙、水井，还有年轻时的若梅和自己。这么追想着，心里就有了沧桑感。

沧桑感这词儿好像用得有点大，其实就是觉得身上添了岁月。这种感觉不少时候也因为我头发的稀疏、肚子的凸起、皮肤的暗淡等变化，当然，更因为孩子的长大。不知从哪年开始，孩子成了我和若梅见面时的重要话题。若梅除了女儿念念，还有一个领养的儿子，这种格局让她更操心些。不过她每次说起儿子女儿里，脸上会流过水一样的温情。我呢，顺着她的话头，也会搬出儿子的捣蛋事迹和捣蛋中的可爱。作为配合，我们说着孩子时，会拿出一两张照片。照片上的孩子不管咧着嘴笑还是严肃着脸，都小树似的透着往上生长的气势。

有一年，我们在中山公园小山上刚见面说了些话，若梅又拿出一张照片。这一次我在照片上不仅看到了她的儿子女儿，还看到了大奎。大奎老多了也胖多了，但脸上挺光滑，加上头发已半秃，脑袋就变成了一只大的蛋。我瞧着大奎，心里禁不住叹了一声。我不是叹过去的事，而是叹年月的不可停留。

这么感慨着，我突然冒出一个想法。我对若梅说：“今天咱们也照张相吧，做个合影。”我又说：“不知不觉就老了，得让现在的脸留下来，省得将来又后悔忘了以前的样子。”若梅笑一声说：“这主意好。”停一下又说：“好是好，可照片得藏着掖着，只怕心里反而搁了一个不放心。”我说：“照片只是一张纸片，还怕没个躲藏的地方？”若梅说：“我怕万一呢。”她想一想，忽然高兴起来，说：“我有个办法，连万一也不用怕了。”我说：“什么办法？”若梅说：“咱们把拍好的照片埋在这里!”她指一指亭子外的树林，说：“什么时候想看了再挖出来。”我说：“你开玩笑吧？”若梅说：“不是玩笑不是玩笑，我觉得真可以的。”

我沉思一下，嘿嘿笑了。若梅的点子似乎靠不着谱，但一琢磨还是不错的，甚至有些好玩。

我们下山出了公园去拍照。在照相馆里，摄影师傅把几块背景推来推去，让我们选择。我们选了一块金黄色的夕阳树林，因为把装着树林的照片埋在树下挺合适的。我们坐到树林跟前，让两颗脑袋近在一起，听摄影师傅的口令。摄影师傅说别动身子，我们便稳住身板。摄影师傅说笑一笑，我们便咧开了嘴。

我们在照相馆等一会儿，拿到快印出来的照片。照片还不错，两个人紧挨着，看上去都挺开心的。我们到街上买了一把水果刀，顺便多要了几只塑料袋，然后回到小山上。这时已近傍晚，阳光涂在树枝树叶上，跟照片的背景还真有点像。我们在树林里转一圈，看中一棵水杉。这棵水杉树干笔直，枝叶一层层爬上去，像一座小塔。在挨着树干的地上，我们用水果刀挖开一个小坑，再用塑料袋将照片包好放进去，然后盖上泥土。

我们靠在树干上，看看地上，又仰头看看天空，心中有一种顽皮似的快乐。从现在起，这座小山的树林里存了一个属于我们的秘密。秘密虽小，却有意味。对了，这个秘密除了我们，还有老天知道。

这天晚上，我们携着不错的心情去看电影。心情一好，就容易遇到愉快事儿。我们买电影票时，得到两张抽奖券，说是电影院在做一个“看电影抽大奖”活动。我们以为是玩噱头，到了电影厅门口，真见着一只半透明的箱子，里边装着一大堆有数字的乒乓球。我按工作人员的指示，摸出三只乒乓球组成一个数字，啥也没对上。若梅跟着也摸出三只乒乓球，把数字一凑，竟凑出一个三等奖，奖金为一百元。一百元不算大钱，但能制造意外的高兴。我们拿着一张一百元的钱票走进影厅，就像是小孩子得到一只玩具一样欢喜。我记得那天看的是《甲方乙方》，属于暑假回放影片。

看完电影，我们想把额外得到的钱花掉，就去吃夜宵。走了一段路，遇到一家特色点心店，我们进去要了两碗猪脏粉，觉得花不完钱，又要了几样小菜和啤酒。这是我们第二次坐在一起喝酒，因为心里装着快活，胃口和酒量都开了，四瓶啤酒喝完，还认为不够，又叫了两瓶。待我们从点心店出来，已是满脸红光，思想飘扬了。

夜色中的街道布着橘黄灯光，灯光下行人已不很多。若梅笑一声说：“我有点醉了。”我也让自己笑了一声，说：“你没醉，你口齿清楚舌头不晃。”若梅说：“我舌头不晃可脚步在晃呢。”她走了几步，故意显出身体不稳的样子。我乐了脸，赶上去扶住她。她把手臂绕在我的手臂上，两只身子挨在一起往前走。

走了一截，若梅突然说：“昆生，我走不动了。”我说：“那咱们打辆车？”若梅说：“不用，我要……你背我。”我吃一惊，看看周围说：“这是在大街上。”若梅说：“我知道在大街上。”我说：“你不怕别人笑话？”若梅说：“我不认识他们，他们笑不着我。”我腼腆一下说：“在街上背女人，这种事儿我没干过呢。”若梅说：“没干过就赶紧干一次嘛。”

我扎个马步，半蹲在若梅身前。若梅双臂缠住我的脖子，上了我的后背。还好，若梅不是胖人，粘在背上不算太沉。我抖起精神，在人行道上静静地走。嘿嘿，这是个电影般的时刻。两个人暂时不搭话，但我能觉出她的快活，她应该也能觉出我的快活。因为走得慢，过一会儿后面就有路人赶上来，在旁边奇怪地瞧我们一眼，又超了过去。

此时的夜街仍然热，但时不时会遇着一阵风。当风跑过来时，我就停下脚步，让凉快从俩人身上滑过。

更有趣的是，隔几分钟便会有一辆出租车在我们身旁突然刹住，还摇下玻璃，见我们没有响应的意思，只好不明白地离开。看着车子们急急停住又匆匆跑开的失望样子，我们忍不住笑出了声。

那天夜里，我一直把若梅背到一家旅馆的门口。我开了两间房，把若梅放进其中一个房间。若梅说：“今天晚上高兴，再一起坐会儿吧。”我在椅子上坐下，若梅则和衣躺到床上。我们随意聊些远远近近的事儿。聊了片刻，若梅的声音小下去，慢慢停住，原来她睡着了。她虽还够不着醉，但啤酒在她身上还是起了作用。

我坐在她的床边，瞧着她睡觉的样子，听着她平静的鼻息声，心里禁不住生出些怜惜。尽管我们借着酒力和夜色在街上撒了个欢，让自己年轻了一回，可我知道，谁也挡不住日子的流失，我们在一年一年地老去。当然，老也不是一件可怕的事，因为谁都会摊上。可瞧着眼前的若梅，再一岁一岁地往前推，推到若梅年轻的样子，我还是有些难过。一年一次见面，我们不知不觉已经用掉了这么多的年头。

七

日子逝去的想法现在也不缺少。我坐在报刊亭里，时常会生出一种奇怪的感觉。我觉得自己在卖掉一份份报纸一本本书刊的同时，似乎也把自己余下的年月和精力一点点出售了。

这种感觉若放到回想上，便会对自己的记忆不放心。譬如每次追忆到那个喝酒撒欢的晚上，我便想，也许我的记忆不对，也许那个晚上的高兴并没有被伤感所接替。我能坐在她的跟前，瞧她睡觉的样子，听她平静的鼻息声，我应该感到愉快或者安慰才是。我记存的伤感八成是后来的，我把后来的伤感放在了那天夜晚。

人呀经历的年头一多，就容易把时间记乱，尤其是遇到苦痛的事儿。苦痛如树，会长出许多枝叶，伸进本来不相干的日子和地方。

不过我的记忆再恍惚，有一个时间是不会出错的。这个时间与憔悴、悲凉这种词儿有关，属于若梅五十岁那年的夏天。

那年夏天特别热，能逼得人流许多汗。我见到若梅时，她显得有些弱，好像瘦了不少。我问她怎么回事。若梅开始还应付，说没什么，说这么热的天，流汗都把人流瘦了。我使劲追问几句，若梅才说了。她说自己胃不舒服去医院抽血检查，结果查出一个指标不好。医生让做胃镜，照了一遍没发现什么。医生又让做前列腺磁共振，也没振出什么。医生就再开一张单子，这一回是做肠镜。做肠镜是麻烦事儿，得一遍遍喝药水一遍遍上卫生间，折腾一夜，终于把肠子清空了。第二天去医院一查，真在直肠里发现长着一样东西，是一小块多出来的肉。

我听着乐了，说："原来是块肉呀。"又说："医生真够损的，花这么多钱，就找到一小块肉……"还没说完，我突然傻了。我意识到什么，定定地看着若梅。若梅疲累地笑一下，说："不知怎么会摊上这种东西。不过也没你想得那么严重，医生说了，这种肠子里的病只要发现早，又赶紧做手术，能活很多年的。"我说："你算……发现早吗？"若梅说："算早的，说是早期。"我说："那你已做了手术？"若梅说："昆城医院跟上海一个医院有合作，过几天会有位上海医生来，等着呢。"我说："那你在医院等着嘛，干吗还跑过来？这么热的天。"若梅说："反正这几天闲着也是闲着。我想在做手术前见你一面，再看场电影，这样心里踏实些。"我鼻子一酸，差点流下泪来。

那天晚上我陪若梅看过电影，赶紧让她休息。我自己躺在床上，却久久入不了睡眠。我在脑子里东找西寻，想替若梅做点儿什么，但想来想去，我能做的，也就是为若梅凑点钱。

第二天上午，我去银行把卡里的钱全取出来，又把兜里的钱加上，交给了若梅。若梅不要，说家里有钱，即使不够也可以跟别人借些。我说："肯跟别人借钱，为啥不要我的钱，再说我这点钱又不是大钱。"若梅说："许多年前我就对自己说过，跟你见面时不能要你的钱要你的东西，我要让咱们待在一起清清爽爽的，这样事后想起来才会觉得好。"我说："我知道你的意思，可这次你病了。你病了我总得做点什么，我又不能在医院伺候你，我又不能砍下自己身上的肉换你的病好。"我这么一说，若梅不吭声了。过了半晌，她眼眶里有了泪水，说："就这一回吧。"

在此后一段时间里，我破了惯例，隔些日子就给若梅手机发短信探问病情。我问得简单，她答得也简单，总是说手术挺顺利、现在出院了、身体恢复不错一类的放心词儿。有一次我问：我能不能去看看你？她回复：不用了，我真的挺好。又过几天，她用电话打我的手机，我在上课，没接着。她又用别人的手机给我发一条短信，意思是自己手机丢了，不想再买，让我别惦记。从此我跟她又断了信息联系。

好不容易熬到下一年的夏天，见面这天我赶早去了温州城。怕若梅体弱力少，我准备不让她上山，就等在山脚下截她。由于心里搁了着急，我在一条石凳上等不安稳，中间因为担心若梅从另一条小路上山，便提起身子往山顶爬，看看那儿没人又赶紧跑下来。这样上下往返了两次才候着若梅。还好，只一眼若梅就让我松了心。她气神没丢掉，脸色也正常，似乎还胖回来一些。我上上下下把若梅看一遍，没看出大毛病来。若梅就笑了，说：“我做的是肠子手术，自然不会缺胳膊少腿的。”我说：“这些日子你知道我心里多不踏实!”若梅说：“我这不是好好的嘛，医生说我至少能活十年哩。”我心里又紧了，说：“为什么是十年？为什么只有十年？”若梅说：“是至少十年，也许二十年或者更长呢。”顿一顿又说：“其实十年也够了，我可不想老得不成样子，然后站在你跟前让你上下打量。”我说：“你老我也跟着老的，到时候我这双老眼呀，倒真想看看你老得不成样子的样子。”若梅轻笑一下，又叹口气说：“不说那么远了，咱们一年一年地把日子过好。”

那天看电影前我拉着若梅逛街，逛着逛着把她引到通信市场。若梅问到这儿干什么，我说了实话，要给她买一部手机。我说：“刚才等你的时候我跑上跑下的，就是因为你没手机。”若梅摇摇头说：“还是省了这钱吧!手机我又不是没用过，用过了才知道对我没啥用处，我白天坐店里晚上在家里，这俩地方都有电话。”我说：“你的身体做过手术，平常总得让我问一下吧。”若梅说：“我就是怕自己有了手机忍不住跟你发短信，发多了总会让大奎瞧见，那样就不好了。再说我们以前讲好平常不联系不打听的，不能因为我的病把原先的话推倒。”我苦笑一下说：“你呀真是固执，你不要一年里的三百六十四天，你就要咱们的所有心思都留在这一天。”若梅认真地瞧着我，说：“对的，我不要别的，我就是在乎这一天。”

不知道是医生的判断失了准头，还是若梅自己的感觉出了偏差，她的身体稳定其实是个虚像。肠子里的癌细胞不是一刀能剪尽的。

但我不懂这一点。在随后一年里，我照常备课上课，操弄家庭，把这一年过得跟往年没啥区别。

当又一年的夏天到来时，我以为见到的是比去年进一步康复的若梅，她身上不会缺少上山的力气。不料见面那天下午，我在山上亭子里等着，忽然来了一位顺便捎话的游客，说山下有一女士让你下去呢。我赶紧出了亭子往山下走，还未把石阶走完，远远瞧见若梅坐在路边石凳上，样子弱弱的。我吃了一惊，紧着脚步近到她跟前。她的模样让我心里一下子乱掉—— 一张脸不光瘦了还黑了，衣领边的锁骨陷进去两个坑，身上的力气像是漏掉了许多。我慌慌地盯着若梅，半晌说不出话。若梅脸上浮起一个微笑，说：“怎么了你？看把你紧张得……”我稳稳神说：“你……瘦了。”若梅说：“没事儿，前些天吹空调感了一次冒，吃药又把胃口倒掉了，慢慢恢复就是。”我用双手捏捏她的肩膀，又顺着手臂慢慢捋下来，她的瘦让我心疼。若梅难为情地轻笑，说：“这儿游客多，人家以为咱们干吗呢。”又说：“咱们不上山了，我中午没怎么吃，肚子好像饿了，你陪我去吃点东西吧。”未等我点头，又说：“你瞧瞧，见着你我胃口就开了。”

我陪若梅去了一家小吃店。因为是下午，店堂里人不多。我给若梅点了一碗馄饨，这是她爱吃的。若梅吃了两三口，歇住，看看我，又努力吃了一口。她的神情告诉我这碗馄饨不对她的胃口，我起身又去端来一盘炒粉干。若梅吃了一口，又停下了，抱歉似的瞧着我。我不吭声，又去点了灯盏糕、锅贴饺子和鱼丸汤。小桌上很快摆满了碗盘。若梅盯着桌子说：“点这么多，你把我吓住了。”我说：“你随便吃，爱吃哪样吃哪样。”若梅说：“你也得帮我吃。”我说：“我吃过中饭，这些东西是为你点的。”我把各种点心都拣一点搁她小碗里。若梅往嘴里挟一口，慢慢地咀嚼，嚼一会儿使劲地咽下，然后叹出一口气说：“我以为我饿了，可胃口还是没那么好。”她说话的样子让我难过。我想找一句轻松的玩笑话，没有找到。

晚上坐在电影院里，我一直握着若梅的手。她的手松软无力，像一只睡着的小鸡卧在我的手心里。那天的电影是《周渔的火车》，女主角巩俐不停地坐着火车，奔波于两个男人之间。故事有点晃，让人不太明白，但游动在影片中的迷茫和伤感还是传递给了我们。故事的最后，女主角在寻找男人的路途中遭遇车祸，灵魂飘向天堂。

电影结束后，我们走出放映厅。若梅慢下脚步，说咱们再看一遍吧。若梅的提议让我奇怪一下，但我一点儿也不想反对她。我点点头说：“特别喜欢这电影？”若梅说：“也不是，我就想再待一会儿。再说电影院拆建那年，咱们还欠着一部电影呢。”我笑了说：“你呀记得挺远。”

我买了票，两人又坐回放映厅。因为不是最新片子，场次又晚，看的人稀少，厅子里只有寥寥几只身影。若梅在暗光中坐一会儿，累了似的斜过身子，把脑袋靠在我的胸前，我用手臂轻轻搂住她。若梅说：“还记得第一次在这儿看电影吗？那次我们只有一个座位，结果两个人站着看的电影。”我说：“当然记得，是《卖花姑娘》。”若梅说：“那么多年过去，看电影的人越来越少了。”我说：“少了也好，你看看这场电影，像是咱们俩的专场。”若梅轻笑一声，说：“电影专场，咱们真够排场的。”又说：“别人不爱进电影院了，可我仍喜欢在这儿待着呢。”

这么说着，若梅闭上眼睛静了身子，像是听银幕上的声音，又像是准备偎着我小睡一会儿。我低头瞧着若梅，光影在她脸上忽明忽暗。淡光中，她的皱纹和岁月似乎被掩去了——此时，她多么像一个忧伤又享受的孩子。

我抬头看银幕，上面有些模糊。我知道，我的眼眶里装满了泪花。

八

对我来说，此后的日子搁进了一样东西，这样东西叫折磨。

我依着若梅的意思，不主动找人打听她的病情，但我知道自己每天都是惦记的。我想写信我想打电话我想邮寄补品我想帮着联系医生，可跟每一种想法一起绑着的总是犹豫和否定。有一次我拿起电话拨进若梅家里，对方一个男声音刚“喂”了两声，我已把听筒放下了。又有一次我买好一些健身补品，到了邮局踌躇半天，最后寄给了昆城的父母。说实话，我的犹豫不是不勇敢，也不是不急切，我是怕若梅不高兴。这么多年了，若梅坚持不让我进入她的日常生活，现在突然迈进一只脚，也许会碰倒什么东西。这对若梅是不好的。

我读了些书，算是懂得一点看人和看世界的道理，也相信在人和常规世界之外一定还存在尚不明白的神力，只是我偏偏没有机缘皈依佛教或者基督教。如果心归佛教，我愿意长跪大雄宝殿，苦求佛祖发发慈悲，给予若梅一些气力和快活。如果信奉基督，我愿意手捧《圣经》日日祈祷，祈求上帝赐予一柱亮光，专门打在若梅的身体上。可现在，当我心无依靠时，便只有做梦。我只能在梦中探听若梅的消息，并给她捎去安慰的话。

年底的一天，我做了个梦，梦中若梅昏迷在床上，闭着眼睛喃喃吐话，吐的是一长串的“昆生”。我冲进梦中扑到床前，若梅却不见了，留下的是没有内容的雪白床单。

梦醒之后，我愣了半晌，然后去学校向校长请假。校长说都快期末考试了，还请什么假？不能缓几天吗？我没有言语，只是将一张假条轻轻地放在校长办公桌上。

我坐车去了昆城，先来到镇上唯一的一家大医院。我在住院部一个房间一个房间地巡走，又堵住一位护士打问。护士说近些日子没这个人住院呢。我又问最近医院里是否死过人。护士不高兴地说：“死过一个老头和一个小孩，你问这个干吗？”

我稍稍安了心，又来到若梅家的住宅小区。这个住处是大奎单位分的福利房，若梅告诉过我具体楼层和房号，我好几次想往这个地址写信，终于没形成决心。现在，我仍不打算冒失地上楼，冒失地敲那扇门。我只想静静地在楼下坐一会儿。

我在院子中间小花坛边沿坐下。我盯着楼房数了两遍，认定了若梅家的两只窗户。那两只窗户一只闭着一只打开，说明里边有人。更要紧的是，那只打开的窗户挺安静的，没传出哭泣声或者哀乐声。我知道这种念头不好，可我当时就是这么想的。

我宽了宽心，心想一个梦当不得真，也许事情压根儿没想的那么糟，也许若梅一边养着身体一边正正常常过着日子呢。冬日的阳光移过楼顶，照在花坛和我的身上，我一点点暖和起来。为了不显出枯坐的傻样儿，我从包里掏出一本书翻看。当然，我看不进去。我的脑子在一行行的文字间散步。我想起许多年前自己坐在院子里看书、若梅来借书问字的情景，那是我们俩交往的开始。时间过得真快呀，快得一照镜子已瞧见自己的斑斑白发。这么多年里，周围的人和事似乎都在奔跑，流行下海啦，盛行离婚啦，又有金融危机、股票楼市、抑郁跳楼什么的。看看报纸，太阳底下每天都有新事儿长出来。不求变换的似乎只有我和若梅。我们每一年都守着同样的心思，我们把几十年过成了几十个相似的一年。这样的一辈子，不管算亏还是赚，我都认了。现在我不乐意变化，不乐意若梅发生什么不好，不乐意明年的七月三十日变得跟以前不一样。一句话，我对日子已经习惯了，我不乐意我的生活突然拐个弯儿。

那天坐在小花坛边，我捏着一本书对着楼上的窗户，就这么傻傻地想着。我坐了很久。

但是我又知道，不管自己怎么往好处想，我的担忧是真实的，我骗不了自己。若梅的身体也许一天天地差下去，拽也拽不住，用书上的话说，在一步步滑向黑暗的地方。这种判断像一把杂草，长久地塞在我的胸间。

我把这种情绪放在家里，便是没头没脑地向阿秀动脾气。这时儿子已去了省城读大学，我一不痛快，做靶子的也只能是阿秀。阿秀每天出门前在卫生间至少打理半小时，阿秀给朋友打电话要讲很多废话，阿秀看电视喜欢配套嗑瓜子。这些行为过去不算什么，现在落入我眼里便是缺点。我说："别说半小时，你在厕所里就是待两小时也扮不出一张及格的脸。"我说："省点电话费吧，废话多了对空气也是一种污染。"我说："吃瓜子就吃瓜子，你还吃出声音干吗？我耳朵太小，装不下你这么多吧唧声。"此类的话说过，自己都觉得没趣。阿秀有一次说："你是不是更年期呀，如果是先言语一声，我让着你。"

我把这种情绪放在教室里，嘴巴便容易犯错儿。我挑课本上的毛病，好几次跟学生说这成语用得不对，这个字是错别字，可回去一查字典，错的是自己，只好第二天到教室再说回来。我仍喜欢讲课外的故事，不过讲着讲着会突然停住，因为我忘了接下去的情节，想现编几句圆一下，嘴巴又没跟上。我还多了些急躁，一见学生上课走神或做小动作便大声呵斥。一次一位男生揪同桌女生的辫子，我把他发配到教室后面，鼻子嘴巴挨墙站着。一节课下来，墙上的贴纸都被呼气弄湿了。男生回家后向家长哭诉，家长又向校长报告，搞得我不停地解释和道歉。我觉得自己身上攒了疲倦。

夏天终于又到了。七月三十日这天，我准时把自己搁到中山公园的小山亭子里。我背靠柱子坐着，让自己把心神稳住。

时间在等候中总是过得慢，太阳好不容易从亭子的左边挪到了右边。小山上的游客始终不多，偶尔来几个人，坐一坐又走了。不好的感觉像一只被摁在水里的皮球，好几次从水下蹿上来，在我的心头漂浮。但我仍盯着石阶小道，期望有个瘦弱的身影慢慢走上来，或者过来一位捎话的游客，说有个女人在下面等你。

大约三点钟的光景，沿着石阶上来一个游客，是位姑娘。她走得有些急，到亭子前才缓了脚步，边喘气边拿眼睛瞧我。我这时不想搭理人，就没吭声。姑娘先开了口："您是昆生……叔叔？"原来真是捎信的！我心里一跳，站起身子急急地说："我是昆生我是昆生，她在山下让我下去吗？”姑娘说：“什么山下？你说的哪个她呀？”我说：“你……不是若梅让来的？”姑娘说：“是，若梅是我妈，我妈让我来的。”我吃一惊，慢慢笑了，说：“原来是念念，长……这么大了。”姑娘说：“你知道我的名字？”我说：“当然当然，你不说是一陌生人，你这么一说，你跟你妈像着呢。”姑娘咧嘴笑了，露出一排很白的牙齿，说：“我妈让我捎一封信给你。”她从包里取出一只信封递给我，我吸一口气，故作镇定地撕开封口，刚要掏出信纸，心里还是先慌了。我看着念念，说：“你妈怎么样了？在家里还是在医院？”念念脸上的笑意不见了，说：“我妈的事你不知道？”我盯着念念的嘴巴，摇摇头。念念说：“我妈死了，半年前就走了。”我身子一轻，轻得似乎要飘动。我赶紧扎住脚步，同时使劲闭上眼睛。闭了好一会儿，我松开眼睛，吐出一口很厚的气。念念说：“叔叔你很惊讶！”我说：“我知道她的病，我不惊讶。”念念说：“可你看上去还是很惊讶。”我说：“我这是难过。”念念点点头说：“噢，难过和惊讶有时候瞧着挺像的。”我说：“除了这封信，你妈还跟你说了些什么？”念念说：“她啥也没说，就说了你的名字和今天的时间。”我说：“还有这儿的地点。”念念说：“对对，刚才我爬上来，特别担心亭子里没人。”又说：“不光是担心，还有奇怪呢，我很想知道妈妈临走前仍惦记的人是谁。”

念念沉默一下，说：“叔叔您是什么人呀？是我妈的朋友还是同学？”我不接她的话头儿，说：“你妈走的时候……身上痛吗？”

念念说：“你要是妈妈的朋友或者同学，妈妈又这么惦记你，你那时候该去看看她才是。”我说：“我知道若梅，她死时即使身上痛，心里也装着安静的。”念念说：“这半年里，我挺想撕开信封看看里边写些啥，终于没敢。”我说：“若梅这辈子呀，活得不亏，至少比别人多了一点点东西，她一定这么想的。”念念说：“信封里该不是欠条债单什么的吧？如果是那就太没趣了。”我说：“死是平常事儿，谁都会遇上，我真不用惊讶的。”念念说：“我一直觉得妈妈是个没有故事的人，最后还弄一个悬念放着，玩神秘哩。”我说：“但我还是难受，别看我现在没有眼泪，可我心里还是难受。”念念说：“看来即使有啥悬念，您也不乐意跟我说什么了。你们呀老说弄不明白我们，我们也弄不明白你们呢。”

两个人这种错位的对话让念念有些无措，可能还有些无趣。她瞧着我失了神的脸，不再言语。

过了半晌，我回一回神，发现念念已经离开，身影正往山下移去。我没有叫住她，因为我很想一个人静一会儿。

我坐下来，虚虚地靠在柱子上。茫然了片刻，我才想起还没看信。我乱乱地从信封里掏出信囊，只有一张纸。上面没有留给我或者留给世界一句话，只有一列长长的电影名单：

1975年　　《卖花姑娘》

1978年　　《刘三姐》(我一个人看)

1979年	《小花》
1980年	《庐山恋》
1981年	《大篷车》
1982年	《骆驼祥子》
1983年	《城南旧事》
1984年	《五女拜寿》
1985年	《红衣少女》
1986年	《芙蓉镇》
1987年	《二子开店》
1988年	（电影院拆建）
1989年	《百色起义》
1990年	《妈妈再爱我一次》
1991年	《边走边唱》
1992年	《警察故事》
1993年	《霸王别姬》
1994年	《唐伯虎点秋香》
1995年	《狮子王》
1996年	《风月》
1997年	《甲方乙方》
1998年	《一个都不能少》
1999年	《玩具总动员》

2000年　　　　　《过年回家》

2001年　　　　　《刮痧》

2002年　　　　　《我的野蛮女友》

2003年　　　　　《周渔的火车》（看了两遍）

2004年　　　　　（昆生，你替我看吧）

我累了，一种心里虚空的累。我仿佛一下子老掉了好几岁。

暑假过去，我递交了提前退休的报告。校长想留我，说了一些劝慰的话。不过他没能挡住我的去意。我对校长说：“我已到了学生爷爷的年龄，再教下去会把他们也教老了。”

但实际上，我的年纪还算不上太老。儿子在上大学，我够不着吃闲饭晒太阳的岁数。离开学校后，我盘算了几天，觉得这辈子老在教室里站着，现在得找一份安静又能坐着的事儿。这个想法其实是若梅给我的，她说过这样的话。过了一些天，我盘下一间别人腾出来的报刊亭。

报刊亭的生意不算好也不算差，我已经满意。能坐在亭子间里，让各种报刊书本包围着，这是我喜欢的感觉。在这种感觉中，我慢慢去回想跟若梅在一起的日子。我的回想挺花时间，有点像一条小船在长河上漂流，从这一头漂向很远的那一头。在漂流过程中，我把快乐、有趣和忧伤的细节一点点打捞上来。

一些日子过去，我的心渐渐安定下来。

又过些日子，儿子大学毕业留在省城，在一家公司上班。他的生活不再青涩，周围似乎总聚着许多男女朋友。过年过节回家，他会讲些让人眼花缭乱的事情。有一回春节，他将女朋友领回家，让阿秀挺高兴。几个月过去他又回一趟家，带来的是另一个女孩。我提醒儿子，我的眼睛还没花，认得这个女孩不是上回的女孩。儿子说："嗨老爸，别理我们别理我们，我们的事你哪懂呀！"

有时静下来想想也是，一代人有一代人的情爱方式，如果我把自己和若梅的故事说给儿子，他八成也不会相信。没准儿他会说："嗨老爸，男人嘛都喜欢编点爱情故事给自己争个脸，但也不能编得太离谱呀！"

儿子当然不会想到，他老爸的故事还在继续。六年了，每到夏天的七月三十日，我一准歇了报刊亭，穿上一件整齐的衣裳，乘车来到温州城，爬上中山公园的小山。我会坐在亭子里，看城中高楼，看周边风景，看太阳往西边一寸寸落下去。如果眼前没人，我会蹿到那棵杉树边，扒开地土取出照片。照片上有我，还有我始终不能放弃惦念的女人。依着惯例，我把照片看一会儿又埋回去。

到了晚上，我会准时坐在电影院里。当银幕开始出现光影时，我变得平静而且投入。我很容易被银幕上的情节所动员，常常开心暗笑或者流下伤心的眼泪。当然，有时候周边的咀嚼声和低语声会让我分一下神。暗光中我能看到年轻的情侣依在一起，他们在边吃零食边咬耳朵。不过我马上会收回心，将目光投放到银幕上，因为我知道，我也不是一个人在看电影。

后记：日常的边缘和受困

钟求是

这批中短篇小说为我近几年所写，先后发表在《收获》《人民文学》《十月》等杂志上。小说发表之后，仿佛游子走出家门去了远处，从此跟我既熟悉又陌生。熟悉是因为文中的一语一字都曾排着队从我心脏里通过，沾上了我的血液和气息。陌生则是因为我把小说放手后，近期一般不会在文字中与之相遇，甚至数年难以见面。它们凭着自己的命运在日子里晃荡，或者无所事事或者遇见朋友。这是作者和作品友好相处的适当方式。

现在，借助这本小说集，我获得了和这批小说短暂相聚的机会。它们的题目排成一列站在我的跟前。我打量着它们，温暖而伤心，如同创造它们的时候一样。它们样貌各异，性格不一，却应召而来集合在一本家谱上。在此时，寻找这些小说共有的脾性和特征，也许是必要的。不用多想，我找到了三个词：日常、边缘、受困。

日常。我是个平淡的人，脸面中庸，谈吐少趣，混在人群里就像一片树叶卧在树林里，但正是这种日常的优势让我干了十五年特殊的涉外隐蔽工作。同理，文学的目光可以盯住大苦大难，也可以打量日常生活。在大多时候，人们都过着平淡的日子，花开花落，数点年月。但平淡之下，又潜伏着复杂的悲欢情感。小说的擅长之处，就是能将日常中的特别东西拣出来。在《两个人的电影》中，两个最普通的人过着最普通的日子，但他们每年要见一次面看一部电影，因为有了这一天，两个人心里就存着一道秘密的亮光。《街上的耳朵》则写了流淌的岁月和隐秘的情感，这种情感很容易被平淡日子淹没，但总会在某一时刻探出头来。《慢时光》讲述儿子陪伴母亲度过温静的弥留日子，展示了生命结束时的一番模样。这些小说里自有别样的风雨人事，但又发生于平常生活之中。

边缘。这些年我在自己文字里遇到不少普通又特别的人，细辨他们的身份，常常带有边缘的特点。这些在生活中处于边缘的人，由于所站的位置不一样，容易与生活的墙碰撞，于是内心色调也不一样。对他们的精神地域，我挺有兴趣去探望并溜达。《星期二咖啡馆》写的便是失独老人的内心旅程，他们将对儿子的思念放在一个姑娘眼睛里，但世事起伏，生活中的谜题仍难以解开。《练夜》则是将一个活在暗黑中的盲人引到亮光处，激活其埋没的天性欲望。他苏醒后的日子里，从此有了明朗和自尊。《星子》里身患绝症的中年男子躺在山村空棺里看夜空，感受生死过渡时的精神安静。这些边缘小人物身上不仅有着常人的共性情感，也有着心理边沿的人性折光。

受困。在这个快速奔跑的时代，人们拥有财富和痛快，同时也收藏焦虑和不安。现代人内心的精神障碍，一直是我写作的关注点。我有时很愿意倒一杯酒，与文字中的朋友聊聊各自的心事。在《愿望清单》中，年轻诗人走入内心困局，无法与周围的现实握手言和，只能借助游戏的路径，将自己送向自由的天空。不过天空之下，仍是坚硬的地面。《送话》里的法警姑娘尽管工作上没有做错什么，但心灵受到了围困，这种微妙的人性悲悯，需要她向这个世界说一声对不起。《皈依》中的妻子内心困惑，便去佛门寻找精神依靠，丈夫以为自己在酒肉情色中能活得自在，却遇到了神启般的山谷钟声。事实上，对受困心灵的触摸和慰问，使我的作品增加了不少重量。

我不是个写作快手。我的小说里常会出现人物的心理难题，与这些难题相遇缠斗，是一种快事，也是一种挣扎。我曾经提醒自己，只有受过难的文字，才能显得可靠，才有脱俗复活的质地。

当然，作家不是眼戴墨镜、手持斧头的武夫，即使困斗挣扎，内心仍然是柔软的。柔软帮助作家形成了诗性，诗性又帮助作品生成了跃离地面的轻灵。这一点不需要多说，因为一个有经验的写作者都会去把控作品中的重与轻。我乐于相信自己的文字也是这样。

图书在版编目(CIP)数据

街上的耳朵 / 钟求是著. — 北京 : 北京十月文艺出版社，2018.7

ISBN 978-7-5302-1814-3

Ⅰ. ①街… Ⅱ. ①钟… Ⅲ. ①短篇小说—小说集—中国—当代 Ⅳ. ①I247.7

中国版本图书馆CIP数据核字(2018)第057962号

街上的耳朵
JIESHANG DE ERDUO
钟求是 著

出　　版　北京出版集团公司
　　　　　北京十月文艺出版社
地　　址　北京北三环中路6号
邮　　编　100120
网　　址　www.bph.com.cn
发　　行　新经典发行有限公司
　　　　　电话（010）68423599
经　　销　新华书店
印　　刷　北京盛通印刷股份有限公司
版　　次　2018年7月第1版
　　　　　2018年7月第1次印刷
开　　本　850毫米 ×1168毫米　1/32
印　　张　10.5
字　　数　212千字
书　　号　ISBN 978-7-5302-1814-3
定　　价　42.00元
质量监督电话　010-58572393
如有印装质量问题，由本社负责调换。